ZUOJIA WENHUAXINTAI YU SHENMEI JINGSHEN DE SHANBIAN

巫晓燕 ◎ 著

作家文化心态
与审美精神的嬗变

中国社会科学出版社

图书在版编目（CIP）数据

作家文化心态与审美精神的嬗变/巫晓燕著 . —北京：
中国社会科学出版社，2011.6
ISBN 978-7-5004-9949-7

Ⅰ.①作… Ⅱ.①巫… Ⅲ.①作家评论—中国—当代
Ⅳ.①I206.7

中国版本图书馆 CIP 数据核字（2011）第 130575 号

责任编辑　　张　林
特约编辑　　张冬梅
责任校对　　周　昊
封面设计　　李尘工作室
技术编辑　　戴　宽

出版发行　中国社会科学出版社
社　　址　北京鼓楼西大街甲 158 号　　邮　编　100720
电　　话　010－84029450（邮购）
网　　址　http：//www.csspw.cn
经　　销　新华书店
印　　刷　北京君升印刷有限公司　　装　订　广增装订厂
版　　次　2011 年 6 月第 1 版　　印　次　2011 年 6 月第 1 次印刷
开　　本　710×1000　1/16
印　　张　12.75
字　　数　202 千字
定　　价　30.00 元

前　言

　　对中国当代作家进行精神状况与审美精神的研究和分析，在目前的学术界是一个亟待研究的课题，而且这一课题也没能引起广泛的关注。长期以来，由于我们一直特别注重于社会学角度的研究，对于作家个人的心理机制、精神状况与作品审美精神等方面的材料发掘不够，使得这一领域的研究仍有较大的困难。在已有的研究成果中，多注重从百年历史的层面纵向的寻找和触摸作家的精神轨迹，忽视了作家心态的动态转变与文学审美精神的双重激荡，因而本书重点关注时代精神与作家心态、艺术精神的契合与冲突。

　　本书主要研究内容包括以下几个方面：

　　首先研究新中国成立后作家精神心态的成因，分析作家艺术精神是如何融汇到时代精神中去的，作家是如何艰难地实现了个人与时代的平衡，以及作家艺术精神同政治文化意志的矛盾和作家为获得艺术精神独立性而进行的艰难选择。从整体创作来看，新中国成立初期所特有的昂扬精神，使文学作品所呈现出崇高美的主调，这主要表现在英雄史诗与传奇小说的集中出现以及战歌与颂歌式诗歌的出现。同时由于作家精神世界的复杂与艺术精神的坚守，也使得当时文坛出现了与时代审美精神有所偏离的呼唤人性美、彰显现实精神与理性精神的审美品格。由此，可以看到作家的艺术良知与作品的审美品性是文学存在的基石。

　　进入新时期以后，作家的心态也日益"解放"，与这种心态相呼应的崇高美、英雄精神也再次怒放。与此同时，在作家伤痕、反思心态的折射下，文学中的主体精神获得了释放，审美精神亦逐渐走向自由，并最终以先锋的、超越性的审美品格迎来了新的文学时期。然而20世纪90年代后随着商品大潮的来袭、都市文化景观的展开，文化的多元态势已成必然。在这样的一个时代语境中，作家的分化日趋明显，作家的心态也趋于浮躁，最为典型的体现为新生代作家有关日常审美化的写作。有意味的是，因商品化的侵袭而逐渐退去的文学理想精神、人文精神以及崇高美，在90年代再一次被呼唤，当然它们都呈现出了与50年代、80年代截然不同的新特质。其之所以被重新发现，一是因为崇高美是审美多元化中必不可少的一元，二是源于作家自觉选择的结果，这与文学的终极理想有着共生性。

20世纪90年代后，在作家的浮躁心态与多元文化的影响下，文学的审美精神也越来越多样化，这在90年代后兴起的都市小说中，有着集中的表现。因而本书将着重以都市小说为例，探讨其表现出的多元审美精神，比如人本精神、世俗精神、超越精神在都市小说中成为越来越重要的审美精神，它们同80年代及之前文学的审美单一性、审美狭隘性有着鲜明的不同。这些审美精神反映了90年代后作家心态的个体化：人本精神彰显了作家自由意志与个性生命的内在力量，世俗精神体现了作家对日常审美与现实人生的渴望，超越精神则表明了作家努力拯救自我与寻找意义的焦灼。

本书侧重从作家心态的多面性、矛盾性和变异性进行研究，深入探讨了当代文化转型期作家的心态构成、精神演化以及精神状况、心路历程与创作的审美品格等问题，这些因素直接影响着作家们的创作，决定了他们创作道路的走向，也决定了文学现象的千变万化，在文学研究中，我们只有结合作家的复杂心态，才能更好地理解作品、评价作品，也才能更好地总结和探讨文学艺术发展的规律。

目 录

第 一 章

文化语境的逼仄与作家心态的焦灼

第一节 悲剧性的灵魂史

中国现代作家的精神历程一直是同中国社会与国家的现代化进程紧密相连的，特别是在新中国成立之后近 30 年的时间里，许多作家都经历过生存与心灵的双重痛苦，都经历过来自小我与大我、个体与集体、个人与国家之间的两难选择，在强调二元对立的生存哲学与艺术哲学的特殊时期，一切个体的主观精神与情感，都毫无例外地遭到限制甚至是扼杀，而由此形成的精神炼狱对作家灵魂的震撼与扭曲，也可以说是空前绝后的。它是信仰遭到颠覆、自我遭到毁灭后的空寂与黑暗，是对一切希望、美好、真实、信任等人类基本情感的质疑与决绝。这炼狱的到来是那么的意想不到，因为新中国的炮声曾是如此的令人振奋和喜悦，对于大多数作家来说，这个时代曾经如凤凰涅槃般辉煌，正如老舍激动地欢呼："我爱，我热爱这个新社会啊！"① 作家们是用自己全部的热情去歌唱、颂扬这个新社会的。

这个类似从天堂走向地狱的历史时期究竟以怎样的面目呈现？它对中国现当代作家的精神世界究竟造成了怎样的影响？作家们又是怎样走过这段充满了崇高与悲剧的时代的？

新中国成立后 50 年代至 70 年代是中国文学史上一个相对独立的时期，通常人们会把"当代文学"的"渊源"追溯到 1919 年"五四"新

① 曾广灿、吴怀斌：《老舍研究资料》，北京十月文艺出版社 1985 年版，第 531 页。

文学运动的兴起，而它的"直接源头"则是 1942 年的延安文艺座谈会。这就意味着中国当代文学具有深厚的文学传统、文化传统与精神传统，这一传统的要旨即是对文学一体化的理想建构，正因为如此，中国新文学主流作家，才会为一种至善、至美的社会和文学形态的目标所诱惑、驱动，才会在紧张冲突的寻求中，确信已经到达"目的地"。

纵观这一时期的文学，我们会发现，正是他们参与创造了这样的文学局面：一个在思想和艺术上高度集中、高度组织化的文学世界。这个文学世界中的"文学事实"——作家的身份，文学在社会政治格局中的位置，写作的性质和方式，出版流通的状况，读者的阅读心理，批评的性质，题材、主题、风格的特征，——都实现了统一的"规范"[①]。在这样的文学环境中，主流作家的心理常常是明朗的、愉悦的，甚至还有些骄傲的，毕竟他们亲历了这样一段走向理想化的进程，并最终赢得了来之不易的胜利。但是对那些非主流作家来说，情况就不是这么美妙，他们甚至只有经过彻底的思想改造，才能取得文学创作的权利。由此产生的诸多内外矛盾不仅是无法避免的，而且是相当尖锐的。例如郭沫若、周扬、夏衍、何其芳、张光年等人都曾在中国共产党的领导下，为革命的胜利作过或多或少的贡献，因而在新时代到来后的一段时期里，他们大多担任了国家文教领域的领导，甚至是国家级的领导。这当然会使他们以感激的心态和坚定的信念严格执行党的各项方针、政策，应当说他们真诚、热切、崇敬、赞美的精神情绪回荡在那个时代，而当他们从文学家一跃而成为政治家，从个体精神的张扬转向对群体精神甚或权力意志的膜拜，也基本上是心甘情愿的。相对于他们，一些来自于国统区或海外的作家，如巴金、老舍、冰心、曹禺等人，虽然同样心怀着对新中国的深切热爱，但是由于过往各自不同的文学道路、人生信仰与政治身份，他们的声音就显得多少有些怯懦与自卑，他们的精神世界既充满了对新生活的喜悦、希望与美好的期待，同时也交织着矛盾、自责、惶惑、犹疑的影子。但这种复杂的内心情感在当时并未充分地显示，相反在新的人民文艺的等级秩序中他们的内心话语被遮蔽了，取而代之的是听似统一的声音：检讨过往的创作失误，绝对接受《延安文艺座谈会上

---

① 洪子诚：《关于五十年代至七十年代的中国文学》，《文学评论》1996 年第 2 期。

的讲话》（以下简称《讲话》）的真理性。曹禺 1950 年 10 月在《文艺报》第 3 期发表的《我对自己创作的初步认识》中曾说："贸然以所谓的正义感当作思想的支柱是非常幼稚、非常荒谬的。一个作家的错误看法，为害之深并不限于自己，而是扩大蔓延到看过这个戏的千百次演出的观众。最痛心的就在于此。"等等。这段话当然不乏真诚的情感，但是其中也隐含着连作家本人也不自觉的非艺术的考虑，预示着艺术精神将迷失的危机。但是时代的语言掩盖了这深层意识的矛盾。在这一时期里，还有些作家由于"文艺新方向"的确立，已然受到来自国家政权对其进行的文学创作的限制，如钱钟书、废名、穆旦、郑敏、杜运燮等人，他们受到有意的冷落，在高度敏感的"意识形态"领域，已经不允许这些所谓自由主义作家的介入，他们只能坠入无望的深渊，转而远离文学，或孤独地在内心守望自己的精神家园。还应看到在 50 年代之后，又有一批更加符合时代和政治需要的作家进入了创作队伍，并成为当之无愧的中心力量。杜鹏程、吴强、曲波、浩然、李瑛等年轻的具有高度政治自觉性的作家们普遍认为，他们凭借着先进的世界观，一定能够在创作中客观真实地表现生活，发现和解释世界的规律。因而在他们内心情感的深处，是对自身写作的欢欣，是一片单纯的赤诚和获得真理后的自豪。

以上是对新中国成立后至 70 年代初期作家们的生存和精神状态的简单勾勒。无论是兴奋中的审慎，自责中的犹疑，还是坚定中的骄傲，都代表了作家精神情状的某一方面，其显示出的单薄和粗浅是毋庸置疑的，因为在这样一个风云突变、惊雷炸响的年代里，作家们身处风口浪尖，任何一个耽于文学精神和理性思考的作家、理论家都有自身相当独特的异己的精神趋向和情感波动，它或者遭到了来自自我的压抑，或者为各种人情世故所困扰，又或者是一种内心无意识的无限膨胀。总之，时代的声音、公共的空间以前所未有的强势压迫着这些经历过"五四"洗礼与战争风暴的心灵，由此形成的焦灼、复杂、含混、隐蔽的内在情思无疑是相当难于梳理和描述的。然而，时代的脚步是无法阻挡的，似乎这一代作家注定要以生命和心灵为代价去跨越人类精神史的极限。如果说"十七年"时期是国家政党在努力实现"一体化"、文学"规范化"的时期，那么这一时期应该说是初见成效的，不仅明确规定了文学社会政治功能，而且规定了理想的创作方法，但这一时期毕竟不是一个思想纯粹的毫无杂音的时代：1954 年关于文学与政治的关系的论争，1956—1957 年关于文学真实性的论争，1961—1962 年关于悲剧问题的讨论与真实性的再提，这些不和谐音的出现多多少少还意味作家们有传达自己思想的可能性。然而，当历史到了 1963 年前后，就是这种微乎其微的可能性最终也被激进的文学潮所控制。通过全面的文化批判运动（哲学、史学、经济学、文学艺术等），通过精心制作样板性作品，由此逐步确立了一个激进的、命名为"无产阶级文艺"的文学规范体系。这一体系得以建立的一个重要环节即是"重新组织文艺队伍"的问题。虽然在《部队文艺工作座谈会纪要》中，并未全盘否定专业作家、批评家的地位和作用，但从工农兵中建立真正无产阶级文艺队伍，或"把文艺批评的武器交给广大工农兵群众去掌握"，却是一个"战略性"的措施。于是，在"文革"期间，标以工农兵创作小组名义的写作组织如雨后春笋般涌现，集体创作成为最被提倡的写作方式①。

可想而知，在这场惊心动魄的革命政治运动中，受到迫害最深的就是作家和艺术家。他们中的许多人在不同范围受到"批斗"，遭受人身侮辱，有的被拘禁、劳改，一些作家因此失去生命。在 1979 年全国第四次文代会上，阳翰笙代表大会主席团宣读的《为被林彪、"四人帮"迫害逝世或身后遭受诬陷的作家、艺术家们致哀》，列举了将近 200 人的姓名，其中包括著名作家、诗人老舍、田汉、赵树理、柳青、周立波、何其芳、杨朔、郭小川、闻捷、陈鹤翔、周瘦鹃、沈尹默等人；著名文艺评论家冯雪峰、邵荃麟、王任叔、叶以群、侯金镜等人。在这种情势下，一切语言都是那么苍白和无力，就连生存权都被无情地剥夺，何谈精神的存在与状态？事实上，在这段历史狂潮中，个体的生存是不能违背"人民"、"集体"的至高利益的，或者说"群"的概念是一切的出发点，个人的思想、行为都应该服从于这个概念。但是，这并不意味着在这个极为特异的历史时期里，作家的精神史就是空白无物的。一方面，蜕变、虚妄、逢迎、欺诈等丑陋的精神因子，以及类似宗教狂热的崇拜、非人道的道德都在侵蚀着作家的灵魂。另一方面，以身殉命、捍

---

① 洪子诚：《关于五十年代至七十年代的中国文学》，《文学评论》1996 年第 2 期。

卫尊严、坚持真理、反抗权威的可贵精神并未消亡。诗人牛汉在"文革"期间被关进"牛棚",接受审查、批判、改造,受尽肉体的折磨和精神的虐待,但是在1970—1976年间他仍然创作了大量的诗作,其中《半棵树》最能显示诗人坚韧的反抗精神。"它是被二月的一次雷电/从树尖到树根/齐楂楂地劈掉了半边",可是"春来到的时候/半棵树仍然直直地挺立着长满了青青的枝叶","半棵树还是一棵树那样高还是一棵树那样伟岸"。这一意象的隐喻意义是明了的,那就是身处逆境中的生命顽强地抗争与不屈的品质。在那么险恶的情状下,诗人的这份气魄和胆识是令人钦敬的,他似乎已经体会到了人的生命意识和精神坚持的内涵。再如诗人穆旦、翻译家傅雷、学者张中晓,可以说他们的遗作都是在以自身的生命为代价去揭示或反省那个丑陋的年代,显示出具有独立精神和人格的知识分子带血的思考与抗争。

　　以上粗线条的描述大略地介绍了在新中国成立后一段特殊时代里,作家们的精神呈现,那么,究竟是什么导致了这样复杂的悲剧性的灵魂史?

　　首先是时代精神的重压。所谓时代精神是指在某一特定的历史时段里,人们所具有的共同心理倾向和集体意识。时代精神通常不能被理性的过程所超越。它是一种通过无意识作用于弱者精神上的感情趋势,它用一种压倒一切的暗示的力量将弱者席卷。如果一个人有着与同时代的人不同的想法,这将是一种大逆不道、令人不安的行为;甚至是见不得人的、精神病态的或者亵渎权威的,因此对于个人来说,违背时代精神往往是被认为具有社会危害性的①。从心理学的角度,我们阐释的时代精神是具有普遍的人性意义的,无论是作家、评论家,抑或是普通人,都面临着时代的特殊性和具体性。此外,我们也确信人是一种社会存在,我们不与社会发生关系也无法生存下去。因此,除非有某种超越现实的原则能够与外部世界的强大影响力相匹敌,否则个人就永远无法为自己的生存和自己精神上的自主性与道德性提供任何现实的说明。就中国的国民传统来看,个人对于国家意志是相当尊奉的,新中国成立后的这漫长的30年,以国家、人民为名义的精神一体更是前所未有的。事

---

① 荣格:《未发现的自我》,国际文化出版公司2001年版,第248页。

实上，从某种角度来说，它比宗教的精神独裁更加强大，因为它是以一种更为合理的、合法的、理想的途径宣传和渗透的，个人心中的怀疑一旦出现就会立即受到压制，而群众心里的狂热和狂信则足以扑灭任何微不足道的对立思想。我们可以看看从1948年起下发的关于文艺问题的文件，它们大多冠以斥、反、驳、批等字样，而在一些决定文艺方向的文件中，无产阶级、工人群众、时代需要等词语更是频繁使用。在这种情形之下，作为意识形态领域的重要部分——作家和评论家们无疑成为众矢之的，随之而来的各种从上至下、从下至上的肃反运动更是指向他们。于是这些曾经各怀文学梦想与人生理想的文人们，不得不怀疑自身的存在、主张、作品的合理性与正确性，当这种困惑被更为巨大的外力所否定时，就会导致一种心理的简单二元对立。当作家们面对"十七年"以及"文革"这样的特殊历史时期，自我怀疑和自我恐惧可以说是类似本能的反应，况且只有当作家们的个性精神屈服于集体、人民的共性精神的时候，国家才会赋予作家的精神以合法性和有效性。

但是事物往往有两面性，在我们对作家们的选择抱有理解和同情之时，也不能不惋惜，作家们出于生存的需要，对于精神和理想的质疑，会使他们原本充盈、丰富、博大的思想变得灰暗，他们作为时代的先驱与思想者的形象也遭到了诋毁，然而更加令人痛心的却是他们对自由、独立这为国人争取了千百年的精神高度的放弃。当然从道理上说，群体的规模越大，个体就变得越加渺小。然而，倘若作家们被他们自己的渺小感和柔弱感所征服、所压倒，倘若他们切实感到自己的生活丧失了意义，那么实际上他们就已经踏上了通往国家奴役的道路。他们终将丧失自己的个性，成为官方统计数字中的一个，只能扮演一个作用微乎其微的个体角色。又怎么去谈论作为精神独立的个体的价值或意义呢？或许这才是最大的悲剧！

其次，如果说以上是从普遍的人性心理和遭遇来理解新中国成立后一段时期作家的精神变异，那么，我们还必须面对中国知识分子所独具的历史的、现代的人文传统与精神遗产，以及由此带给当代作家思维方式和精神积淀方面的影响。

"十七年"乃至"文革"，大批持有不同文艺观的文学批评家及作家陷入悲凉和孤寂的人生境地，像所谓胡风集团的大部分成员，他们同样是坚贞的马克思主义者，但是却被激进的左翼文艺领导者视为反动派，这使得他们的精神无比苦闷，正如胡风引用的《神曲》中的一句话"芦苇和泥污绊住我，我跌倒了，我看见我的血在地上流成了一个湖"①。这分解不开的精神负累事实上同中国现代知识分子的文化情结有着密切的关联。20世纪的中国是中西文化碰撞、选择的冲突时期，众所周知，一方面，"五四"一代对于中国传统文化的否定性批判是极其激烈的；另一方面，他们对于西方启蒙主义的文化又从骨子里存有怀疑。正是在这种文化的真空状态中，民族危亡时刻的出现，以及马克思主义真理的引入，使得怀有强烈民族意识的中国知识分子寻找到了精神和归属。但是，未彻底消亡的封建主义文化还不是没有市场。胡风们正是陷入了西方启蒙文化与复兴的封建文化的双重制约之中，一方面，要"立人"；另一方面，又要坚信"人民"的力量。一方面，要努力树立文学的独立性；另一方面，又认识到政治在中国的特殊的地位……正如贾植芳所说："胡风这个人有忠君思想，像晁错一样，认为皇帝是好的，只是小人多，想清君侧，这是中国传统知识分子的思想。"② 事实上，何止胡风有这样的思想，可以说这一代文学家多受这样的思想束缚，这同传统文化的深层积淀是分不开的。总之，各种尖锐的文化矛盾的冲突内化在他们身上，才产生了强烈的心灵冲撞和精神荒诞感。

除此之外，中国现代近20年的抗日战争、解放战争所诱发的战争文化心理③更为直接地影响了作家们的思维方式和思维形态。这一方面体现在他们所创作的大量文学作品中，如郭小川的诗歌，郭沫若、田汉、老舍、曹禺、夏衍的戏剧，另一方面也体现在他们对现实与自我的认识与看法中。首先，战争明确的目的性和功利性直接影响着作家的文学观念与认知方式。这种局囿使作家的独立意识和情感的表达都陷入困境，他们再也无法从自身的思想意志出发来感受现实世界，也无法以自我的判断来理解和解释事物的真相，这加剧了他们的服务意识和服从心理。作家的主要任务不再是表现自我，而是讴歌他者；不再是宣扬自

① 引自《胡风评论集》（下），人民文学出版社1984年版，第271页。
② 李辉：《胡风集团冤案始末》，人民日报出版社1988年版，第437页。
③ 参见陈思和《文学观念中的战争文化心理——当代文化与文学论纲之一》，《鸡鸣风雨》，学林出版社1994年版。

我，而是宣扬革命；不再是艺术创作，而是服从需要。郭沫若曾经说过："抗战所必需的是大众的动员，在动员大众上用不着有好高深的理论，用不着有好卓越的艺术……理论愈高深，艺术愈卓越，反而减弱了抗战的动力。"① 这可以明显见出作家在艺术精神上的游离，在创作心理上的屈服。其次，战争中充斥着的两极对立的概念性思维也在支配着作家的思想，这造成的结果是，对问题只能给予简单的对立性判定，诸如：光明——黑暗，乐观——悲观，英雄——敌人等，绝对不允许有第三种价值判断，如此一来，作家在面对自我的困惑时常常会有意识地回避模糊的、含混的、内在的、主体性的情感或精神状态，而代之以二分式的简单思考，其最终的结果就是"自我"的失落。对于以上情势的形成，当代学者陈思和有着这样的思考："在中国，战争帮助完成了战前人们建立一个新的社会的美好愿望，这种愿望体现为整整一部中国近、现代史的文化走向，人民共和国的诞生意味着这一理想的最终实现，这也是为什么那么多的中国知识分子尽管痛苦，却如此自觉地接受这种特定的文化律规的原因所在。"

除了文化传承的影响以外，我们也无法回避中国知识分子阶层似乎天生具有的某种精神软弱性。回忆 50 年代之后的作家心灵之路，我们看到最多的一种现象是：他们在政治斗争的裹挟下，多次丧失社会良知的角色意识和对世俗现实的反思批判立场。巴金在其《随想录》中有过这样的诘问："写文章同胡风、同丁玲、同艾青、同雪峰'划清界限'，或者甚至登台宣读，点名批判，自己弄不清是非、真假，也不管有什么人证、物证，别人安排我发言，我就高声叫喊。说是相信别人，其实就是保全自己。只有在'反胡风'和'反右'运动中，我写过这类不负责任的表态文章，说是'划清界限'，难道不就是'下井投石'？"② 也许如前所说，时代精神的重压使他们对自我信念产生了怀疑，但是"下井投石"的心理却要复杂得多，呈现出极大的复杂性与暧昧性。或许，我们能从中国知识分子精神的某些负面传统中找寻到答案。

---

① 参见陈思和《文学观念中的战争文化心理——当代文化与文学论纲之一》，《鸡鸣风雨》，学林出版社 1994 年版。

② 转引自陈琼芝《生命之华——巴金》，山东画报出版社 1998 年版，第 192 页。

　　其一，自由精神的缺乏。反观熔铸中国知识分子灵魂的儒道两大文化传统，在塑造知识分子人格方面都带有各自的片面性，或是重道德，或是重智慧，都缺乏人文意义上的自由意识以及对自由的热忱追求。当面临现实挫折和挑战时，他们往往不是通过意志的高扬去战而胜之，从而在超越现实中实现自我的精神超越，而是更多地采取一种实用理性的态度，调动内心的智慧或道德的力量，冷静地分析个中的利害关系，寻找趋利避害的现实途径，其最主要的表现就是"学而优则仕"。李泽厚在他的重要著作《中国思想史论》中专门谈到这个问题："由于他们（中国知识分子）没能获得近代社会因职业分化和经济自由带来的人格独立性，……而总是心甘情愿地屈从于皇家权利和纲常秩序，以谋求一定的政治地位和社会荣誉，政治上的人身依附和人情世故关系极为严重，始终缺乏独立的近代人格观念。这正是中国知识分子个人命运和自我意识的历史性和悲剧所在，也是知识分子尚未能脱离传统社会的一种表现。"[1] 这一透彻的论述至少揭示了身处"十七年"与"文革"中的某些知识分子所反映出的奴性意识的根源。

　　其二，知性精神的浮泛。所谓知性精神是人们在探究关于自然、社会和人生真理的过程中所必需的各种精神素质，包括超越现实利害以追求真理的纯粹的求知精神，尊重公理和逻辑的精神，学术研究的自由和宽容的精神等。中国传统知识者最缺乏的就是知性主体的分析还原精神，也就是说，他们没能将对于世界的认识建立在对构成世界的基本要素做分析研究的基础上。新中国成立后的作家大都经历了"五四"新文化运动，并深受其精神影响。"人的文学"以及"人的解放"可以说是他们的价值标准，但是由于"五四"启蒙思想本身的建构就缺乏一个统一的方法论的根基，或者说是由于启蒙者缺乏分析还原和理智重建的知性精神，使得启蒙思想在中国的形成是基于多种理论、价值的杂糅之上的。[2] 当作家们以这种复合型的、脆弱的价值参照来应对精神专制的当代文坛时，必然会产生动摇和矛盾，更何况由于缺乏纯粹的求知精神，新中国成立后的文学家也难于本着客观与真实的态度去探求马克思主义

---

① 李泽厚：《中国思想史论》，安徽文艺出版社1999年版，第288页。
② 汪晖：《预言与危机》（上篇），《文学评论》1989年第3期。

的真谛，多是陷入实用性的精神思考中，如人们后期在整理张中晓的《无梦楼随笔》中，看到的就是一个在逆境中仍然坚持对人类正义与良知进行思考和探究的思想者形象。"孤独是人生向神和兽的十字路口，是天国与地狱的分界线。人在这里经历最严酷的锤炼，上升或堕落，升华与毁灭。这里有千百种蛊惑与惧怖，无数软弱者沉默了，只有坚强者才能泅过孤独的大海。孤独属于坚强者，是他一显身手的地方，而软弱者，只能在孤独中默默地灭亡。孤独属于智慧者，哲人在孤独中沉思了人类的力量与软弱，但无知的庸人在孤独中只是一副死相和挣扎。"①应该说，这种理性的哲思显示了一个知识分子的超越精神，是极其难能可贵的。

其三，深藏的原罪意识。如前所说，作为"五四"一代的中国现代知识者一方面全力引入西方文化价值观以图革新或取代中国旧的文化价值体系，但另一方面他们同时又都是可悲可弃的旧文化的负载者。因此，他们深感自身的"罪恶"，便不断地反省、深究自我。到了马列主义得以传播的新时代，他们又对个体的出身阶层产生了浓重的愧疚感、负罪感，特别是那些渴望完全"无产阶级化"而事实上不能的小资产阶级知识分子，以及那些明确意识到无产者时代即将到来而自己又无法走入其中的民主主义作家。这种负罪感也源于左翼对中国现代知识者、作家"小资产阶级"身份的不断提示和自我体认。但是精神层面的自我暗示却是不可避免的诱因之一。对于这一点，或许我们从"何其芳现象"中能有所发现。我们知道何其芳的人生选择在他们那一代人中是较有代表性的，从他走向延安始，他的内心深处就交织着一份复杂的情愫：对原有文学创作心态的依恋，以及对这种创作心态的"原罪"意识的悖论情结。这主要的原因应该是：由于其早年的创作经历同《讲话》精神是相悖背的，这使他的内心始终怀有着深深的自卑感，用他自己的话说就是带着"阴暗的记忆"来到延安的，因此，他终身都对自己的"资产阶级"创作情感和思想抱相当敏感的心理。细想起来，这一代作家大都经历着这样的精神变迁和"原罪"情结，并为此付出了巨大的代价。

以上，我们梳理了新中国成立后作家精神特质的成因，主要从环

---

①　张中晓：《无梦楼随笔·拾荒集·五十》，上海远东出版社 1996 年版，第 81 页。

境、历史、文化等客观因素中部分透视了中国作家的精神状态。应该说，在新中国成立后这段异常险恶的历史环境中，作家们的生存和生命本身就已面临着巨大的危险，而要保持人格和精神的独立更是难上加难。

第二节 个人与时代的艰难平衡

在新中国成立后至 50 年代的中期，多数作家的创作热情因新中国的建立而喷薄而出，他们怀着无比真挚的情感以笔、以心书写爱国的诗篇。相比较起来，对于来自延安的作家来说这一切是责无旁贷的，而对于那些曾经怀有不同的精神信仰和文学观念的作家来说，却必须经过一番思想的洗礼与精神的改造。因为 1942 年，毛泽东在《讲话》中明确指出："知识分子出身的文艺工作者"必须"把自己的思想感情来一个变化，来一番改造""一定要把立足点""移到工农兵这方面来，移到无产阶级这方面来"。这种权威话语的决断使中国广大有过民主、自由思想的文学家开始历经一条充满荆棘之路的精神险途。但是由于有的民主作家对于新政权确实怀有深深的信任之感，对广大贫苦人民又一直怀着发自心底的爱和关切之情，在这种情况下，他们能够较为"成功"地转变自身思想立场继续从事文学写作，并一度取得了新政权的信任，委以重任。然而"文革"的到来又彻底地打碎了他们的文学梦、"改造"梦，并迫使他们做出不同的人生精神选择。巴金、冰心和老舍或许可以成为这一类作家的代表。他们无不是怀着真挚的情感面对新中国的，并以积极乐观的心态继续从事文学创作，然而当风暴来临时，生存的危机迫使他们低下了高贵的头颅，他们以一种消极的、低调的、收缩型的精神状态应对侮辱、恐惧与受难，这期间他们不乏伪饰之言、违心之词，甚至投石下井以求自保，但是他们最终或是以生命为代价来反抗强权，或是以"绝不能宽恕自己"（巴金语）的姿态真诚地忏悔，或是以人性的善与爱包容了一切苦难。总之，他们没有放弃人类精神应有的向度，即在精神的失落与失重后寻求的是向上的精神攀升。可以说，在我们今天回首新中国作家的精神史时，他们三位正是一种特殊的精神形态的典型。在一个新的时代和新的生存空间里，他们较好地完成了与时代的现实的融合，并在某种程度上克服了"创作断层"现象（尤其是老舍），但同时他们又以各自独特的方式保持了自我的精神操守和人格自尊。尽管在"顺应"时代与现实时他们的精神矛盾和自我扭曲也清晰可见，但是我们不能简单地把此视为"精神变节"与"精神投降"，实际上，他们对时代的"顺应"、对自我的改造既是源于他们天真、纯洁的信仰，又是生存和生命本能的一种需要，他们内心里其实都还坚守着一个"精神底线"。正是这种"精神底线"，使他们既做到了个人与时代之间的艰难平衡，又做到了在保护生命和生存本身的同时在内心时刻进行着"反省"和忏悔。

巴金是中国现代文学史上一位重要的作家，他的作品是"五四"年青一代精神历程的真实写照。他从年轻时代写作之初始，就怀着爱人类、爱世界的理想，期望"使每个人都得着春天，每颗心都得着光明，每个人的生活都得着幸福，每个人的发展都得着自由"。① 因此，当一个为着大众的利益而建立起的新中国呈现在他面前时，他那颗真挚的心发出了这样的声音："我要写，我要写人民的胜利和欢乐，我要歌颂这个伟大的时代，歌颂伟大的人民，我要歌颂伟大的领袖。"② 事实上在此以前，新政权也对巴金表示了"欢迎"，邀请他出席全国文学艺术工作者代表大会、全国人民政治协商会议和开国大典，巴金还被选为上海市文联副主席等。这一切都使得正直、单纯的巴金要为新政权做些事情。他首先认识到自身改造的重要性，认识到自身思想的不纯洁性，于是他发表了一些文章来表明自己对新中国、新政权的拥护与爱戴，如《一封未寄出的信》、《我是来学习的》等。可以说，这时的巴金在精神和情感的深处是没有剧烈的矛盾、痛苦的，他看到了无比喜悦的中国人民，他也感到无比的喜悦。因为这一切对于一个心怀人类之爱的作家来说，不能不说是一种幸福。

然而随着反胡风运动、反右等一系列运动的到来，巴金开始发表了一些跟风甚至是违心的文章：《必须彻底打垮胡风反党集团》、《人关于胡风的两件事》以及批判丁玲、冯雪峰等人的文章。与此同时，巴金对

---

① 《巴金全集》第2卷，人民文学出版社1984年版，第4页。
② 转引自陈琼芝《生命之华——巴金》，山东画报出版社1998年版，第135页。

于文学的观念也发生了动摇，大概在 1957 年春季，因为他在会上讲了一句"应当把文艺交给人民"，这使他紧张不安，从此背上了一个沉重的精神包袱，1958 年他终因这句话而遭到了批判。但是为了表明自己思想改造的真诚，巴金又继续发表了《宣传总路线》、《变化万千的春天》、《英雄赞》等歌颂时代的文章。到了"文革"发动的时候，他在随着郭沫若公开表示自己的著作应当全部烧毁之后，也在学习会上承认自己"写的全是毒草"。对于这种可怕的自我保全的心理、出卖人格尊严的行为，在那个时代下可以解释为自我改造的需要，但是我们还是不禁要问，为什么一个曾经信仰无政府主义的民主作家会丧失了独立思考的能力，主体的理性精神完全泯灭了呢？在巴金晚年《随想录》中他对此有尖锐的回答："奴在心者"。"奴隶，过去我总以为自己同这个字眼毫不相干，可是我明明做了十七年的奴隶！我就是奴在心者，而且是死心塌地的精神奴隶，这个发现使我十分难过！我的心在挣扎，我感觉到奴隶哲学像铁链似的紧紧捆住我全身，我不是我自己。"① 这就是说，他那种自虐不仅是生理心理现象，而且是一种神的诺言和暴力重压下的产物，是自我潜在的封建意识的遗留。因为他在牺牲朋友和自我的同时，又是明白自身的所作所为的，如此一来，他成了专制者的精神奴隶和帮凶！然而在那个非人的时代，巴金不可能如此深入地去剖析自我，因为令人绝望的环境压倒了一切精神的反省，他想到的多是如何进行"脱胎换骨"的改造，成为一个新人，一个可以保全妻儿与自己生命的新人。从这个层面上讲，在"文革"时期，巴金的"负罪"心理又是真实存在的。他那单纯、真挚、热情、明朗，又多少有些软弱的性格也是他想获得彻底的精神改造的动因之一，"我想，我是在官僚地主家庭里长大的，受到旧社会、旧家庭各式各样的教育，接触了那么多旧社会、旧家庭的人，因此我很有可能用封建地主的眼光去看人看事。越想越觉得'造反派'有理，越想越觉得自己有罪"。"我真心表示自己愿意让人彻底打倒，以便从头做起，重新做人。"② 所以，那时的巴金是"真心的认罪

---

① 巴金：《随想录》，三联书店 1987 年版，第 284—285 页。
② 同上。

服输的……我始终有这样的想法：通过苦行赎罪"①。正是这种类似"虔敬"的心态使巴金面对了种种精神的折磨和失去亲人的痛楚，走过了人生的最艰难处。

阳光再次照耀巴金的心头，使他的思想发生深刻变化的是"实践是检验真理的惟一标准"的全国性大讨论。正是这次大讨论开始引发他对十年浩劫的深入反思，首先他正视的是自己的精神历程，以一种"忏悔"的方式揭开伤疤，寻找伤口的根源，因为他深感这十几年来他所走的人生路、十几年来民族的历史渗透着血淋淋的罪恶，而且这罪恶不会马上消失，说不定有一天它又会回到人间。为此，他以极大的勇气和社会的良心向自己的内心深处走去，"我的箭垛首先是自己；我揪出来示众的，也首先是自己"②。这才会有上面提到的对精神奴性的发现和诘问。同时，也正是因为巴金深刻地认识到这种可怕的民族痼疾的危害性，他才如此执拗、坚韧、义无反顾地对自我进行灵魂的拷问。《随想录》的反省不仅仅是针对十年浩劫，它还包容了对人性、民族、国家的历史、现在、未来的反思与启示。事实上，巴金在写作《随想录》时所遭遇的灵魂与精神的煎熬远远地大于他在新中国成立后近30年的心灵痛苦，因为他要做的是在沼泽和尘污中树立起独立人格与自由精神的旗帜，是在失落和腐朽中重塑道义与良知的价值。却又正是在这灵魂的再一次洗礼中，那个怀着爱人类、爱世界的理想的巴金又回来了，他带着更为虔诚、更为深刻的博爱之恩期望《随想录》使人"变得善良些，纯洁些，对别人有用些"，"给人间一点温暖"③。

冰心这位爱的使者，从"五四"时期起就以"爱的哲学"来构筑自己的文学殿堂，同时，在她纯洁、善良和宽容的情感中透射出的也是对人类的爱。这包括了她对母亲、孩子和大自然等一切美好事物的理解与关注。她的泛爱之思可以说也是她认识世界的思维基础：十分了解冰心的茅盾曾经在《论冰心》中说过：冰心女士把社会看得非常单纯，她以为人事纷纭无非是两根线交织而成：这两根线便是"爱"和"憎"。她

① 巴金：《随想录》，三联书店1987年版，第281页。
② 巴金：《随想录·无题集》，上海文化出版社1998年版，第68页。
③ 巴金：《随想录·探索集》，上海文化出版社1998年版，第47、58页。

以为"爱"或"憎"二者之间又有一者是人生的指针。她这思想，完全是"唯心论"的立场。可是产生了她这样单纯的社会观的，却不是"心"，而是"境"。因为她在家庭生活小范围里看到了"爱"，而在社会这大范围里却看见了"憎"。于是就发生了她的社会现象的"二元论"①。虽然茅盾是从一个唯物论的角度来解说冰心的思想意识，但是他却不无道理，可以说这段话揭示了冰心创作和为人的精神内涵。所以当祖国遭受战火的侵袭、当人民身处水深火热之时，冰心"爱的哲学"升华为对世界和平的吁求，对我们国家和人民深切的爱。1949年新中国成立的时候，虽然冰心正住在战败后的东京，但是"祖国解放的消息传来时，我感到了毕生未曾有过的快乐"。1951年冰心夫妇终于辗转回到了祖国，看到祖国的新貌，冰心无法不去歌唱，因为爱国的精神和情感已经深深埋在她的心底。基于此种心情，冰心说："在我的作品中，我要努力创造正面艺术形象，表现新人物，让新中国的儿童看到祖国的新生的、前进的、蓬蓬勃勃的力量，鼓舞他们做一个有教养的、乐观的、英勇刚毅的社会主义社会的建设者。"②或许儿童题材的选择少了几分政治色彩，新中国成立初期冰心创作颇丰，同时也未曾遭到政治运动的迫害，但这并不是说冰心没有顾虑和隐忧，在对冰心晚年的采访中，她说过："有的话不好说，文章不像解放以前登起来容易……写东西得迎合上头的趣味。"③就这样，冰心以一种基本平和的心态，以一种不曾改变的爱的精神走过了50年代。

"文革"的到来冲破了冰心看似平静的生活，她的善良与宽容也使她同很多知识分子一样，只求当个螺丝钉。1969年，她被下放到湖北农村去接受劳动锻炼，这时的冰心已是年近七旬的老人，但是她却是"叫干啥就干啥"，没有怨言，并因此在大队会上受到夸奖。而且她有时还在劳动的空隙时间朗读英语单词，冰心的这种超然物外的心境看似不合时宜，实际上却是她内心中爱的精神使然。正如她后来所说："我就靠乐观，我觉得对人情物理说不过去的事情是不会长久的。""我就觉得

---

① 转引自肖凤《冰心传》，北京十月文艺出版社1987年版，第133、284页。
② 同上。
③ 转引自傅光明《傅光明访冰心谈话录》，《今晚报》1998年12月17日。

人与人之间的爱还是最重要的，那时人们都不敢表示就是了。其实我们私下在一起，还都是彼此相爱的，都是同情的，就是不敢表示，不敢在红卫兵面前表示。"① 支持着一个老人度过艰难岁月的，不是什么宏心壮志，而是源自人类情感最基本的情愫——爱。当这种爱上升为一种信仰和精神立场时，没有什么险恶的外物可以摧毁它，相反有可能使它更加坚定。或许我们会说她缺乏反抗的力量，但是如果当"爱的哲学"使一个老人确信了"恶"终将遭到报应时，这种精神的信仰是否比无力的反抗更有意义呢？

著名作家老舍是于 1949 年 12 月 12 日从美国回到北京的。还在美国时，老舍就曾经对他的朋友们说过中国已经有希望了，他要赶快回中国去。而当他看到中国人民现在的生活，更是感慨万千："我高兴回到祖国来，祖国已不是半殖民地半封建的国家，而是崭新的，必有领导全世界被压迫的人民走向光明、和平、自由与幸福的路途上去的伟大力量！"② 由此也可以看出出身贫苦的老舍对于新中国的成立是怀着多么美好的期盼的。早在 1938 年全国抗日民族统一战线刚刚建立之时，老舍就已经担任了中华全国文艺界抗战协会的常务理事、总务部主任。所以面对新政权、新生活和新社会，充满爱国热情的老舍表示愿意参加一切有利于人民的工作。而新政权确实对老舍委以重任，50 年代老舍曾任职全国文联副主席，中国作家协会副主席，中国民间文艺研究会副主席，北京市文联主席，北京市人民政府委员，第一、二、三届全国人民代表大会代表，国务院文教会委员，中国人民政治协商会议全国委员会常务委员等 15 个社会职务。毫无疑问，这些职务花费了老舍大量的精力和时间，更何况老舍是一个相当诚恳、真挚和敬业的人，即使是严重的腿疾在身，他仍旧坚持以最饱满的热情工作和学习着。可以说整个"十七年"时期，老舍大多数的时间是在学习文件、参加会议、发表演讲、撰写各种文章、文化交流、接待外国友人中度过的。

从这个层面上讲，文化官员的意识和品格呈现在老舍精神的表层。

① 转引自傅光明《傅光明访冰心谈话录》，《今晚报》1998 年 12 月 17 日。
② 转引自刘明、石兴泽《人民艺术家——老舍》，山东画报出版社 1998 年版，第 137、187 页。

因为作为官员他必定要按照社会的需要、政党的需要去思考、去工作，他不仅要接受和接触他自愿接受或接触的事物，而且还要接受和接触他不愿接受或接触的事物。也就是说，或许当他以某种身份进行演讲时，官员的意识和思维方式占据了他内心的某一层面，强烈的责任感和时代感也会左右他自己的思考。正因为如此，有的当代研究者，对老舍这一时期的许多深层的精神矛盾做了如下的分析：他未必有志致力于剧本创作，即使打定主意写剧本，也未必认为《龙须沟》的方向是他创作的通衢大道，但当他因此而成为"人民艺术家"的时候，这些身份（角色）便主导了他的思想，因而他认定了《龙须沟》的"艺术冒险"，强调政治热情对创作热情的作用，进而强调创作热情对创作规律的胜利，表示"我还要努力学习写剧本"，一次一次地进行《龙须沟》式的"艺术冒险"。此外，他未必赞成"为目前的政治任务写作"的口号，但是，当这一口号被视为社会主义时代的要求、是社会主义文学创作的特点时，作为文艺界的领导，却又发表文章，提倡"赶任务"，强调"赶任务"的重要性；而"赶任务"的重要性，也就此成为他思想理论的组成部分，并指导着他的创作实践。① 可能正是时代思想的侵蚀、各种职务的束缚，一点点地剥夺了老舍内心深处的自我意识。

那么，老舍的有关赞同文艺服从于政治的文章是否都是官话或敷衍之词呢？想来，就老舍那敦厚、温纯中透着坚韧、执著的个性来说，他的民众情结也是深深影响他这个时期精神架构的又一个原因。老舍虽然也是一个学贯中西的知识分子，并且曾一度信仰基督教，但是与巴金、冰心等人不同，老舍出身于贫寒之家，有着艰难坎坷的人生经历，他对工人等底层人民有着天然的亲近与同情。就连他的基督信仰也是同解放贫苦大众相连的，"耶稣只负起一个十字架，而我们却应该准备牺牲自己，负起两个十字架，一个是破坏旧世界，一个是建立新世界。"② 从这样的情感出发，当他目睹人们的生活水平、精神面貌发生大的喜人的变化时，他是真心地感谢新政权以及领导人的，

---

① 参见石兴泽《四重意识：老舍五六十年代》，《学习与探索》1996年第1期。

② 转引自刘明、石兴泽《人民艺术家——老舍》，山东画报出版社1998年版，第137、187页。

因此他开始从自己的创作入手，改造自我，抓紧学习，虚心听取别人的意见，反复加工、修改自己的作品，以期写出能跟上时代的潮流，为新政权、新社会服务的文章。所以他才会说："时代是伟大的，人民是伟大的，可是我写不出伟大的作品。原因很多，主要的是我没有伟大的思想。我有爱新社会的热情，但是专凭热情，只能勤于写作，只能就事论事地去写近似记录的东西，而不能高瞻远瞩地把人与事提高，从现实生活中透露出远大的理想。"① 由此也可以看出，老舍真切地改造自我的想法有着发自内心的情感。

　　然而，历史的复杂性混合着个人精神的复杂性是这个特殊时期的特性之一。如果仅就如上所述，老舍的文艺思想、精神立场应是当然地适应时代需求、政治需求的，可是他怎么还能在这个疯狂的时期创作出他一生中最重要的作品，同时又是远离时代的《茶馆》与《正红旗下》呢？或许这是因为：老舍心灵深处一个叫做艺术良心的意识还顽强地存在着、涌动着，等待着可以喷薄而出的那一刻。1950 年 8 月 9 日，他在给胡风复信时说：老没写信，因为太忙。近两月来，我是上午在家工作，乱造妖魔。下午到市文联办公——这是个相当重的包袱……这里所流露出的最隐秘、最真实的感情，无疑是一个作家发自心底的叹息。此外，在"双百方针"颁布之后，文艺界一度有了复苏的迹象，老舍便连续发表了《自由与作家》、《谈"放"》、《论悲剧》等针砭时弊的文章，他那艺术家的精神气质、思想方式都显现出来。而《茶馆》与《正红旗下》的成功，很大程度上是因为老舍又能回到他所熟悉的老北京，回到他所精于其道的写作方式，他可以深入到人物的内心，可以从容面对历史的场景、可以尽情发挥他作为艺术家的才能，努力向艺术的真理靠近。事实上，老舍就是在面对他难以把握的题材、面对应景似的创作、面对极为陌生的主题时，他的艺术良心也不曾泯灭过，写作剧本《春华秋实》他十易其稿；排演《龙须沟》他亲自朗读剧本，征求演员、导演的意见，这时的老舍正是一个艺术家的老舍。但是由于时代精神的制约、民众情结的扭结，使艺术家的老舍充满了困惑与矛盾，在他的精神世界中始终有着一层层密密叠叠、出于不同原因而形成的织网，束缚着

① 《老舍论创作》，上海文艺出版社 1982 年版，第 180—183 页。

老舍的艺术个性与精神追求。

当"文革"的大门猝然打开时，老舍身体与心灵的双重磨难接踵而至。先是因吐血住院，不久又遭受了"红卫兵小将"们的凌辱与殴打。1966 年 8 月 24 日，老舍在太平湖边呆坐了一整天。第二天一早，有人看到了他露出水面的后脑。没有遗书，只有湖面上漂浮着的一张张由老舍亲笔书写的毛泽东诗词。记得老舍说过，在动乱中死去的往往是刚烈而清白的人。这种历史的奇异的逆向淘汰最终成为老舍这位悲剧作家不解的悲剧命题。然而无论如何，在老舍生命的终结点上没有留下精神死亡的阴影，相反却透露出一个文人精神意志的倔犟与不屈。

第三节　精神自我的无奈分裂

对于新中国成立后中国作家的精神状态而言，那些居于政治和时代旋涡中心的"弄潮儿"的精神图景可谓最难揭示，也分歧最大。这不仅因为与巴金等作家相比，他们身上的时代烙印和政治烙印更为明显，而且还因为他们居于"庙堂"比身在"江湖"的作家更无退路，他们时刻处于各种"监控"之中，身份也日益"公共化"和"符号化"，在这种情况下，他们自我精神迷失的危险更大，而保持精神自我的难度也更大，他们的"弄潮"既是一种自觉的追求，是他们人生价值和政治理想实现的标志，同时又是一种迫不得已的"惯性"制约使然，其内心掩藏的无奈、沧桑和精神冲突也就更剧烈。在我们看来，周扬、郭沫若、丁玲、何其芳、茅盾等作家在新中国成立后的精神历程就是这种自我精神分裂图像的绝好阐释。

新中国的成立，对文艺界的影响是相当深远的，它首先焕发了一部分作家的创作热情，但更多的应该说还是政治热情，这无疑同 1942 年毛泽东《讲话》中所倡导的文艺政策、文艺观念分不开。新中国成立后，文艺为工农兵服务的方向继续被确定为新中国文艺运动的总方向，并根据当时形势的需要，将这个总方向，进而上升为"文艺为政治服务"。在这种情势下，一批左翼作家也不得不在这一律令下，放弃自己曾经熟悉的知识分子或其他题材，转而去写工农兵题材。这势必造成他们文学作品的生涩，艺术性的降低，文学情感的苍白，以及精神深处的变异。矛盾的是，艺术良知与作家的思维又无法使他们接受这种概念化的创作以及思想的蜕变，所以才会出现一批原是左翼作家的文学工作者在 50 年代至 70 年代，长达 30 年的时间内没有或鲜有艺术作品问世的现象，他们有的转向文艺理论的研究，有的为政务所淹没，有的则是回归旧体诗的创作，有的则是在批判运动中沉浮，总之艺术精神和政治意志的矛盾成为他们这一时期里最为沉重的精神负荷。这里我们将重点厘清茅盾、何其芳、丁玲三位作家在新中国成立后的精神密码，因为作为重要的左翼文学的代表，他们不仅身居高位，而且还是中国现代文坛的大家。这三位是在新中国成立后的特殊时期里，纷纷陷入政治运动的"围剿"中，一时间似乎生命的全部意义都被时代精神所替代，这一方面出于他们对于崇高理想的追求，出于对自身信仰的忠诚，另一方面，集体与革命的名义早已使他们将政党的利益置于思想的最高处，于是精神的冲突在忠于艺术还是政治的选择中，突兀而严峻，最终他们只能以精神的两重性完成人生的命题：既坚定地忠实于政党，又眷顾着艺术的良知。当然一个不可辩驳的事实是，前者往往冲击着后者，这就造成了他们精神的畸变。

茅盾作为"我国现代进步文化的先驱者，伟大的革命文学家和中国共产党最早的党员之一"，同中国的左翼文学及文学运动是紧密联系在一起的。所以在建国之初，周总理就亲自动员他出任文化部长，虽然茅盾曾予以婉拒，但在劝说之下，还是接受了这一要职。从此，他开始了长达 15 年的文化部长的任职，这意味着他已同新中国成立后的政治文艺紧密联系在一起。在这一职位上，茅盾始终是尽其最大能力的，文化领域的百废待兴，国家领导人的期望，工作任务的繁重，都促使他加倍努力的工作。然而对于一个十分重视自己的文学生命的作家来说，这无疑又是一段十分艰难的时期，政治人格与文学人格的两难选择是他必须承受的精神重压。

首先，他已经没有精力与时间去从事自己更为喜爱的文学创作。为此，性格冷静、持重的茅盾也有过抱怨："五年来，我不曾写作，这是由于我文思迟钝，政策水平思想水平低，不敢妄动，但一小部分也由于事杂，不善于挤时间，……总理号召加强艺术实践，……我这个自己没有艺术实践的人却又不得不鼓励人家去实践，精神上实在既惭愧又痛苦……"①茅盾原有续写《霜叶红似二月花》的设想，皆因时间和精力的有限，多次搁笔，以致这个写作计划终未完成。此外，1952年，茅盾曾经接受过一个"政治任务"，写一部反映镇反运动的作品，最好是电影剧本。虽然是完成了，但是他并不满意，因为作品并不是源于作家生活的积累和创作的热情，所以茅盾先是将其"封存"了起来，然而在1970年四五月间，在作家精神、情绪最消沉的时候，这个电影剧本连同《霜叶红似二月花》的手稿都被他亲手销毁了。无疑，创作之梦的破灭，对一个作家的精神打击是相当沉重的。

其次，茅盾的痛苦还在于，在一系列的政治性文艺观面前的深感无助。因为身为作家的他不可避免地要从文学艺术规律的角度去思考一些问题，但是，对于新中国、新政权的信任，对于自身政治理想实现的维护，对于现有领导责任的重大等等诸多内外因素的权衡，他的政治人格或者说政治意识常常会击倒内心中的文学意识，从而做出有背艺术良知的选择。这重重的精神困境迫使茅盾在审慎从事之后以沉默应对一切。在1957年全国性的批判丁玲、陈企霞，并将他们打成"反革命集团"时，作为丁玲曾经的老师，茅盾是了解并相信自己的学生的，但作为文化部长的他不能不表态，于是他作了《洗心革面，过社会主义的关》的发言。事后他为自己的违心发言深感不安，为了避免这样的事情再发生，茅盾称病拒绝写任何文章。事实上，此事之前的批判《武训传》，之后的对于文艺上"大跃进"等等问题，茅盾都深感迷惑与不解。种种"运动"的一再发生加剧了茅盾的精神焦虑，最终他只能以沉默来面对后来所有的历史纷争。

再次，茅盾的沉默还有着他个性的因素。作为一个现实主义小说的倡导者，茅盾的性格是相当沉稳的，不张扬，不出风头，谨言慎行，处事老练，眼光敏锐，善于思考。在他身上，浪漫的气质鲜见，更多显示出的是一个理论家的气质和思维方式。这种个性以及对自己清醒的认识，是他在面对许多问题时能够保持低调、予以回避的另一方面的原因。或许正是茅盾这种独特的个性气质，给他开启了另一片心理空间，

---

① 茅盾：《我走过的路》，人民文学出版社1997年版，第724页。

容许他精心地去思考一些文艺理论问题。从 1956 年开始，他利用业余时间，针对新中国文艺理论的薄弱以及文艺工作者文艺认识的分歧，写了一篇六万字的论文《夜读偶记——关于社会现实主义及其他》，虽然文中有认识的局限，但是在文化"大跃进"的时代，能够出现一部系统的理论著作，确实是茅盾独特的贡献。这从一个侧面，也可以看到茅盾文学人格中冷峻与执著的一面。即使在 1965 年免去了文化部长职务之后，他仍能保持一种外在的平静：无言论地观察，在含饴弄孙、读书看报中思考和发现。茅盾不是没有愤怒、痛苦、疑虑，而是这一切难以述说和排遣："浮沉湖海词千首，老去牢骚岂偶然。漫忆纵横穿敌垒，剧怜容与过江船。"（1973 年《咏史》）

在新中国作家中，茅盾和周扬一样都曾经身居要职，但是比较而言，茅盾虽然也不得不在政治风云中充当弄潮儿，比如对胡风的批判、对丁玲的批判，他都写有旗帜鲜明的"表态文章"，但是与周扬相比，他显然更多地保存了精神的自我。他的"后退"与沉默，既是一种生存策略，又是一种精神策略。在那样一个时代，这样的策略无疑是在生存现实和精神自我之间保持平衡的惟一可行的办法。

何其芳的人生经历与创作道路在中国现代作家中是有特异性的，被一些研究者称为"何其芳现象"。这一方面是因为他的文艺观念在前后期的急剧变化，从一个唯艺术论者，转变成艺术功利论者，并进而成为毛泽东《讲话》精神的"权威"宣讲者和阐释者；另一方面是因为在其宣传文学为政治服务的同时，内心深处也隐藏着远离艺术美和文学创作独立性的寂寞与苦闷。正是从这两个原因出发，我们描述何其芳在新中国成立后的精神历程与人生态度有着特殊的意义，既可以从他的身上折射出许多作家曾经有过的两难选择，又可以看到一个激进的左翼作家在特殊时期的特殊精神气质与心灵欲求。

年轻时期的何其芳是一个对艺术极虔诚、品位高雅的鉴赏者，同时也是一个创作态度认真的诗人。他创作的《预言》、《画梦录》颇见其不凡的艺术功力，具有西方浪漫主义诗歌纤细、华美的韵味。那时的何其芳相信政治是肮脏的、现实是丑恶的，而将艺术当作人生的避难所："在我参加革命之前，有很长一个时期我的生活里存在着两个世界。一个是出现在文学书籍里和我幻想里的世界。那个世界是闪耀着光亮的，是充满着纯真的欢乐的，高尚的行为和善良可爱的心灵的。另外一个是环绕在我周围的现实的世界。这个世界却是灰色的，却是缺乏同情、理想的，而且到处伸展着坠落的道路的。我总是依恋和流连于前一个世界而忽视和逃避后一个世界，我几乎没有想到文学的世界正是从现实的世界来的。而且好像愚昧到以为环绕在我周围的那个异常狭小的世界就等于整个的现实的世界。"① 这种认识似乎在何其芳 1938 年到达延安、获得了精神上的解放之后，被彻底"改造"了，他的艺术观连同世界观都发生了巨变。他开始认为自己的这种思想是卑微渺小的，同《讲话》的精神是背道而驰的，是应予以彻底否定的。同时为了坚定自己的政治文艺思想，他开始从宣传《讲话》精神与批判他人的"错误"文艺观念中，获得否定自我的信念与勇气。成果之一，就是何其芳在 1945 年出版《夜歌》集时，有许多"十分精彩的作品"被删掉了，取而代之的是那些保持了"进步"思想的诗歌。这种割爱而露拙的反向行为在新中国成立后的文坛并不鲜见，但是何其芳却因较早地接受了"先进的文艺观"而早已为之。事实上，从这时起在其内心深处就隐藏了双重精神线索：显层的当然是政治文艺观，潜层的则是对艺术独创美的眷恋。这两者在其他作家那里，也都存在着，但是他们往往是两者相抗衡的，随着政治运动的起伏，此消彼长。何其芳，却一直保持着极高的政治警惕性，始终是《讲话》精神忠实的维护者。这其中的原因是相当复杂的，但是我们至少可以从两个角度，分析他的心理成因。

其一，强烈的功利意识。其实，这里也包含着积极的入世精神，就何其芳来说，到达延安意味着自己改造现实的梦想的实现。他在年轻时已有鞭挞社会黑暗与还击不合理社会的主观愿望，并怀着极大的热情希望实现这一梦想。所以当何其芳一旦找到了精神的归宿地，他就毫不犹豫地献身于这一事业，并在"发展"这一事业的过程中，坚信自己思想的变化是一种向前迈进的变化，他逐步树立了这样的信仰：为了某种更高的目的，为了现实的政治需要，牺牲文学的艺术性是合理的应该的。政治信仰与生命成了何其芳实现其价值存在的依托，成为其"逃避幻

---

① 何其芳：《写诗的经过》，载《何其芳文集》第 5 卷，人民文学出版社 1982 年版，第 84 页。

想"的另一个精神堡垒。

其二，在非理性的迷雾中产生的个人崇拜。积极入世的态度并没有错误，但是失去了真实的理性的价值尺度，就往往使人陷入精神的非理性控制之中。在何其芳身上显现的正是盲目信仰之后的迷狂。最具说服力的事实就是他对毛泽东的个人崇拜。可以说从何其芳到延安始，他就为遇到一位"明君"而高歌，直至他生命的最后时刻仍是毛泽东忠诚的战士，在《毛泽东之歌》、《幸福的回忆》等等其晚年的诗作、散文当中，我们都会发现这种固执的非理性的个人崇拜。或许正是如上的原因，使得曾经为艺术而歌的何其芳成了失去主体的歌者。但这并不意味着他的内在心理就是快乐的、从容的。如上所说，在他的内心深处仍然潜藏着艺术个性，并且也曾存在着反抗的意识，但是当招致一些批评家的批评时，艺术的感觉只能成为潜意识而存留心底。所以何其芳的精神情感中始终有着悲凉的情愫。

在 1956 年何其芳写的《散文选集》序中，他说过这样的话："现在有些人好像主张在我们的语言文字里废除'难过'这一类的词汇。据说用了这一类的词汇就是感情不健康。……我的心境却实在不能用别的字眼来说明，只有叫做难过。……一个人的生命过去了很多，工作的成绩却很少，这已经是够不快活的事情了；但更使我抑郁的还是我发现了这样的一个事实，当我的生活或我的思想发生了大的变化，而且是一种向前迈进的变化的时候，我写的所谓散文或杂文却好像在艺术上并没有什么进步，而且有时甚至还有些退步的样子。……我想，一个认真的有责任感的人，他发现他的工作做得不好，因而难过，这倒是正常的。如果他无动于衷，满不在乎，那才真是头脑和心灵都有了毛病。因此，应该作的不是隐瞒这种事实和感情，而是给他们以恰当的解释，并从其中得到可以得出的教训。"何其芳对于自己的认识从某种角度说，也可谓深刻了，他内心的"难过"绝不是无病呻吟似的做作，相反倒是清楚地表达了一个诗人，深深地热爱过艺术却又远离艺术而去的无奈与阵痛。

在这么短的篇幅中我们无法完整而充分地揭示何其芳在新中国成立后所走过的精神与心灵的道路，但是我们却试图说明这样一个激进的左翼文学家同样具有复杂性。

没有哪个作家像丁玲这样，一生在荣辱毁誉之间，经历过如此大的落差。"五四"时期她以《莎菲女士的日记》成为那个时代的"挂牌作家"。在 1936 年她又毅然奔赴延安,其间,丁玲被选为中华全国文艺界抗战协会延安分会理事、副主任,陕甘宁边区文化协会执委、副主任,并完成了《在医院中》、《我在霞村的时候》、《"三八节"有感》等被认为具有右倾倾向的小说、杂文,特别是后者在延安引起轩然大波,其对丁玲造成的打击虽不是致命的,但造成的心理影响却很深远。她在 1978 年 10 月 8 日写的一篇日记中有这样的语句:"文章要写得深刻点,生活化些,就将得罪一批人。中国实在还未能有此自由。《'三八节'有感》使我受几十年的苦楚。旧的伤痕还在,岂能又自找麻烦,遗祸后代!"新中国成立后,丁玲因《太阳照在桑干河上》一书于 1952 年获得斯大林文艺奖,这无疑是她人生的顶峰。然而从 1955 年开始,丁玲开始遭遇一次又一次的批斗,先是被打成"丁陈反党集团",1957 年又被打成右派。20 年辗转流放于北大荒及山西农村,之后又被关入北京秦城监狱。70 年代末获平反,但又有人指责其是"左派"分子。

我们勾勒丁玲的一生无非是想说明,"丁玲是一个具有巨大的文学才能而为政治所吞噬的作家,一个未及完成却因意外打击而几近碎裂的作家,一个忠实于文学事业并为之苦苦挣扎奋斗的作家。"① 事实上,这一评价正反映了在两难处境中被割裂的丁玲的精神世界。时代和个性造就了政治的丁玲,时代和个性也摧毁了文学的丁玲。

新中国成立后的 30 年,无疑是丁玲生存与精神的地狱,而她得以坚强地活着的精神密码则是刚毅的个性和坚定的政治信仰,而并不是一个作家应执著追求的艺术精神。这恐怕是左翼作家们共同遭遇的精神困境吧!劫后余生的晚年,丁玲还不止一次地吐露自己的衷曲,说:"如果我不是走到人民中去,不卷入时代的潮流,那么我的文学生命早就完了。"② "《讲话》给了我最大的力量和信心。我能够活下来,活到今天,我还能用一支破笔为人民写作,是同这一段时间受到的教育分不开的"③,"我想来想去,能够奉劝同行用以自勉的仍是几个字:继续到群

---

① 林贤治:《左右说丁玲》,《南方周末》2001 年 3 月 8 日。
② 丁玲:《我的生平与创作》,四川人民出版社 1982 年版,第 15 页。
③ 同上书,第 51 页。

众中去"①，这也正是她创作《杜晚香》那样歌颂工农兵的作品的原因。应该说从表层来看，丁玲在文学创作上已经被政治强势话语所吞噬，但在思想的角落仍旧闪烁着个性的火花。对于丁玲来说，由此背负的心灵磨难更加深重。1981 年 6 月 4 日，丁玲曾给她的一位友人写过一封信，透露出她内心的隐忧："你不要看见我在这个刊物上有点短文，这种时候，我打扮很谨慎，怕授人、授自己人以柄，为再来挨一顿棍棒做口实。……你不要看旗帜，所谓解放，实际在某些问题上，对某些人上，实在一丝一毫也不愿，不肯解放的，……难道 20 多年还不能得点经验教训？不学乖一点吗？文艺事大不可为，希望在 50 年后，在我，在我们死去许久，或可有勇气的，真正无私的，有真知灼见的人们。……我就坚持不入伙，免得别人倒来倒去，演笑剧。"② 可见，丁玲内心真实的情感是相当复杂的，她期盼得到公正的评价，更期望不再陷入任何纠葛，因此她才会在新时期推出《杜晚香》这种主体精神不会遭到非难的作品，而回避写作揭示自我心灵创伤、反思历史的文章。一个曾无比崇尚个性自由，努力挖掘自身生命痛苦，坚持知识分子立场写作的丁玲，在人生的中途和晚年却陷入政治文化心理的纠结中，并成了这种心理和这种文化忠实的信徒，最为可悲的是：正是这种信仰将她定性为罪人。

丁玲的晚年是中国作家精神史的一个特殊"悬案"。与巴金先生的反思和忏悔不同，历经磨难的丁玲却表现出了"不思悔改"甚至极"左"的面目，这里面的原因非常复杂，是无法用一句两句话说清楚的，更不能借此宣告丁玲精神的死亡。在我们看来，晚年的姿态可能恰恰是丁玲刻意显示自我与众不同的精神个性的一种体现，当然，政治信仰、对毛泽东的崇拜以及与周扬的个人恩怨等等也是造成这种状况的重要因素。这里面，可能有精神失落和人格扭曲的成分存在，但是顽强的精神自尊无疑更为醒目。

---

① 丁玲：《我的生平与创作》，四川人民出版社 1982 年版，第 109 页。
② 周良沛：《丁玲传》，北京十月文艺出版社 1994 年版，第 68 页。

第四节　新的生存空间与彷徨中的期待

我们在回顾新中国成立后文学家的精神史时，当然离不开对历史事实的叙述，同时也力图在此基础上廓清几种作家类型，以便于揭示作家们不同的精神苦旅。但事实上，我们还是习惯于按照一种普遍被认可的结论来表述，左翼或右翼，激进或保守，而且我们也认同这样的现象，即中国作家们往往容易在时代风潮的裹挟中丧失自我，他们总是因时代的、立场的、信仰的不同做出选择，缺少因为刚性或叛逆的品质做出的选择。但是如果我们看到新中国成立后作家们境遇的恶劣与窘迫，细读他们在困境中的历史，我们会发现也存在着另一种抗争，它不是沉默与一味的忍耐，而是一种无声的坚持与挣扎，是在静观与超然中承担苦难，是在退守与等待中延续精神。对于这些作家来说，他们的选择往往是转向文学创作以外的他途，并在新的领域取得了不俗的成绩。在这方面，我们可以列出沈从文、萧乾、废名、骆宾基、穆旦、丰子恺等大家的名字。总之，时代精神的负荷虽然极为沉重地压在他们的心上，但是他们仍能或多或少地坚守自主选择的权利，在"逃避"中争取些微精神的独立。

沈从文作为一个坚持"第三条路线"的作家，从 1949 年起就已经绝少创作了，这里的原因是显见的，不须赘述。对于一个一心希望构筑"文学梦"的人来说，这似乎意味着梦已醒来，创作的激情不在，精神的世界将发生巨变。事实上也大体如此，1949 年以后的沈从文历经心灵的磨难后，从文学创作走向了文物研究、古代服饰研究，并在这一领域取得了杰出的成就。在这里我们暂不去关涉其研究领域转变的过程及其转变的结果，我们只想走入其精神世界，一窥他的心路历程。

与群的隔绝。从 1949 年 1 月起，沈从文陷入"精神失常"。这自然与当时文艺界的现状、国内政治局势有着必然的关联，但是其内在原因更是直接。因为沈从文的精神几近崩溃不完全是对外在环境变化的恐惧与害怕，而是深感自己精神的坚持终不被人理解的绝望，这内外双重的困境才是他想自毁的原因吧！他在 1949 年 1 月一封家信的批语中写道：给我不太痛苦的休息，不用醒了，就好了，我说的全无人明白。没有一个朋友肯明白敢明白我并不疯。大家都支吾过去，都怕参与。……我看许多人都在参与谋害，有热闹看。① 此外他还写道：做完了事，能休息，自己就休息了，很自然！若勉强附和，奴颜苟安，这么乐观有什么用？让人乐观去，我也不悲观。② 如此尖锐的言语，在一个人人诺诺的时代没有理由不被视为"病子"，或许沈从文的这份怒气正是他苦闷的根源，他不能接受没有坚持的投降，如果那样，还不如"休息"。正是他一贯执拗的性格与思想让他对那个时代以及那个时代中的友人与朋友充满了不解甚至是愤恨。这种来自灵魂深处的痛苦迷茫始终咬啮着他的心，他不愿相信原有的一切在时代的变化中消失了，更有甚者，他似乎看到了一个完全迷失的自我。他在另一封家信中这样写：有种空洞游离感起于心中深处，我似乎完全孤立于人间，我似乎和一个群的哀乐完全隔绝了。……世界在动，一切在动，我却静止而悲悯地望见一切，自己却无份，凡事无份。③ 由此可见，沈从文精神的崩溃不单单是因为左翼文人对其的排斥与批判，而且也是因为自我精神不得坚持所产生的危机意识使然。

在破碎中黏合自己。1949 年 8 月间，沈从文被安排到他十分熟悉、且十分感兴趣的历史博物馆，具体工作是管理文物，抄写目录和标签。在此前，他已渐渐明白必须同文学彻底绝缘，因为"什么都不写，一定活得合理得多"。但是在此后的几年里，他总是期望着能够拿起笔，写出新的作品，但是他的思想是矛盾的、痛苦的。一方面，他总是感到自己的思想同时代有很大的距离，对新的社会、新的生活，还很隔膜疏远，如果勉强去写，怎能写好？另一方面，他又目睹自己的书稿被销毁或禁止出版。如此一来，心中残存的对文学的眷恋也因种种现实情状而压抑了。该向何处去？幸好文物研究工作使得沈从文的精神有了依托。汪曾祺曾回顾道：他后来一头扎进了文物，越陷越深，提笔之念，就淡忘了。他手里有几十个研究选题待完成，他有很大的责任感和紧迫感，时间精力全为文物占去，实在顾不上再想写作了。沈从文似乎在研究文

---

① 沈从文、张兆和：《从文家书》，上海远东出版社 1996 年版，第 152 页。
② 同上书，第 153 页。
③ 同上书，第 160、161 页。

物的工作中慢慢地寻找到了新的希望和安慰，甚至是一种他渴望追求的有意义的生命形式。因为他从这个领域找到了他在文学创作领域所失去的自信与满足，一个倔犟的、好斗的沈从文又回来了。他开始不断写文章指出人家文史方面的错误，并说明自己文史研究的主张和方法。事实也证明，沈从文对中国服饰研究、文化史研究确实作出了独特的贡献。回顾这段历史，我们看到或许沈从文正是在放弃中重新确立了一个值得坚持的自我，这一放弃无疑是可贵的、有意义的。

　　于静观中守望。"文革"的到来，沈从文自然是逃不掉的"老虎"，他经历了一整套"文革"程序后，被安排去打扫女厕所。这时的沈从文却拥有一种出奇的冷静与从容面对周围的一切。在被送到咸宁双溪一个死寂的乡村医务所居住时，他感受到的是"这儿的荷花真好"，并于此间创作了好些诗，"可能有几首还像是破个人纪录的"。1970 年，沈从文病间赋了一首《喜新晴》，其中有云："独轮车虽小，不倒永向前！"这种种强烈的生命意识的表现，种种平和安详的心态，究竟源于什么呢？是因为久经磨砺之后"冷眼向洋看世界"的无奈心绪？还是因为余志未尽、苦中作乐的超然心情？一位学者的观点似乎更有启发意义，我们不妨引而观之：他认为沈从文是自觉地选择了"静"的形态来确立自己的独立性，以"静"为视角发现了生命的意义，并且于无意中将自己的生命投射其上，交融其间。也就是说，沈从文在忙乱的世界之外，找到了一个角落，不是在那儿苟延残喘，而是安身立命。他意不在无为地"逃避"时代洪流，而是要在滔滔的洪流外做实事。① 这样的分析绝非毫无道理，沈从文在"文革"时的从容与达观的确充满了独立的精神，达到了"静观"的境界。有个小的细节或许会让我们有所思：除了打扫女厕所，沈从文有时还要去拔草，"一天他独自一人在故宫拔草，天寂地静，花开得极美，他恍有所感。忽然天安门外传来海潮般的万岁之声，哄哄嚷嚷，他觉得这么多人忘了这份大自然的美色，实在奇怪，可惜"。② 可见，沉于事外的静默使得沈从文确实获得了重新发现美的心

---

　　① 转引自吴立昌《人性的治疗者——沈从文》，上海文艺出版社 1993 年版，第 297、299 页。

　　② 张新颖：《沈从文：从 1949 年起》，《上海文学》1988 年第 2 期。

态与情绪，而从事古文物的研究又正合了他的"静观"之意，并得以发现与保持自我。

无论如何，沈从文的精神履历给予我们的启示是丰富的，因为这是"一个平凡的人在不平凡的时代中的历史"。

另一位以静观的姿态沉浮于乱世的现代作家是丰子恺，从他早年的《缘缘堂随笔》开始，这位参入佛缘的居士就致力于表现细碎的东西，《渐》是这本《随笔》的开篇之作，通篇抓住"渐"与"微"的意义与心得，引出："故佛家能纳须弥于介子"的深意。其中所蕴涵的意义恐怕正应对一位英国诗人的话：一粒沙里见世界，一朵花里见天国，手掌里盛住无限，一刹那便是永劫。显然丰子恺谈论的是一个哲学话题，但是不期然间，他已经表露出他所信奉的文学态度、处世态度与人生精神。此外，丰子恺对于细碎问题的关注其实也传达了人生的社会意义，他不忘记展现细碎中的风趣，是因为他希望以世界和人事的简单与快乐作为主题，比如他写儿童、绘童年，把孩子们的幼稚与天真倾注笔端，都是将人性的良心与爱心放在第一位的。这些就是他自己所说的为文和为人的"根本问题"。

新中国成立后，丰子恺的创作日益减少，但是只要他拿起笔，他的心态就是从关注细微来表达人生。到他发表《阿咪》时，终于遭到了批判。因为作品中的一个"猫伯伯"被认为影射了毛泽东。"文革"到来之后，他被关进牛棚遭受更严厉的专政，然而丰子恺对于自己的种种境遇，多是轻描淡写，甚至避而不谈，一斤黄酒入肚，他仍能吟诗诵词，谈笑自若。在他被下放上海南郊时，70多岁的老人还要亲自到河里打水洗脸，对此他笑曰：地当床，天当被，还有一河浜洗脸水，取之不尽，用之不竭，是造物者之无尽藏也。从中我们可见一个心境澄明、达观无畏的老者。或许正是在这样的心境下，在1971—1973年，丰子恺利用凌晨不被监管的时间偷偷写作了这期间他最重要的作品《缘缘堂续笔》，当然他仍然秉承了对人生事态细部的倾注与关怀，但是这部作品所显示出的意义要远远大于作家早期的作品，而且更见作家的精神气质。他津津有味地写着酒令、食肉等等琐事，记录着王爹爹、王囡囡等等小人物的故事，在一种无感情可言、人性扭曲的世态中，老作家的这一篇篇短小的文字，却真正代表了人生的真趣和人性的温暖。其中《暂时脱离尘世》一文或许可以视为作家写作心态与自我精神的观照,他引用了夏目漱石的一段话:苦痛、愤怒、叫嚣、哭泣是附着在人世间的。说,我也在30年间经历过来,此中况味觉得腻了。腻了还要在戏剧、小说中反复体验同样的刺激,真吃不消。我所喜欢的诗,不是鼓吹的诗。这表明了丰子恺的写作是有意回避生活中的丑与痛的,但是这并不意味着作家的内心不去感受时代的苦痛、人生在其中的烦忧,更不是要否定生命,而是要远离时代的疯狂与罪恶,确认人生还有意趣与真情的存在。此外,对于作家的精神世界来说,在如此残酷的情境下有这样的心态,显现了他对于人性良知的坚守,并且也流露出丰子恺保持独立人格的执著与对生存的智性认识。事实上,这也表现在他1965年创作的《护生画集》第五集中,在作品中他对自然、动物和植物所怀有的温厚品性,关怀体恤,之于人类就是关怀人心道德,如他所说:护生则护心。

丰子恺的静观之思,并不像沈从文那样隐秘、焦灼,他的佛心与视界本就是平静的、和谐的,是一种在喧哗与浮躁中亦可自得其乐的处世心态,这使他常常敢于对乱世发出自己的声音:今世有许多人外貌是人,而实际很不像人,倒像一架机器。这架机器里装满着苦痛、愤怒、叫嚣、哭泣等力量,随时可以应用。即所谓"冰炭满怀抱"也。他们非但不觉得吃不消,并且认为做人应当如此,不,做机器应当如此。我觉得这种人非常可怜,因为他们毕竟不是机器,而是人。他们也喜爱放弃俗念,使心地暂时脱离尘世。不然,他们为什么也喜欢休息,喜欢说笑呢?苦痛、愤怒、叫嚣、哭泣,是附着在人世间的,人当然不能避免,但请注意"暂时"这两个字,"暂时脱离尘世"是快适的,是安乐的,是营养的。(《暂时脱离尘世》)丰子恺的人生哲学与精神思考在那个狂嚣的时代显然是背离主流的,但是他对人生的静观之思相对于乱世浮沉中的随波逐流者、助纣为虐者的迷乱之思,却更显人性存在与主体精神存在的意义。

如前所述,在新中国成立后的一段时间里,一批作家因境遇的险恶,重觅新途开始了人生的又一次创业,最有代表性的就是上文所提及的沈从文,此外还有萧乾、骆宾基、穆旦、废名等作家。他们的精神抉择多交织着苦痛的色彩,而且他们对于文学的创作同样深怀依恋却因多种原因未能回归创作之路。就此来说，他们的精神境遇是有着某些共性的。当然各自性格秉性、人生道路的不同也会给他们的内心带来不同的体验与遭遇，但是他们的共同选择却获得更为深刻与高拔的思想，能在精神的退守中保持另一种思想的姿态，让生命的意义得以延续。可以说，这些作家的转向在一定程度上看，就是在生存的可能性与自身的精神底线之间可以做出的惟一选择。

萧乾的青年时代一直是漂泊于大江南北，第二次世界大战期间穿梭于欧美各地，写出了许多脍炙人口的特写、通讯、杂文与新闻采访实录。由于他对中国局势了解不够，加之其耿直、尖锐的笔锋触痛了某些文艺领导者，这使得新中国成立后的萧乾陷入了一次又一次的文艺运动，反右、"文革"时的处境更不必说，他曾经痛苦得试图自杀，然而妻子又将他的生命挽回。萧乾觉得，为了这个人，他被重新挽回的生命再也没有理由毁灭。在1950—1957年的一段时间里，他已经认识到不能再为文、写作，因为可怕的灾难随时会降临他的头上，于是，为了不至于虚度光阴，更为了自身的生命还有存在的意义，在妻子文洁若的提议下，萧乾只好转向了没有什么风险的翻译工作，先后翻译了《好兵帅克》、《大伟人江奈生·魏尔德传》、《莎士比亚戏剧故事集》等书。从中他不仅获得了精神的慰藉，而且也为自己的艺术道路寻找到了新的燃烧点。当然，如此一来，他的文学创作道路也不得不中断。到了60年代末，他和许多知识分子一样又开始了新的漂泊之旅，远离北京，被下放到数千里之外的湖北咸宁农村劳动。在人生的边缘徘徊的萧乾看似麻木停滞了，但是内心仍然涌动着希望的潮水，他开始教儿子学习英语，在内心构思文章，构想一个可以重新自由生活的世界。1976年，这个世界终于到来，萧乾在度过21年的寒蝉生涯后，终于可以拿起笔写作了。除了致力于回忆录和散文的创作之外，他也未放弃曾经挽救过他、并陪伴度过苦闷时期的翻译工作。其实，比较而言最可以显见萧乾后期艺术生命力的大事件，应是这位年已80岁的老人同自己的妻子一道翻译了爱尔兰作家詹姆斯·乔伊斯的巨作《尤利西斯》。乐观地看，倒是身份的转移给这位性格坚定、执著达观的老作家带来了最后的也是最辉煌的艺术历程。

同萧乾情况相近的是骆宾基，他原本是中国现代文学史上卓有成就的一位进步作家，曾经两次被国民党关进监狱，被誉为中国的契诃夫。对新中国的到来，骆宾基当然怀着极大的热情，并且主动要求到国家建设的前沿去体会生活，以便写出真正反映国家新面貌的作品。但是与萧乾转向原因不同的是，他发觉自己的艺术兴趣与创作灵感常常是有悖于《讲话》精神的，这使他深感创作的不自由。另一方面，这位具有强烈现实主义精神的作家，越发感到不断强化的"歌颂光明"的文学主张与国家现实生活之间的巨大差距。他开始对文学的境遇产生了深深的焦虑，慢慢地对于文学创作也有些心灰意冷。1955 年由于胡风事件的牵连，骆宾基遭到隔离审查，这样一来他深知自己的命运与前途将是不可知的，于是文学的梦彻底破碎了。在这种内外交困的情形下，他转向了对古代金文、甲骨文的研究。虽然在"百花"时代，骆宾基依然期待着可以从事他所全心向往的文学创作，但是"文革"的到来，一切希望和梦想都是那么的渺茫。这样骆宾基就将自己全部的经历和热情投入到了研究古代金文的工作中，并且也做出一定的成绩。可见，对于文学精神的执著是促成骆宾基转向的原因之一，而且又正是这一选择才能使他在人生的最艰难处没有倒下。

在这里，我们还要谈到另一位从文学创作走向翻译工作的作家，更准确地说应该是一位中国现代文学史上杰出的诗人穆旦。他的人生历程无疑是悲剧性的，这也使得穆旦的精神历程充满悲剧性的因素，特别是在新中国成立后的 30 年里，他所遭受的非人待遇可以说是知识分子血与泪的代表。穆旦的出现，从一开始就带着浓烈的叛逆和异质的色彩。如果说新中国成立以后在主流文学之外的穆旦执拗又桀骜不驯，表现了对人格独立、自由个性的追求与绝不妥协屈从的人格光辉的话，那么在艺术上，他的"用我们的残缺，我们的绝望，将它完整"的诗学探索，也同样表现出炽烈如火的执著与热情。我们会发现这位诗人身上充满了对立与统一、矛盾与痛苦、分裂与挣扎。特别是在时代环境更为严峻的五六十年代，人们的生活是极为不安定的、不正常的，甚至是扭曲的、异化的，要在这样的时代保持个体的智慧和尊严，保持人的理性和良知，就必须付出代价。事实上，穆旦诗篇中的最好部分确实使他在生活中付出了巨大的代价，几乎失去了一切自由和人格的独立，至于生命的尊严更不必说。"文革"的到来，对于崇尚人格独立的穆旦来说，已经完全没有了他可以立足的舞台，最终，当一切通往诗性的、独立的生存之门都向他关闭的时候，他惟一的选择只能是逃离自我创作的冲动，在翻译他人的诗作中去体会诗的无上魅力，去填充自身精神被毁后的空白。这期间他坚持翻译了《唐璜》、《拜伦抒情诗选》、《欧根·奥涅金》等西方著名的诗歌，这些诗歌不仅给他寂寞苦闷的心灵增添了亮色，而且显示出一个知识分子在逆境中仍然坚守自己的精神选择、不畏强力所折的坚韧。尤其难能可贵的是，在被迫中断写作近 20 年后，在穆旦去世前的一年多时间里（1975—1976 年），他又重新开始写作诗歌。诗人这时的诗歌不但一点不见诗艺的衰退，而且由于几十年坎坷经历的浸染，显得更加意蕴深厚。穆旦的诗是说不尽的，穆旦的精神同样是说不尽的。

与以上作家略有不同的是作家废名。这个同样在新中国成立前饱经磨难的作家，在新中国成立后，似乎重新发现了生命的真意，艺术生命也因此得以重生。特别是在 1951 年亲赴江西参加土改之后，他为那蓬勃的建设热情与生活画面所吸引，决定写一部长篇小说来表现新政权取得胜利的光辉历程。但是因为身体疾病的困扰使他搁笔。可以说精神的解放、创作热情的高涨深深激励着废名继续在文学领域作出贡献，在这种情况下，他投身到文学教学与文学研究方面，并担任了东北人民大学中文系主任。废名的转向是一种自觉的选择，他是以一片赤诚、真挚之心从事新的领域，他并没有产生巨大的心理落差，相反他重新发现了自己存在和生活的意义。同时，废名对于自己过往的文学作品也并没有予以彻底的否定，他对自己、对国家、对文学仍旧怀着相当的自信心。从这个角度说，废名的转向并非是外界或自我逼迫的结果，作为一种自觉的人生选择，不仅对他来说具有自然而然、水到渠成的意味，而且也超越了精神失落和精神扭曲的痛楚。在那个时代，废名的精神历程无疑证明了纯洁的信仰和天真的人格所具有的魅力与力量。

在新中国成立后的一段时间里，跨入新时代不久的作家的创作大多陷入停滞状态。虽然有的作家仍有作品发表，甚至还很"高产"，但是他们内心深处艺术情感与政治情感、艺术良知与政治需要之间的冲突却是无法掩藏的。在社会及个人因素的多重支配下，一部分作家并非情愿地屈就当时不断变动的时政需要，往往背离自身的艺术趣味和艺术习性，出现了否定自己原有作品，并按照新的文艺思想修改旧作的特殊文学现象。中国当代文学史上的所谓"半部作品现象"以及"文无定本现象"其实都与这种自我否定倾向有关，它是作家主体精神迷失的结果。因此，所谓"半部作品现象"已远远超越了文学的范畴而成了一种精神现象，凸显了作家经历的心灵困惑与选择的艰难。以曹禺和杨沫为例，他们都经历了对自身作品的毁灭性的修改，把文学的价值全部定位在为革命政治的服务上，这使得他们各自的文学道路发生了变异。从文学的历史经验的角度来看待曹禺与杨沫新中国成立后的精神世界，可以更能挖掘他们的内心隐痛与精神退避的原因，看到在"卑鄙者最聪明，高贵者最愚蠢"的强势话语下，他们是如何不断地忏悔和赎罪，进行"自我改造"，将自身的自主意识、独创精神刨光。不再坚持原有的自我，因为这不仅成了他们的生存策略，也成了他们的精神策略。

曹禺是中国杰出的剧作家，他的代表作《雷雨》、《日出》、《北京人》可以说是中国现代戏剧的经典之作。从他创作的第一部剧作开始，曹禺就开始了对于人性的探索，对于人的灵魂的探索，"我正沉浮在无边惨痛的人海里，我要攀上高山之巅，仔仔细细地望穿、判断这些叫做'人'的东西是美是丑，究竟有怎样复杂的个性和灵魂。"① 但是这位苦于探求人生的剧作家，却在新中国成立后的 30 年时间里，亲身体验了人生悲剧与丑陋的一面，在灵魂的痛苦挣扎中失去了曾经坚持的艺术方向，并因此陷入了自我批判的精神困境。

1949 年，曹禺从美国回到祖国，正是在新中国成立的前夕。不久曹禺就被邀请参加了全国文代会，并由此获得了作为文艺工作者的崇高地位。在不断深化的激励与鼓动下，曹禺又参加了土地改革运动，同工人和农民生活、劳动在一处。慢慢地他产生了一种自责的心理，而且越来越重，他开始严肃认真地进行自我解剖甚至是批判。他曾提出要把自己过去的所有作品都放在工农兵方向的 X 光线下照一照，从而挖出思想的脓疮。甚至，他为自己过去的作品里没有能够写出过一个无产阶级的典型人物而惭愧。同时他为自己下了这样一个可怕的结论："我是一个

① 曹树钧、俞健萌：《曹禺》，中国青年出版社 1994 年版，第 128 页。

小资产阶级出身的知识分子。"他认为，"只有通过创作思想上的检查才能开始进步"，"若以小资产阶级的情感写工农兵，其结果必定不伦不类，你变成了挂羊头卖狗肉的作家"。① 正是基于这样的认识，他开始着手修改《雷雨》。

他是这样表述自己的修改思想的："我没有在写作的时候追根究底，把造成这些罪恶的基本根源说清楚。譬如《日出》这本戏，应该是对半殖民地半封建的中国旧社会的控诉，可是当时却将帝国主义这个罪大恶极的元凶放过；看起来倒好像是当时忧时之士所赞许的洋洋洒洒一篇都市罪恶论。又如，我很着力地写了一些反动统治者所豢养的爪牙，他们如何荒淫残暴，却未曾写出当时严肃的革命工作者，他们向敌人作生死斗争的正面力量，以我今日所能达到的理解，来衡量过去的劳作，对这些地方就觉得不够妥当。"② 因而曹禺便来了一番大的更改，以补正今日所"理解"的那些"不够妥当"之处。其实，简而言之，这次修改的主旨就是加强阶级性。但是，曹禺对这些人物进行修改的初衷仍是真挚而诚恳地，希望能够把自己学习到的先进思想和世界观运用到自己的戏剧创作中去。事实上，这次修改的大体方向和基本内容也是根据周扬1937年发表的《论"雷雨"和"日出"》一文的意见为参照的。但是，曹禺对于自己的修改结果并不满意，他深陷一种两难的境地，一方面，他开始怀疑自己的创作能力，另一方面，他又开始为自己是一个没有完成任务的人感到不光彩。在这样强大的心理压力下，他的心灵深感苦闷压抑。然而创作和重新适应社会是任何一个身处特殊时代的作家必须面对的现实。1953年曹禺开始创作《明朗的天》，他努力从自己熟悉的知识分子题材中获得情感源泉和思想动力，然而他发现最为首要的条件是需要先行的主题与鲜明的政治意图，于是曹禺将这部剧作的中心规定为"知识分子必须在党的领导下进行思想改造"。他希望用这个主题阐明它全新的审美视角："翻身感"。曹禺不止一次地用"翻身"这两个字来概括他对中国由旧变新的历史性的心理体验和思想认识。他在《北京——昨天和今天》这篇抒情散文中写道：刚解放的时候，我们之间流行着两

① 曹禺：《我对今后创作的初步认识》，《文艺报》第3卷第1期，1950年10月。
② 《曹禺选集·自序》，开明书店1951年版。

个字"翻身"。这两个字的意思是说受压迫的不受压迫了，在黑暗里的见着光明了，不平等的变成平等的了，不幸的变成幸福的了，遭受过各种痛苦压榨的人已经获得了扬眉吐气的自由日子了。……对知识分子来说，翻身就摆脱了失业的忧愁和随时因说一句话而被捕的危险。从地狱里走到地上，又重新见到阳光的人，或者会懂得这种我们叫做"翻身"的感情。在《明朗的天》中，作者着重写的就是一个科学家凌士湘的改造历程。关于这部戏，曹禺后来这样回忆道："可以说，我在《明朗的天》里写的都还是有真实依据的。但是，从今天看来，也不全面，协和医院里的专家还是为中国的医学事业做过贡献的，那时，就把握不准。尽管当时我很吃力，但仍然是很想适应社会主义现实主义创作方法，是硬着头皮去写的。但现在看来，是相当被动的，我那时也说不清楚是怎样一种味道。总之，是没有琢磨出道道来，对这个戏还没有都琢磨很透彻。"① 但正是这部戏，在演出后博得了观众及评论家的一致好评。"作者通过形形色色的剧中人物的创造，体现了现实主义的党性和爱憎分明的精神。这不是一般抽象的爱和恨，而是经过锻炼，上升为阶级感情、政治感情了，作者力求站在工人阶级立场，用工人阶级的眼光来观察所要描写的对象；而这一点，作者确乎已经取得了初步的，但却是具有重大意义的胜利。以此为基础，《明朗的天》的现实主义，就显然区别于批判的现实主义，而是属于社会主义现实主义的范畴了。"②

对于这一切，表面看来曹禺是认同的、是喜悦的，甚至是兴奋的。他曾对来采访的记者说："过去我怀疑自己不能写出东西，甚至想到改行。可是现在，我敢于这样说，以后我能继续写出作品来！"③ 但是，他的内心仍然苦闷着，因为他虽然走上了新的写作道路，并且受到了肯定，也受到了欢迎，脑子里却远远没有真正想透彻，他想把过去的旧的写作道路认定是错误的，应当把它抛弃掉，又远远没有足够的理由来说服自己。于是，作为艺术家的曹禺在经过了一番自我否定的否定之后，对自己曾经作了大的修改的作品，又进行了新的评价。这集中表现在他

① 转引自田本相《曹禺传》，北京十月文艺出版社1994年版，第379页。
② 曹树钧、俞健萌：《曹禺》，中国青年出版社1994年版，第394页。
③ 同上书，第400页。

对《雷雨》、《日出》、《北京人》三部剧的重新修改和恢复原貌的态度
上。时隔三年，到了1954年6月，人民文学出版社出版《曹禺剧本选》
的时候，选的仍是《雷雨》、《日出》、《北京人》这三部戏，"不过这一
次，除了一些文字的整理之外，没有什么大的改动。"为什么？因为修
改本拔高了作者原先的思想水准，损害了原作艺术的统一。所以，曹禺
明确宣布："现在看，还是保持原来的面貌好一些。"① 这里，我们可以
明显地感受到一个文学家的思想冲突，一方面，强权话语是那么的残
酷，它一层层地剥蚀着文学家的艺术自觉性和独创性；另一方面，作为
一个艺术家的良心、精神又强烈地排斥着规范化的奴役，但遗憾的是，
这种抵制在时代精神的裹挟下必定是微弱无力的。

"文革"期间，曹禺的精神几近崩溃，他曾经求自己的夫人帮助他
结束生命。在神志不清的时候，他会反复叨念着：我是反动文人、反动
学术权威。他曾经回忆在这段痛不欲生的日子里的思想认识：我们写的
东西最初出现的时候，还有人说我们进步。他们逼着你招供，供了以后
不但别人相信，甚至连你自己也相信，觉得自己是个大坏蛋，不能生存
于这个世界，造成自卑感，觉得自己犯了大错，不要写戏了，情愿去扫
街。这种自暴自弃的思想就产生了，这种思想上的折磨比打死人还厉
害。② 就这样，曹禺只有服从，在极端的痛苦中服从，因为在灵魂的深
处他觉得一切或许就是如此的。

80年代的到来，对曹禺来说是身体和精神两方面的解放，但是他
的艺术创作的活力似乎仍然被某种力量禁锢着，即使是他创作的历史剧
《王昭君》，也无法摆脱政治说教的成分。对此，他的好友、画家黄永玉
在致曹禺的一封信中有着极为中肯的分析：你是我极为尊敬的前辈，所
以对你要严！我不喜欢你解放后的戏，一个也不喜欢。你心不在戏里，
你失去伟大的通灵宝玉，你为势位所误，从一个海洋萎缩为一条小溪
流，你泥囿在不情愿的艺术创作中，像晚上喝了浓茶清醒于混沌之中。
命题不巩固，不缜密，演绎、分析得也不透彻。过去数不尽的精妙的休
止符、节拍、冷热、快慢的安排，那一箩一筐的隽语都消失了。总是

---

① 《曹禺剧本选·前言》，人民文学出版社1954年版。
② 转引自田本相《曹禺传》，北京十月文艺出版社1994年版，第425页。

"高!""好!"这些称颂虽然迷惑不了你，但混乱了你，作践了你。写到这里，不禁想起莎翁《麦克白》中的一句话："醒来啊麦克白，把沉睡赶走!"①事实上，新中国成立后的曹禺始终是在一种复杂的、痛苦的、微妙的心境中彷徨着、期待着，在他能够自由发言和思想以后，曹禺也深深地体悟到这一切痛的来由：鲁迅说，他写的是"遵命文学"，他是遵真理之命，而不是哪一个领导之命。多年来，我写戏都是领导上交给我的任务，我也写了几个，有的也没写出来，……解放后总是搞运动，从批判《武训传》起，运动没有中断过。虽然，我没有当右派，但也是把我的心弄得都不敢跳动了。……让人明白这是很难很难的啊! 明白了，你却残废了，这也是悲剧，很不是滋味的悲剧。我们付出的代价太多太大了。②令人遗憾的是，这位中国的莎士比亚终未能在他的有生之年再创作出一部可以传世的剧作。

杨沫其人，正如同《青春之歌》中的那个林道静，她首先是个"女共产党员"，然后她才是个作家。她出身于剥削阶级家庭，毋庸讳言，比之出身于无产阶级的革命者，她当肩负更多些的自我改造重任。在杨沫看来，党的教育和恩情是重于泰山的："像我这样一个小知识分子，如果不是参加了革命，不是党把我哺育成人，我不是堕落了，也会被病魔夺去生命。"(1946年1月10日日记)正因为她深感自身一无所有的贫乏，便拼命进取，抱定了要以写作的一技之长"努力为人民写出有用的东西"。她在1950年10月的一篇日记中写道：我爱生活，爱党，爱一切美好的东西，我精神中的抑郁成分减去了，我不再因为自己长期的病痛而痛苦。我是有用的……何况我手中还有一个不太钝的武器——一支笔。她决定从1951年9月起写一部自传体的心灵感受——《青春之歌》来报答党，来证实自己是有用的。她常常是躺在床上写作，写了改，改了写，满意的留下，不满意的就撕掉再写，经过六七次的修改、重写，艰难地熬过六年漫长的时日，终于完成了书稿。《青春之歌》一书出版后，又在《北京日报》上连载，之后又拍成了电影，这使《青春之歌》一书家喻户晓，成为在新中国图书史上最早印刷逾百万册的小

---

① 梁秉堃：《在曹禺身边》，中国戏剧出版社1999年版，第31页。
② 同上书，第32页。

说。然而在 1959 年，这本小说引发争论又使杨沫这位坚定的共产党员不得不重新考虑对其进行修改。其针对点主要是三个方面：（一）小说中的主人公林道静的小资产阶级感情问题。（二）林道静和工农结合问题。（三）林道静入党后作用发挥不大的问题。杨沫对于这三个方面的意见，在她的修改稿中都予以了重视，因为作者相信这样才会使林道静的成长更加合情合理，才能使这个人物从一个小资产阶级知识分子变成无产阶级战士的发展过程更加令人信服。杨沫正是在当时总路线和"大跃进"的形势鼓舞下，根据评论家和读者的意见，作了重要修改，删削了"小资产阶级感情"，增加了林道静在农村的七章和北大学生运动的三章，尽管作家没有生活经验，无法写得丰满，却符合了当年盛行的"与工农结合"的意识形态逻辑。可见作家的第二次修改已经不是从自身的认识限度和情感体验出发，而是完全听命于某种规范的要求、某种理论的指导了。

进入 60 年代的杨沫，疾病的困扰使她继续创作《青春之歌》下部的构想一再延迟，而"文革"的到来，便彻底打破了杨沫写续集的想法，因为《青春之歌》遭到了批判。但是倔犟、执著的杨沫不愿放弃自己的笔，仍旧期望着能够完成她的构想，于是她以《东方欲晓》为题开始了小说的创作。但是她遇到了极大的困难："创作的艰辛我这两年饱尝够了。不知怎么搞的，我写这部《东方欲晓》比写《青春之歌》时难多了。那时，我写的都是自己熟悉、亲身感受很深的内容……而如今却不一样。怎么这样难写呢？"（1971 年 3 月 21 日日记）其实，难的原因就在于按照命令来创作。正如杨沫在 1978 年《我的创作为什么走了弯路》一文中所说："当我写完前十章后，上面的那条'转变中的人物不能成为第一号人物'的谬论，赫然登在报上。为了不超出他们的轨道，我对前十章大加砍削，重新规划，硬把一个原来不是主人公的、出身工人的县委书记改为所谓'第一号人物'。后来，又不断读到'四人帮'的写作班子'初澜'的文章，他们大力弘扬——其实就是举着刺刀的命令：第一号人物一定要是个高大无比、完美无缺的英雄，而且所有人物都要围绕着这个英雄人物转。当时，对于这个论调，我的思想里也是有过怀疑、矛盾和苦闷的。我也曾感到这些规定未免太死板，不合乎文学艺术的创作规律。

但是，在那个乌云翻滚、棍棒乱舞的时候，我又想，这也许就是'革新'、就是'艺术实践的新经验'吧？带着这种思想，我又做了第二件糊涂事，就是按照'四人帮'所谓'绝对高大完美'的要求，把所有的好事都往我的第一号人物身上推。……我在写作过程中，……糊里糊涂地照着'三突出'的模式去套，使小说成了畸形儿，这个教训是应该认真记取的。"

无须多言，杨沫在创作上的经历从某种角度上来讲同曹禺的戏剧创作道路有着一定的相似性。这种相似性的动因是复杂的，它涵盖了历史的、文化的、心理的多方面因素；但又是清晰的，它直指命令式、概念化文艺思想对作家艺术创作思维的禁锢，对艺术个性、心灵的扼杀。事实上，在他们曾经挣扎过、抗争过和彷徨过的精神世界里，是多么期待文学的自由空间啊！刚刚从"文革"的阴霾中走出的杨沫就充满感情地期望着："革命文艺不应是装在套子里的、凝固僵死的木乃伊，它应是鼓着金色的翅膀、高高地飞在云端、飞在高山大海、飞在无限广阔天地里的、永远激励人们前进的金翅鸟。"

第 二 章

时代精神的高扬与潜隐的审美诉求

第一节　审美精神的核心品格——崇高美

概观中国当代文学美学形态的基本构成及其历史变迁、新中国成立后至"文革"前十七年既是其中重要的组成部分，又可视为一个相对完整、独立的发展体系。作为开端，十七年文学对当代文学美学内涵的确立，特征的形成，发展方向的规划与限定等等诸方面，毫无疑问地具有开拓奠基的意义。它从正反两个方面提供给当代文学美学形态以经验与教训。

崇高是一种美的表现形态，古罗马的朗吉弩斯在《论崇高》中把作为美学形态的崇高与崇高风格相等同，他认为崇高风格最基本的两个要素是庄严伟大的思想与强烈而激动的情感，其次是修辞、文饰、结构等因素。美学理论发展至今，对崇高的认识保持了其基本的理论内涵并有所发展。崇高美学形态首先与重大的社会题材，雄伟壮烈的斗争生活相联系，表现为审美对象在数量上的巨大性和质量上的对抗性，一切具体的艺术操作必定要围绕这种特定的现实氛围而展开，于是艺术的表现便展示出特定的风格形态——崇高。

中华人民共和国是在鼓荡着胜利与自信的豪迈音响之中诞生的，时代生活特征与作家主体创造特征显示出前所未有的一致性与同向性，从来没有什么时候，作家与时代与人民如此天衣无缝地融为一体，同一意志、同一观念、同一审美趋向。在历史性地转折之后，作家们情不自禁地迎合这一时代，高唱人民战争和社会主义建设的凯歌，文学创作的风格主调自然是高亢、刚强和振奋人心的。于是我们不难理解，开创时期的新中国文学艺术为何以崇高美为开端，并持续统领十七年美学形态主流，而在建国以后的长时期内，崇高美竟逐渐成为一种固定的美学规范，开始限制一代人的文学创作。崇高给予人们的审美感受是独特的、强烈的，以崇高为主调的新中国文学确实试图迎合这个伟大的时代，梁斌、杜鹏程等人的长篇小说以其宏大的构思和飞扬的笔墨书写中国革命斗争的历史，应该说他们代表了十七年文学的最高成就。但是，作为一个时代的文学，以崇高一统天下，毕竟过于单调了，一味地拔高势必使歌者嗓音嘶哑，乃至走调变味，崇高发展到极端必然地走向了它的反面——空洞和虚假。相对来说，"十七年"崇高风格美的发展和嬗变走过了一个曲折但是比较完整的历程。可以归纳为三个阶段，即崇高由勃兴到成熟，最后由异化而走向衰落。

崇高美的勃兴，新中国成立初期是以颂歌为标志，何其芳、郭沫若、艾青、臧克家等诗人们同声歌唱。小说艺术不似诗歌可以一蹴而就，开国初期反映现实生活的小说创作不及诗歌创作繁盛，但表现革命光辉里程与胜利的小说则一开始也呈现出蓬勃兴旺的局面，这批小说以激越高亢的格调意在再现人民军队与人民领袖浴血奋战，夺取全国胜利的壮观景象。其中，最具代表性的作品是杜鹏程的《保卫延安》，作者表现了正义战争的伟大意义和人民的崇高理想、革命热情。小说场面阔大，气势恢弘，表现出突出的崇高美特征。

继之而来的十年里，小说创作成果最为丰硕，表现历史题材的以崇高为主调的小说持续发展并成熟，表现和平时期生活与斗争的小说大量出现，显示出崇高的美学特征，这两类题材的小说特别是长篇小说创作，涌现出一批代表崇高美学成熟亦代表十七年文学最高成就的作品，如梁斌的《红旗谱》，吴强的《红日》等等。与勃兴时期相比，成熟期的小说创作有了新进展，即成功地塑造出一组典型人物，以其英雄形象来体现崇高美：朱老忠、梁生宝等英雄形象承担了不同寻常的艺术使命，即以性格美呈现作品的美学风格。整体而言，这一时期作家主体的创作个性及其作品中英雄性格都与"十七年"时期个性相契合。朱老忠、梁生宝这两代农民的典型，以他们乐观、豪迈和万难不摧的坚强性格显示出英雄的崇高精神境界，梁斌豪放而粗犷的风格集中体现为朱老忠特有的性格美；在梁生宝身上，柳青则倾注了他对中国农民的满腔热情和对农民前途命运的思考，作品洋溢着浓郁的时代气息，然而由于时代风尚左右，形象塑造中有明显人为拔高的痕迹，这种创作苗头已普遍地出现于同时期的作家作品中。

应该说十七年文学在新中国成立后第一个十年，以崇高美为主的文学创作仍有待进一步深化。但是，由于"左"倾政治运动以及批判斗争频繁干扰文艺界，使文学事业随政治风潮倾斜，以致走向衰落。追根溯源，新中国文学在起步之时，就表现出与外部世界，与社会政治的过分亲近，作家趋从于生活题材、思想内容等客观因素的要求和规范，相对忽略了作家主体的创造个性。另一方面，大唱颂歌的风气使许多作家形成了单一化和绝对化的文学观念及审美理想，所以说新中国成立初期文学繁荣的表象后面已潜藏着虚假与图解政治的危机。1957年之后，浮夸风日渐升级，到大放卫星的"大跃进"时期，人们已满足于单调地讴歌光明，群众性诗歌运动声势浩大，但却严重地违反了艺术规律，文学的崇高美由极端走向异化。

60年代中期，小说创作直接与政治生活贴近，成了服务于政治的工具。到"文革"，《金光大道》、《虹南作战史》等作品中完全窒息了英雄人物真实的生命，由虚假的崇高堕落到有意去图解政治，成为错误路线的传声筒，至此，崇高美学风格彻底崩溃消解。

一个时代有一个时代的文风，立足于十七年独特的时代背景，崇高的勃兴与繁盛自有其历史必然性与现实合理性，崇高以它内容的庄严激烈和形式巨大卓越而与十七年时尚相契合，表现出一个新的历史转型期实践主体对客观对象的征服，引起一种英雄的，振奋的，自豪的美感。崇高显示着健康、活泼、鲜明、生动的风格特色，满足了十七年间广大接受者的审美需求，并通过接受者这一审美中介完成了对社会的影响、对人生的教谕。然而崇高美的绝对化、人工化、社会化、工具化等等时弊又是显而易见的，文学发展中对崇高的无限制推崇与对变奏风格的压制，造成时代文学单一化，则从根本上影响了十七年文学的美学品位。

第二节　时代的呼唤与英雄的传奇

　　建国初期，在各类题材的小说创作中，最先取得较好成绩、表现出创作生机的，是革命战争小说。在这些小说中，塑造了大量的具有浓厚革命乐观主义精神的英雄形象。革命战争小说的繁荣与英雄形象的涌现有以下几方面的原因：首先，源于创作群体的一种共同心态。建国后相当数量的作家是从革命战争中走过来的，自身的经历使他们对革命战争有着深切的体验，对于用血肉之躯创造新生活的战士们怀有真诚的赞美、敬仰之情。写《保卫延安》的杜鹏程，写《铁道游击队》的刘知侠，写《红日》的吴强，都沐浴过战争硝烟。杜鹏程作为新华社记者，跟随西北野战军的一支部队，转战于陕北，参加了许多次战斗，走遍了西北的大部分地方。吴强在部队长期从事宣传领导工作，亲身参加过抗日战争莱芜、孟良崮、淮海、渡江等重大战役。他们由文化宣传工作转向文学创作，可谓有着天然的创作优势。其次，新中国建立之后，新政权也不断倡导歌颂"新的人物、新的世界"、"刻画正面的英雄形象"。正如周扬在全国第一次文代会上所呼吁的那样："假如说，在全国战争正在激烈进行的时候，有资格记录这个伟大战争场面的作者，今天也许还在火线上战斗，他还不能写，那么，现在正是时候了，全中国人民迫切地希望看到描写这个战争的第一部、第二部以至许多部的伟大作品！这些作品不但要写出指挥员的勇敢，而且要写出他们的智慧、他们的战术思想，要写出毛主席的军事思想如何在人民军队中贯彻，这将成为中国人民解放战争历史上最有价值的艺术记载。"[①] 以上种种因素，促成了革命英雄小说在建国初期的高涨。其中，杜鹏程的《保卫延安》、吴强的《红日》、曲波的《林海雪原》、刘知侠的《铁道游击队》、冯志的《敌后武工队》、刘流的《烈火金钢》、杨朔的《三千里江山》、陆国柱的《上甘岭》，在当时都是家喻户晓的小说。

　　被冯雪峰誉为"英雄史诗"的《保卫延安》（1954 年出版）是第

---

　　① 周扬：《新的人民的文艺——在全国文学艺术工作者代表大会上关于解放区文艺运动的报告》，见《周扬文集》（第 1 卷），人民文学出版社 1984 年版，第 512 页。

一部大规模正面描写并讴歌人民战争的长篇小说。作品全景式地反映了 1947 年毛泽东、彭德怀领导的延安保卫战，歌颂了广大军民浴血奋战的革命英雄主义精神，描绘了一幅波澜壮阔的革命历史画面。作品在艺术上有其独特的风格。首先，作家着力把英雄人物的高尚、壮美的精神世界，和对战斗生活的深入思考、强烈的激情有机地结合在一起，并且通过史诗般的语言表现出来，它浸透着作家对战斗生活的深入思考和强烈激情，它不是在空洞乏味地议论和矫揉造作地抒情，它体现出一种哲理性与诗情的有机结合。其次，《保卫延安》具有宏大壮阔的史诗构思。文学理论家冯雪峰在《论〈保卫延安〉》中提出，"以这部作品所已达到的根本的史诗精神而论，我个人是认为它已经具有古典文学中的英雄史诗的精神；但在艺术的技巧或表现的手法上当然还未能达到古典杰作的水平。"所谓史诗性大都体现在作品中所具有的宏大的结构、众多的人物形象以及对战争的全方位描摹。《保卫延安》正是以点、线、面结合的方式，以高昂雄魄的气势正面描述了延安保卫战的全过程、刻画了一个充满阳刚之美与浩然正气的英雄群体。作品中着重表现的英雄人物是"钢铁战士"周大勇，叙述了他从一个孤儿，经由长征、抗战和解放战争的磨炼最终成长为英勇善战的基层指挥员的历程，通过这样一个普通战士的成长过程也揭示了我们军队的艰苦卓绝的成长历程。再次，作品在表现领导人物时采用了艺术情感与历史纪实相融合的方法，从而确立了当代战争小说人物塑造的基本方法。作品中的彭总，是第一个在文学创作中被塑造出来的老一辈无产阶级革命家的典型。他既是一个真实的将军，又是一个概括了同时代的老一辈革命家对党对人民鞠躬尽瘁、赤胆忠心的典型形象。最后，《保卫延安》充满了革命英雄主义和革命乐观主义的激情。正如作者所说："一定要写出一部对得起死者和生者的艺术作品。要在其中记载：战士们在旧世界的苦难和创造新时代的英雄气概，以及他们动天地而泣鬼神的丰功伟绩。是的，也许写不出无愧这伟大时代的伟大作品，但是我一定要把那忠诚质朴、视死如归的人民战士的令人永远难忘的精神传达出来，使同时代人和后来者永远怀念他们，把他们当作自己作人的楷模。这不仅是创作需要，也是我内心波涛汹涌般的思想感情的需要。"①

　　1957 年出版的长篇小说《红日》是吴强的成名作，更是一部规模宏大、具有史诗意味的描写革命战争历史的长篇小说。小说以陈毅、粟裕率领的华东野战军由战略防御转向战略进攻，最后在孟良崮全歼国民党七十四师的史实为依据，以 1947 年涟水、莱芜、孟良崮三个战役作为情节发展的主线，对一个军队由挫败到胜利的战斗历程做了全景式的描述。作品同《保卫延安》一样，重在塑造一群勇于斗争、意志坚定，充满革命乐观精神的英雄人物。但是《红日》更注重揭示他们的情感世界、精神风貌，他们首先是有着七情六欲的普通人，然后才是叱咤风云的英雄。在优秀指挥员沈振新、梁波的身上不仅闪耀着灼人的性格魅力，更具有无比丰富的内心世界。特别是连长石东根这个人物，突破了以往文学作品中写一般英雄的模式，成为一个存在着人性弱点的、真实而生动的英雄人物。此外，《红日》在对敌军人物刻画上也突破了以往军事题材作品中对敌人作漫画式处理的方式，作者将他们作为现实中的人来写，表现出他们作为军人的复杂性和多面性。作品中重点描写了七十四师张灵甫这个被称为"常胜将军"的国民党高级将领，既写出他刚愎自用、狂妄骄横、色厉内荏的一面，也写出他作为王牌师师长精明强干、指挥若定的一面，塑造出一个性格丰富、具有现实感的反面人物，这也是十七年小说中少见的成功的反面形象之一。总之，《红日》在塑造军人形象上取得了巨大成就。

　　作为史诗性的战争小说，《保卫延安》和《红日》表现的是战争的惨烈和英雄的无畏，这掩盖了战争本身的悲剧性，削弱了战争文学对人的关怀和对战争的反思。此外作品在塑造人物时，有过分理想化的倾向，在艺术处理方面，有线索单一、结构松散、生活面狭窄等不足之处。

　　1957 年出版的另一部长篇小说《林海雪原》也受到了广大读者的好评，出版后不到一年就销售了 50 万册。《林海雪原》能够获得广泛的读者和强烈的感人力量，有一个不可忽视的原因是它在浪漫传奇的审美趣味上避免了革命战争小说的一般艺术特点，使原来比较刻板、僵硬的

----

① 杜鹏程：《〈保卫延安〉重印后记》，人民文学出版社 1956 年版，第 511 页。

创作模式融化在民间的趣味上。小说中以情节为中心的结构方式、类型化的人物塑造、"花开三朵，各表一枝"的叙事方式、使用大量"巧合"造成的传奇效果、全知全能的叙事角度等等，都再现了中国传统小说的风采。同时代产生的相类似的作品还有：孔厥、袁静的《新儿女英雄传》，刘知侠的《铁道游击队》，徐光耀的《平原烈火》，刘流的《烈火金钢》，冯志的《敌后武工队》，等等。《林海雪原》对我国长篇战争小说的最大贡献，首先在于作品把革命战争的传奇性作为一种美学追求，极大地提高了革命传奇小说的艺术品位。小说以孤胆英雄杨子荣化装成土匪，深入匪巢，"突破险中险，历经难上难，发挥智上智，战胜魔中魔"全歼匪徒的故事为中心线索，集中笔力写了三次战斗：奇袭奶头山、智取威虎山、火烧大锅盔。作者吸收了古典章回体小说的营养，采用单线发展、大故事套小故事的写作方法，使作品跌宕曲折、波澜起伏。作者所追求的题材新颖奇特、故事情节传奇惊险、环境设置神秘奇异等等特色，使作品具有无法比拟的传奇色彩和浪漫主义特色。侦查能手、孤胆英雄杨子荣是作者全力塑造的一个英雄人物，惊人的智慧和胆略是杨子荣最主要的性格特征。智擒小炉匠、打虎上山、活捉坐山雕等一系列惊险行动，充分体现了他的英雄本色和思想性格。他大胆而谨慎、果断迅速而周密精细，他既严肃又风趣，他内心有丰富的感情活动，外表又异常冷静。小说把英雄人物精神世界的描写与其斗争行动的描写有机结合起来，使这一艺术形象具有了思想深度。除杨子荣外，《林海雪原》中的其他人物也刻画得个性鲜明、生动。邵剑波的有胆有识、指挥若定，刘勋苍的力大无比、勇猛过人，栾超家的攀高绝技、诙谐风趣等等，使读者仿佛看到了古典侠义小说中胆识过人、身怀绝技的世外高人。作品中几个土匪头目也塑造得很出色，既有共同的反动性、又有鲜明的个别性，如许大马棒的狡猾、坐山雕的奸诈等等。显然，这些人物的成功塑造很大程度上源于作者对民间小说传奇手法的借鉴和浪漫主义审美趣味的追求。

被誉为描写农民革命运动的壮丽史诗《红旗谱》（1957年出版），生动地再现了从第一次国内革命战争到抗日战争前夕我国北方农民革命斗争的历程，是一篇具有民族风格的农民斗争的史诗。小说在波澜壮阔的历史背景下，通过对冀中平原锁井镇朱、严两家农民三代人和冯家地主两代人之间尖锐的斗争的描写，历史性地概括了大革命前后中国北方农村和城市的阶级斗争状况，深刻展示了新旧历史时期中国农民斗争的不同道路和中国共产党领导农民不断走向自觉斗争的历史进程。正是在这个意义上，小说获得了内容上的史诗性品格。就人物而论，《红旗谱》在特定的历史内容和深厚的地域土壤基础上，塑造了性格鲜明的具有民族文化心理特点的人物形象。朱老忠的形象尤为突出，他的性格集纳了中国农民英雄的传统要质。第一，他具有强烈的反抗性格。父辈的英雄壮举和悲剧结局，使他满怀强烈的阶级爱憎感情，长大成人后他又亲历了地主对农民的盘剥、倾轧，形成了他疾恶如仇的反抗精神。第二，朱老忠具有慷慨无私、重团结和讲义气的性格。第三，曲折斗争的人生经历，养成了他坚韧的斗争精神。因而朱老忠是一个"兼具民族性、时代性和革命性的英雄人物典型"，"不仅继承了古代劳动人民的优秀品质，古代英雄人物的光辉性格，而且还深刻地体现着新时代的革命精神"。①

《青春之歌》（1958 年出版）是新中国文学史上第一部描写学生运动、探索民主革命时期青年知识分子道路问题的长篇小说。主人公林道静是 20 世纪 30 年代革命知识分子的典型形象。小说着重描写了她由一个充满幻想的小资产阶级知识分子成长为无产阶级革命战士的过程。作家严格按照生活逻辑和性格逻辑，脉络清晰地写出了林道静性格发展和思想变化的过程。她从反抗封建包办婚姻、要求人的尊严和个性解放到谋求全民族的解放，从同情劳动人民到为劳苦大众的利益而奋斗，从天真幼稚的少女到坚定成熟的革命者，是她性格发展之必然，生活发展之必然，也是时代潮流使然。林道静的人生道路概括了那个时代多数青年知识分子所走的人生道路。小说以浓郁的抒情笔调来描绘社会环境、自然环境和人物的情感世界与心理特征，显示一位女作家特有的温柔情愫。

新中国成立初期的文学艺术作品，有一种独特的革命英雄史诗情结，今天看来，它确实有模式化、简单化的倾向，"由于战争是以辉煌胜利宣告结束的，战争帮助人们实现了建立新的社会秩序的美好愿望，所以英雄主义、乐观主义的创作基调被作为固定的审美模式，并以此形

---

① 冯牧、黄昭彦：《新时代生活的画卷》，《文艺报》1956 年第 19 期。

成了统一的审美风格特征。它表现为强调战争的最终胜利意义，将过程的意义溶解到最后的结果中去，将个体生命的价值溶解到集体的胜利中去。"① 但是，我们也必须承认，新中国成立初期文学的革命英雄主义激情是真诚的、纯洁。历史生活与现实生活都充满了革命英雄主义的色彩，生于其中的文学去表现它、描绘它也就具有一定的必然性与合理性了。周大勇、石东根、杨子荣、朱老忠、林道静等已经成为一个时代不可替代的英雄人物群像，他们深受读者的喜爱，具有恒久的艺术魅力。

新中国的成立是中国革命战争的直接成果，因此革命战争也成为当时作家们最重视的写作资源。因而战争小说一度成为当代文学的重镇，以 1949 年出版的《新儿女英雄传》（孔厥、袁静）和《吕梁英雄传》（马烽、西戎）为标志，在 20 世纪 50 年代前期短短的几年内，就相继有孙犁的《风云初记》、杜鹏程的《保卫延安》、刘知侠的《铁道游击队》、吴强的《红日》、曲波的《林海雪原》、冯德英的《苦菜花》、刘流的《烈火金钢》等上十部长篇小说问世，这些小说都是以革命战争为主要故事线索。但是在这一阶段，战争小说基本上还局限在对革命战争正义性的宣传和诠释上，还不可能深入到战争精神所涉及的人性、历史、文化等问题，但通过对革命战争的宣传和诠释，有力地张扬了爱国主义、英雄主义和民族团结的中华民族精神，为新成立的共和国提供了一份适时的精神养分。

第三节　现实生活的赞歌与战歌

新中国成立初期，在政治与文学交替变更的社会背景下，现代文学史家王瑶曾预测文学的未来说："中国的新文学是有与中国人民的政治革命紧密结合的光荣传统的"，新中国成立，"不仅是全国人民的社会和物质生活的解放，而且同时也必然是人性上的、智能上的和情感上的整个解放；这当然也就给新中国的文艺带来了最丰富最伟大的主题内容"②。显然，这预示着有一批表现新时代昂扬奋进的革命精神的作品

---

① 陈思和主编：《中国当代文学史教程》，复旦大学出版社 1999 年版，第 57 页。
② 王瑶：《中国新文学史稿》（下册），新文艺出版社 1954 年版，第 446 页。

将应运而生。在十七年的文学创作中，确实涌现出一大批反映现实、讴歌新生活的史诗性长篇小说，这些作品主要表现了农村生活的新面貌以及工业领域的新建设。在表现农业合作化运动的文学潮流中，那些来自农村，或者曾经在农村根据地长期生活，比较了解农民生活的小说家，自觉地承担起为这场翻天覆地的农民革命撰写史诗的任务。作为农民理想的代言人，他们的作品极力抒发了对新中国美好图景的想象，赞美建立在新的生产关系之上的农村景观和精神世界。这方面的代表作有赵树理的《三里湾》、周立波的《山乡巨变》和柳青的《创业史》。其次，新中国成立初期，结束战争走向和平的新中国主要面临着国民经济的恢复和重建。1953 年第一个五年计划的制定，开始了国家工作重心向经济建设的第一次转移。反映工业题材的小说在这一背景下的崛起，首先是以老作家的笔耕拓荒和长篇小说的群体涌现为标志的。草明的《火车头》（1950）、萧军的《五月的矿山》（1954）、雷加的《春天来到鸭绿江》（1954）、周立波的《铁水奔流》（1955）等等，共同记录下共和国经济起步的最初足迹。这批作品或以解放前夕的护厂斗争和恢复生产为题材，或以新中国的工业起飞以及劳动竞赛为内容，创作基调为正面描写和热情讴歌。歌颂劳动，歌颂创造的基本主题；大公无私，忘我劳动，勇于牺牲的工人阶级主人翁形象；敌我之间的阶级斗争，先进与落后力量的矛盾纠葛，加之弃旧向新时代的动荡色彩，构成这批小说的总体风貌。其创作阵势虽然令人瞩目，但作品的思想艺术价值未能达到应有的高度。主要是由于作家是在生活积累和艺术准备都不够充分的情形下匆忙上阵，因而造成了表现新的工业题材的急促和困窘。此外，从新中国成立初期散文、诗歌的创作来看，更是带有鲜明的"颂歌"味道。这在新中国成立后流行的"颂歌散文"和"政治散文"以及"颂歌"模式和"战歌"模式的抒情诗潮中可见一斑。

描写农业合作化和人民公社化的文学浪潮始自 50 年代，但其由来可追溯到新民主主义革命时期的解放区文学。20 世纪 50 年代中后期，反映农业合作化题材的作品越来越多。与激进的社会氛围相一致，作家的创作观念也越来越激进，"我们这个时代的劳动者，是在共产主义思想光辉的照耀下翻天覆地、创造新世界的巨人，他们的精神世界和感情的海洋，比起前人来，不知要深邃多少倍！"① 为了充分表现这样的新人，表现"共产主义"的"时代精神"，作品中农民在合作化道路上表现出的摇摆和犹豫逐渐减少，代之而起的是义无反顾地带领农民走合作化道路，或在这条道路上勇于开拓、积极进取的新人形象。没有简单地歌颂和图解农民合作化道路的小说是柳青的《创业史》和周立波的《山乡巨变》。

《创业史》（第一部，1961 年出版）选取我国西部地区的一个村落——蛤蟆滩为典型环境，围绕互助组、合作化这个中心，展开了一系列的矛盾冲突，揭示了变私有制为公有制，引导农民走社会主义道路的历史必然性。正如作者所说："这部小说要向读者回答的是：中国农村为什么会发生社会主义革命和这次革命是怎样进行的。回答要通过一个村庄的各个阶级人物在合作化运动中的行为、思想和心理的变化过程表现出来。"② 作者在表现这一题旨时并没有对农村合作化运动作简单、廉价的歌颂，也没有把阶级成分作为人物的标签，决定人物在这场运动中的活动方式，而是写出人物个性相对于阶级性的具体化和偏离现象。但无法回避的是，在特定时代中，柳青在塑造梁生宝这一理想人物的时候，剔除了他身上源于农民的落后性、狭隘性。不过，集中了农民落后和狭隘心理于一身的梁三老汉，却由于全面而准确地概括了中国农民贫苦屈辱的历史，以及因为这种贫困屈辱而形成的落后狭隘、裹足不前的性格侧面，从而成为《创业史》中概括变革中农民心理复杂变化过程最生动、最典型的形象，被认为是"概括了中国几千年来个体农民的精神负担"③，是当代文学史上一个优秀的艺术形象。从艺术特征上来看，《创业史》的生活细节描写颇见功力，细腻的心理刻画、优美的风景描写增添了作品的艺术感染力。在叙述方法上，作者采用的是俯察式视角，常对人物和事件进行自己的评说和议论，这使作品表现出较强的说理色彩。

《山乡巨变》（正篇出版于 1958 年，续篇出版于 1960 年）主要描写

---

① 王汶石：《〈风雪之夜〉后记》，人民文学出版社 1959 年版，第 241 页。

② 柳青：《提出几个问题来讨论》，《延河》1963 年第 8 期。

③ 见《关于"写中间人物"的材料》，《文艺报》1964 年第 8、9 期合刊。

的是湖南一个名叫清溪乡的偏僻山村从建立初级社到组建高级社的过程，反映了农村合作化运动对乡村生活的巨大影响，尤其是对农民思想观念的巨大冲击，小说的主题是在歌颂合作化运动，不过，作品更致力于对现实生活变迁的真实写照，"总是力求透过一些看来是很平凡的日常生活事件，来显示出它们所蕴藏的深刻的社会意义，透过个人的生活遭遇和日常言行，来挖掘人物性格中的社会内容"[1]。因此，作品的生活感性色彩远远地超出了理性色彩，具有反映生活比较真实和丰富的风格特点。作品对于地方自然风情的描绘与乡村伦理的展示，犹如一幅幅饱含着诗情画意的风景画、风俗画，使作品弥漫着浓郁的生活气息，呈现着明丽的地方色彩。小说中塑造了丰富的较真实的人物形象。作品中李月辉、刘雨生等农村基层干部不是那种"高大全"的新型农民和当代英雄，而是在自然的民间文化形态中生成的形象。盛佑亭、陈先晋、王菊生等老农民形象也是栩栩如生，作者写出了他们在付出几代人的血汗与生命后所获得的一点微薄的土地，被政府加入合作社，所经历的精神的斗争与感情的痛苦，这是非常自然的，作者没有无情地批判他们的"落后"，而是写出了他们身上淳朴的人情美，给予他们善良的同情。这些被称为"中间人物"的形象恰恰传达出来自民间真实的声音。

　　20世纪50年代中期开始，随着政治形势的逐步稳定及社会生活的日趋丰富，人们的审美心态和情绪也有了新的需求和拓展，伴随着这种变化，当代散文文体的发展也出现了明显的变化，主要标志就是"颂歌散文"、"政治散文"的出现，这种散文除了重视散文的政治功能，也开始追求散文意境美的创设。在这种情况下，建国初期的偏重新闻报道的通讯特写型散文文体逐步让位于追求哲理、诗情、画意三者交融的叙事抒情性的散文文体。杨朔所追求的"政治＋诗意"的散文创作格局，成为一个时代诗化型散文的共同特征。杨朔的散文属意于优美清新、曲径通幽，出现在他笔下的，多是一些寓娟秀于平凡、寓飞动和联想于静态的物体：是芬芳的荔枝蜜，由此引发出"是在酿蜜，又是在酿造生活；不是为自己，而是在为人类酿造最甜的生活"的蜜蜂（《荔枝蜜》）；是香山的艳艳红叶，由此生发出"越到老秋，越红得可爱"的久经沧桑的

---

① 　黄秋耘：《〈山乡巨变〉琐谈》，《文艺报》1961年第2期。

人生咏赞（《香山红叶》），就是这样，杨朔把精美的意境与人生、劳动和我们的时代联系起来，为新的生活唱着深情优美的颂歌。

力求站在时代的高度，向生活的高度和历史的深度开掘，阐释鲜明的哲理，抒发饱满的激情，表现出时代的最强音，这是"十七年"间形成的极富时代特征的政治抒情性散文文体的特征。刘白羽的散文就是这种文体的突出代表。而最能代表刘白羽散文创作成就的，是他的抒情散文《红玛瑙》、《长江三日》、《灯火》、《日出》。这些作品多写于20世纪60年代初期，他以特有的雄峻和崇高，在雄浑壮丽的自然景物如长江三峡、云海日出中，寄寓作者澎湃壮阔的激情，对于革命、人生、斗争等重大命题的思索，和经由艰难曲折、英勇斗争而赢得胜利与光明的英雄主义、浪漫主义色彩。在飞机舷窗上，他看到了最雄伟、最瑰丽的日出景象"乍看上去黑夜还似乎强大无边，可是一转眼，一个奇迹就在这时诞生了。突然间从墨蓝色云霞里蓦起一道细细的抛物线，这线红得透亮，闪着金光，如同沸腾的溶液一下抛溅上去，然后像一支火箭一直向上冲，这时我才恍然大悟，原来这就是光明的白昼由夜空中迸射出来的一刹那"（《日出》）。作者富有力度的动态描写，渗透出刻意追求的饱满的力量，显现了刘白羽所追求的"崇高的意境"，壮丽的诗。

同样是时代的颂歌，同样立足于反映我们那个时代的新生活，秦牧选取的是知识小品型的散文文体写作。秦牧的《海滩拾贝》、《潮汐和船》充分表现出他的洞隐索微、穷形尽相的百科全书式的风度，但他的更多作品，《古战场春晓》、《土地》、《花城》、《社稷坛抒情》等名篇，则是流淌着充盈的激情，作时代的礼赞。他善于把对现实的生活感受与斑驳的知识融合在一起，史籍、典故、传说、风俗、科学原理等，在他笔下都任从调遣，供他自由挥洒，因此，在他的作品里，比起刘白羽的战争年代——建设时期，杨朔的旧时代的苦难——新社会的美好这样的时空设置，秦牧散文中的时空结构要开阔和潇洒得多，文学构成也更丰富一些。

伴随着新中国的建立和毛泽东文艺思想在文艺领域领导地位的全面确立，诗歌创作像其他文学形式一样，被纳入到为无产阶级政治服务的统一目标当中。大多数诗人出于对新政权所具有的政治理想的真诚拥戴，倾情赞美焕然一新的中国政权及其领导人，而且这种赞美也延伸到了能充分体现社会主义政治理想的重大历史事件和普通人物身上。这种"颂歌"模式的代表作品有胡风以"时间开始了"为总标题的《欢乐颂》、《光荣颂》、《安魂曲》、《胜利颂》,何其芳的《我们最伟大的节日》,而50年代中后期贺敬之的政治抒情诗则将"颂歌"模式推向了一个几乎无法超越的高度。与散文创作由叙事状人转向对时代精神的概括、主观情致的抒写相近似,贺敬之的诗歌创作也经历过这样的转折,并由于这一转折的实现而登上了诗歌的高峰——这高峰,既是他个人的创作道路上的制高点,也是新中国成立后诗歌的里程碑。写于50年代中期的《放声歌唱》,开始显露出他新的诗风——运用马雅可夫斯基式的长句拆行的"楼梯"式,站在时代的制高点,宏观地概括新生活的特征,抒发诗人的政治热情,铺陈扬厉的风姿中涌动着气势磅礴的激情,典雅华美的文采中折射出瑰丽多姿的生活。"……在高压线/飞过的/长城脚下,/在联合收割机/滚动着的/大雁塔旁,/在长江大桥头的/黄鹤楼上,/在宝成铁路边的/古栈道旁",这样的诗句让我们看到了一个为祖国的工农业建设巨大的新成就所激动着的诗人,而诗歌中历数的新生活中无数个新的"第一",更是形象地表明了诗人在尽情尽兴地为新的时代"放声歌唱"。

这一时期对文艺功用的理解是歌颂光明和批判黑暗,赞歌和战歌构成了文艺现象中不可分离的孪生姐妹,而且越到后来战歌的旋律就越强,文艺作品中的硝烟味就越浓。50年代中期的欢乐意识,经由"大跃进"时代的浪漫——浮夸风的污染,并没有随着现实生活受挫,相反,那种意气风发斗志昂扬的热度,在遇到了现实的困难和挫折之时,如波浪撞击在礁石上,反而激起更大的喧闹,赞歌的恢弘和瑰丽由此转化为战歌的崇高和雄竣。最能充分地体现出这赞歌与战歌交触的是诗人郭小川。冯牧为《郭小川诗选》写的序言就命题为《不断革命的战歌和颂歌》:"他的诗篇,他的歌,是因革命的热情而昂扬的颂歌和战歌。他的绝大部分作品,虽然有着不断成长、不断成熟的痕迹,却是贯彻始终地表现出一个共同特征:它们都充满着对革命事业、革命理想的饱满的政治热情。……诗人发自内心的政治热情和战斗激情,往往像是不可抑制地喷薄流涌出来的,这使他的政治抒情诗所具有的感染力量就显得分外强烈和深沉"。郭小川在50年代中期以《致青年公民》组诗(包括

《投入火热的斗争》、《向困难进军》、《闪耀吧，青春的火光》等）而引人注目，但他真正成熟的政治抒情诗，集中出现在 60 年代前半期，他的作品所反复咏赞的，是革命年代的战斗精神和社会主义建设时期人民群众在劳动中所表现出来的豪迈气概，是在历史与现实中燃烧着的伟大理想，它们构成了郭小川那些脍炙人口的作品《厦门风姿》、《乡村大道》、《甘蔗林——青纱帐》、《祝酒歌》、《西出阳关》、《昆仑行》的风骨。

第四节　现实的人道主义精神的短暂回响

1956 年，由于"双百"方针的提出，文艺界出现了空前的活跃景象，许多作家敢于正视现实，独立思考，创作的题材领域也有所拓展，首先，出现了一批干预生活，尖锐地面对现实提出问题的小说，如白危的《被围困的农庄主席》、刘绍棠的《田野落霞》、耿简的《爬在旗杆上的人》、李准的《灰色的帆篷》、何又化（秦兆阳）的《沉默》、李国文的《改选》、王蒙的《组织部新来的青年人》这些作品贴近现实、针对性强、对现实生活中一些不健康甚至阴暗的东西，如官僚主义、革命意志衰退、主观主义、教条主义、逢迎领导、欺压群众、强迫命令等进行了揭露、鞭挞、针砭和讽刺，具有批判的锋芒和积极的意义。其次，出现了触及人性和情爱题材的创作，揭示人的道德情操和丰富的内心世界，显得富有人情味，细腻、隽永，给人耳目一新之感。邓友梅的《在悬崖上》、宗璞的《红豆》、丰村的《美丽》、李威伦的《幸福》、刘绍棠的《西苑草》、陆文夫的《小巷深处》等短篇小说，在读者中引起广泛反响。在此之前，由于受"左"倾思潮的影响，作家较少在这些领域动笔。描写爱情题材的作品，如《我们夫妇之间》、《洼地上的战役》遭到批判以后，作家面对爱情题材也不敢涉足，即使有所涉足，也流于空泛。这也是在 1956 年春天到 1957 年春天这些作品发表后引起广泛影响的重要原因。《在悬崖上》这些小说，写"家务事、儿女情"，写悲欢离合，借以拨动人们的"情弦"，歌颂高尚的情操，歌颂新社会；鞭挞自私和丑陋的灵魂，批判旧世界，发人深省，催人猛醒，引人向上，对50 年代前期颇为流行的概念化、公式化的作品是一个强有力的冲击。

作者抓住爱情生活所特有的内容，大胆探索人物内心的隐秘。以上两类创作，也被称之为"百花小说"。"百花小说"的作者多数是在四五十年代走上文学道路的青年作者，他们拥有更多理想主义的朝气。他们从革命中获得政治信仰和生活理想，也接受了关于理想社会的实现和承诺，但他们逐渐看到现实与理想的距离，并在新的思想形态与社会制度中发现了裂痕。他们从前辈作家那里继承了承担社会责任的传统，并从苏联的同行那里接过了"写真实"、"干预生活"的口号。他们的这些创作，从表面上看，呈现出两种不同的去向：一种是要求创作加强其对现实政治的"干预性"，更多负起揭发时弊、匡正社会缺陷的责任，这些质疑和批判现状的作品，旨在重新召唤当代已经衰微的作家的批判意识；另一类趋向则要求文学向"艺术"回归，清理加在它身上过多的政治负累，在内容上向被忽视的个人生活和情感价值开掘。这两种看起来正相反的趋向，事实上，在作家的精神意向上是互为联系的。社会生活的弊端和个人生活的缺陷，其实是事情的两面，而个人价值的重新发现，也正是"革新者"探索、思考外部世界的基础。

王蒙的小说《组织部新来的青年人》（1957年发表）是"干预生活"的代表性作品。小说情节并不复杂，围绕着区委组织部队麻袋厂厂长王清泉的官僚主义问题从发现到处理的过程展开。实际上，作者笔墨并非集中于这段公案，而是重点描写组织部的日常生活。王清泉的问题不过是小说叙述的方式，由此展现组织部内部人物之间不同的生活态度和工作方式，人物形象也在矛盾中不断清晰、明朗。比如小说以组织部的年轻人、主人公林震的观察为视角，描写组织部领导刘世吾主要的问题就在于他的"成熟"。他的缺点很难让人察觉，他"一下决心，就可以把工作做得很出色"，他处理干部很有人情味，给王清泉处分以后，他的心"很沉重"，但他对工作和生活缺乏那个时代应有的热情和进取心，譬如他的口头禅："就那么回事"，让林震非常不满意。林震经常产生一种压抑感，因为刘世吾等人为生活所带来的惰性"散步在咱们工作的成绩里边，就像灰尘散布在美好的空气中，你嗅得出来，但抓不住，这正是难办的地方"。林震和女友赵惠文遇到的是生活中一堵看不见的"墙"。追求生活纯而又纯的境界是林震等年轻人的性格特征，但热情、朝气蓬勃与涉世不深、不成熟的矛盾始终困扰着他们，使他们既不是时代的英雄，也不是新闻报道所宣传的先进人物。林震对现实生活有感触、有怀疑：一些共产党的干部虽"精明强干"，却不注意"从群众中、生活中吸取营养和力量"，"这样的刘世吾，怎么会不'热情衰退'"①，怎么会不为旧官僚作风的敷衍打开方便之门，使邪恶的势力不断滋生、蔓延呢？作家锐意求新、求深的创作倾向，以及主题意蕴的丰富性在同类作品中都是最鲜明的。

宗璞的《红豆》（1957年发表）小说叙述的是北平解放前夕，大学生江玫与齐虹由于政治立场和人生哲学的分歧而导致爱情悲剧的故事。小说发表之后，《人民日报》、《中国青年报》等对它进行了将近一年的批判，认为作品宣扬了资产阶级的人情味和爱情观。其实这部作品的主题意蕴远远超出了爱情这个范畴，它主要探讨的是在社会大变革时期知识分子抉择的艰难，正如作家自己所说的，"在我们的人生道路上，不断出现十字路口，需要务必慎重，务必勇敢，需要以斩断万缕情丝的献身精神，一次次作出抉择。祖国、革命和爱情、家庭的取舍，新我和旧我的决裂，种种搏斗都是在自身的血肉之中进行，当然十分痛苦"②。小说事实上还存在另一个一直被遮蔽的视角，那就是隐含的性别叙事视角。女性独立的主体意识促使她对齐虹说出"我不后悔"，但作为一个女性，她内心其实又很难彻底挣脱对爱情，对浪漫、英俊的齐虹的依恋。她的痛苦反映了女性辗转于旧的家庭角色和新的社会角色之间的两难困境。《红豆》在艺术上最引人注目之处在于对人物内心矛盾的精细刻画。当江玫与齐虹的情感越来越深时，矛盾也越来越深，作家对此的把握十分准确。另外，小说所呈现出的"淡淡的哀愁"的审美格调和抒情状物的浪漫主义色彩，为作品增添了打动人心的艺术魅力。《红豆》虽然是一篇短篇小说，但所反映的社会层次和艺术格调都鲜明地高于当时以宏大历史叙事为主的现代历史小说。诗意化的意境和散文化的笔法，形成了作品独有的艺术风格，而温馨浪漫的情调和浓郁含蓄的人情味则形成作品独特的文人韵味。倒叙手法的使用有助于作家在急风暴雨

---

① 王蒙：《关于〈组织部新来的青年人〉》，《人民日报》1957年5月8日。
② 宗璞：《〈红豆〉忆谈》，《中国女作家小说选》，江苏人民出版社1981年版，第249页。

的时代氛围中营造出爱情的小天地，而江玫因"红豆"而引发的怀旧情绪和情不自禁的泪水，则使作品带有一种温情脉脉的"感伤美"①。

陆文夫的《小巷深处》是"百花文学"中一篇取材相当独特的作品。小说的主人公是一个从"旧社会"过来的妓女徐文霞。作者通过她的新生活来歌颂新时代、新社会。新社会不仅使徐文霞获得人的尊严、自食其力的生活能力，而且还赐予她纯洁的爱情。但小说没有停留在对这一时代主题概念化的图解上，而是始终围绕着徐文霞的命运遭际展开。徐文霞告别旧日的阴影走向新生活的过程被表现得异常曲折和复杂。女主人公的恋人张俊的情感世界也表现得比较真实、自然。当徐文霞告诉他自己的身世后，他先是震惊、矛盾、踌躇，但最终小巷深处还是再次响起他敲击徐文霞房门的声音。这并非是出于一种政治觉悟和阶级道义，而是基于他对徐文霞外表和内心之美的倾倒以及他对两人之间纯洁爱情的理解和珍惜。小说还在歌颂"新社会、新道德"框架下将笔触伸向爱情婚姻的道德伦理思考，尝试在政治文化空间外为爱情的描写开拓一个新的领地。

这一时期，茹志鹃和刘真的小说也很独特。以她们的革命出身而论，作品内容自然有与时代和政治生活交相辉映的一面，在表现斗争题材的小说里，表达了对社会新生的喜悦。然而在充满时代气息的文字里面，蕴涵的确实不局限于特定政治理念，而具有普遍人性的母爱、异性相吸、姐妹情意。当"重大题材"流行于世，她们的作品尤显别具一格。重大的历史事件不过是小说背景，其中风起云涌的过程她们无力把握；她们胶着的只是生活的某一时刻，人物心灵的一点感悟。正如有的评论家把这种写法概括为"有点像静物写生，细腻逼真，神采毕露，然而运动的感觉还嫌不够，表现事物的发展也还不很充分"②。《百合花》（1958 年发表）是茹志鹃的代表作，作者用抒情的笔法，抒发了同志间的真挚友谊和异性间朦胧的爱恋，给残酷的战争和艰难的岁月留下了一缕美丽的温馨。小说写了一个乡间战地救护所发生的女文工团团员和新媳妇怀念通讯员小战士的内心活动，写出了"一曲没有爱情的爱情牧

---

① 陈思和：《中国当代文学史教程》，复旦大学出版社 2000 年版，第 88 页。
② 欧阳文彬：《试论茹志鹃的艺术风格》，《上海文学》1959 年第 10 期。

歌",取得了审美心理的奇妙感应。作品以"清新、俊逸"的风格赢得了茅盾和一些评论家的赞赏:"《百合花》可以说是在结构上最细致严密,同时也是最富于节奏感的。"① 小说所创造的这种中性和软性的艺术色调,通过讨论被理论界和群众所接受,从而使五六十年代之交一种被称为"阴柔美"的艺术风格得以合法存在。周立波的短篇小说,郭小川的叙事诗,京剧《谢瑶环》、《李慧娘》,电影《早春二月》,历史小说《陶渊明写挽歌》等作品,可以看作是对《百合花》风格的回应。茹志鹃的小说虽说也受到缺乏"复杂的矛盾冲突"描写和"表现事物的发展不够充分"② 的批评,但与当时其他作品受到的指责不同,赞扬的意见明显占了上风。她的小说得到文艺界领导人的赞许固然是其中原因之一,但和平生活使社会审美意识有所改变,局促、紧张的战时心态渴望在和谐而徐缓的生活音律中得以舒展;接收领域对新中国成立后历经批判运动的小说界更有一种潜在的吁求,希望小说摆脱一味配合宣传,以及公式化、概念化的模式,给创作注入新的活力,由此,也才使茹志鹃小说引来的是文坛一阵和风细雨的波澜。对这种与热火朝天的时代有所疏离的文学倾向,作家周立波曾委婉地说:"崇高的思想内容和优美的艺术形式的统一始终是一个作者追求的理想,不讲究二者的统一,只强调二者的任何一面,都会出岔子。古人说了文以载道。在我们的时代,文章应载社会主义和共产主义的大道。古人又告诉我们:言之无文,行而不远。把这两句话合并想一想,是有意思的。"③

50 年代有一批像茹志鹃这样的"战士型"女作家,如刘真、韦君宜、李纳、草明、白朗、杨沫等。她们作品多着意于刻画人物形象的"纯"与"真"。小说中那些来自乡村,单纯、明净、天真的小女兵形象,是新女性画卷格外的亮点。其中,以刘真的作品最为典型。1955年,刘真的短篇小说集《我和小荣》出版,1959 年她发表《英雄的乐章》,再到 1962 年《长长的流水》问世,她小说中的主人公常常就以"我"或作家的真实姓名"小刘"、"清莲"出现,人物和作者经常不分

① 茅盾:《谈最近的短篇小说》,《人民文学》1958 年 6 月号。
② 欧阳文彬:《试论茹志鹃的艺术风格》,《上海文学》1959 年第 10 期。
③ 周立波:《关于民族化和群众化》,《人民文学》1960 年第 11 期。

彼此，忘情地抒发着对战时平原生活的感受，抒发对部队大家庭的感情。1959年《英雄的乐章》标志刘真正在告别写作的上一个阶段。作品描写一对男女战士张玉克和刘清莲在部队宣传队相识，十几年的战争生活使他们聚少散多，而少年时代的友情，却由难得的相聚而变为恋情。作品动人之处在于描写出青年特有的一种欢乐、积极的生活态度，环境再艰苦、单调，也挡不住这对青年恋人对未来的憧憬，作品以青年男女的爱情为主线，在硝烟弥漫的战地，吹奏起浪漫的青春短笛。《长长的流水》描写了20世纪40年代初小战士"我"和李云风大姐在太行山整风大队的生活。这是一部表现部队休整期生活的小说，但此间最活跃的政治生活、整风运动，都不是叙述重点，与历史中的现实相比，作家真正将它描绘成战争间隙的一片让人身心休憩的港湾。小说特别用功在细节、情节和人物的对话方面，通过一组组画面，贯穿在近似母爱的姐妹情谊中。恰如评论家所言，刘真"营造的真正是一种有我之境，读者从中时时都可以感觉到她那热忱、率真、奔放、无拘无束的个性。这就与茹志鹃的含蓄隽永，形成春兰秋菊之比"①。

1956年出现了当代话剧创作的第一次高潮——"第四种剧本"。主要体现在对"人性"、"人道主义"禁区的突破，大胆描写人的爱情、情操、道德和复杂内心世界；其次是对只准歌颂，不准暴露禁区的突破，大胆的干预生活，揭露现实生活中存在的矛盾和冲突。如剧本《同甘共苦》（岳野）、《布谷鸟又叫了》（杨履方）、《洞箫横吹》（海默）等。杨履方的《布谷鸟又叫了》是在戏剧方面最早冲破爱情描写"禁区"的剧作，它正面地展现了当代青年的爱情生活，剖析了他们在爱情生活中丰富、复杂的内心世界，挖掘出具有时代意义的深刻主题。剧本以农村姑娘童亚男和农村青年王必好的爱情冲突为线索，充分展示了他们两人之间两种不同思想的对立和斗争。作者正是通过这一对恋人之间的冲突与破裂，反映了社会主义条件下封建残余在家庭、爱情和劳动关系上的种种表现，以及这种残余思想对社会生产和进步的妨碍，从而深刻地揭示了反封建的长期性、艰巨性和必要性。此外，杨履方的《布谷鸟又叫

---

① 参见蒋守谦对刘真小说的评价，《中华文学通史》第九卷，华艺出版社1997年版，第285—286页。

了》也是一部难得的风格清新、体裁优美的抒情性喜剧。这种风格在1956 年前后的戏剧舞台上是不多见的。岳野的《同甘共苦》是"第四种剧本"中出现得最早的一部，它一出现即在戏剧界产生强烈的反响，《同甘共苦》之所以受到戏剧界的热烈欢迎，是因为它是建国以来思想性和艺术性结合得较好的剧作，它显示了当代"剧本创作的新生面"。它不仅是一部典型的道德伦理剧，而且也是最早在人性、人道主义方面有意识地进行大胆探索的剧目。剧中虽然涉及了农业合作化问题，但作者并没有将它作为连接冲突双方的纽带，相反却被作者充分淡化，只是作为剧中人物聚合、离散的动因。剧中的女主人公刘芳纹原是一个普通的农村妇女，她为了不伤害曾与她相依为命的婆婆的心，在丈夫与她暗暗离婚后，她仍然一如既往地侍奉着婆婆，抚养着孩子，充分显示出刘芳纹忍耐、大度、善良和舍己为人的高尚品质。她是中国传统文化凝聚出来的人性美的典型。

在"百花"时期，社会生活的变化也为报告文学的进一步拓展提供了现实的契机。"双百"方针由上而下的倡导，打消了作家的思想顾虑和心理禁忌，激发了作家勇于探索的艺术活力。一些作家，勇敢地面对生活中的矛盾，大胆触及人民内部的许多尖锐问题，揭露社会的阴暗面，写出一批令读者耳目一新、兴奋不已的报告文学作品。刘宾雁的《在桥梁工地上》、《本报内部消息》，耿简的《爬在旗杆上的人》，白危的《被围困的农庄主席》就是其中较为优秀的作品。耿简的《爬在旗杆上的人》主要抨击的是那些沽名钓誉、弄虚作假、置群众疾苦于不顾的干部作风。作者通过鲜明的人物对比和思想反差，有力地揭露了实际工作中弄虚作假的沉疴和流弊，鲜明地传达了社会的希冀和不满。白危的《被围困的农庄主席》向读者披露的则是一幅坑农害农的现实图画。作品的这些思想内涵是深刻凝重的，它反映了作者"写真实"的艺术实践已从现实弊端的单纯揭示逐渐推至政治经济的综合反思，隐约地显示了经济凋敝背后的政治症结。刘宾雁的《在桥梁工地上》的批评锋芒直指党内干部的官僚作风。作者以高度的社会责任感，尖锐地提出了生活中复杂的利益矛盾，讽刺和批判了官僚主义及其体制上的弊端，在当时产生了积极的影响。《本报内部消息》及其续篇，着力描绘某省党报的一位女记者黄佳英如何在弥漫着官僚主义气息的环境中不隐瞒自己的观点、敢说真话的艰难生存状态。作品切中了时弊，深刻地揭示了 50 年代中期人们精神生活领域中的真实困境。

第五节　历史的理性精神的婉曲表露

回顾整个 50 年代，历史小说的创作甚为冷落。主要是由于一系列的政治运动、尤其是大规模的反"右"运动，知识分子已经失去了参与现实的独立身份和发表言论的话语空间。一直到 60 年代初期，即反右斗争和反右倾以后，历史小说的创作才出现了短暂的繁荣局面。开这种风气之先的作品是陈翔鹤的《陶渊明写〈挽歌〉》（发表于《人民文学》1961 年 11 月号），小说描写的是年过六旬的陶渊明居庐山的三天生活经历——前一天上庐山东林寺，本想在山上住两天，同慧远法师讨论佛法，不料正遇上盛大法会，因慧远法师的傲慢态度，拂袖而归，独自静思自己几十年的人生经历及与佛道有关的死生问题。从东林寺回来的第二天晚上，陶渊明借着酒劲，将自己早已打好腹稿的 3 首《挽歌》及 1 篇《自祭文》笔录出来，吟诵几遍，直到东方发白，雄鸡啼晓。小说发表后评论家黄秋耘立即在《文艺报》撰文称赞说："近几年来，历史剧佳作出现不少，关于历史剧的讨论也挺热闹，相形之下，历史小说却成了冷门，且不说我们还没有以媲美《水浒传》和《三国演义》那样的长篇巨著，就连'五四'以来鲁迅的《故事新编》、茅盾的《豹子头林冲》、《大泽乡》、郁达夫的《采石矶》那样引人入胜、动人心弦的历史小说，我们在当代文学中也已经久违了，在这方面看来，陈翔鹤同志的近作《陶渊明写〈挽歌〉》，真可算得是'空谷足音'，令人闻之而喜。"[①] 1962 年第 10 期《人民文学》又发表了陈翔鹤描写"竹林七贤"之一——嵇康故事的历史短篇小说《广陵散》，通过对嵇康嗜好打铁、漠视贵公子钟会、会见向秀、惜别妻子、刑前操琴等几个情节的描写，生动地刻画出一个魏晋名士潇洒倜傥、信任自然、不堪流俗的艺术形象。作者对这样一个"绝世的文学家、思想家、音乐家"的无辜被杀，表示了极大的同情与惋惜。与此同时，黄秋耘也以历史诗人杜甫在安史

———————————

① 黄秋耘：《陶渊明写〈挽歌〉》，《文艺报》1961 年第 12 期。

之乱中（757 年）回家探望家室为主要内容，创作了短篇小说《杜子美还家》发表于 1961 年 8 月号《山花》，紧接着又连续发表了《顾母绝食》、《鲁亮侪摘印》等历史小说。诗人、学者冯至也向老友陈翔鹤表示，愿意跟他合作："给古代著名诗人每个人都绘一幅剪影"，[①] 并于 1963 年发表了写杜甫的《白发生黑丝》。与此同时，姚雪垠也发表了历史小说《草堂春秋》、出版了鸿篇巨制《李自成》的第一卷。此外还有徐懋庸的《鸡肋》，师陀的《西门豹的遭遇》，蒋星煜的《李世民与魏征》等作品。从 1961 年冬到 1963 年春，全国报刊上发表了约 40 篇历史题材的短篇小说，颇获好评。历史小说创作呈现出一派欣欣向荣的景象。

60 年代初期为什么会出现历史小说创作之风呢？主要有两方面的原因：其一是从外在环境上讲，中国社会刚刚经历过"大跃进"和三年"自然灾害"，国家的政治经济政策正处于调整和整顿时期，文艺方面，随着党的几次知识分子会议的召开，政治气氛有所缓和，政策有所改善，"左"倾思潮有所抑制，较有利于创作上的"百花齐放"。正是在这一政治背景下，作家们才有可能突破"写工农兵"的题材囿限，到其他领域中去寻找创作素材。其二是从作家的创作心态上来看，有些作家感到在"左"倾思潮的干扰下，现实题材难以处理，条条框框甚多，而写历史题材所受限制则较少，有些作家写历史题材更感驾轻就熟，因而把笔锋转向了古代。同时，时代的政治气氛毕竟还是乍暖还寒，刚刚经历过反"右"等政治斗争的作家们，不可能有充分的勇气去直面现实，他们只能将心中的衷曲借助历史故事曲折地进行表达，即"古为今用"，借他人之遭际，表自己之现状。在这种情况下，历史题材小说潮流应运而生。与以往的革命历史题材小说不同，这些历史小说多是取材于非革命的历史领域，创作意图也不是歌颂革命英雄，而是包含有比较复杂的现实内涵。

即便如此，从 1965 年开始，随着对《海瑞罢官》及其他历史剧的批判，历史题材的小说创作也遭到劫难。首当其冲的便是陈翔鹤的两篇作品和黄秋耘的《杜子美还家》，都被打成"借古讽今"、"影射现实"、

---

① 冯至：《〈陈翔鹤选集〉序》，《文学评论》1979 年第 3 期。

"反党反社会主义"的"毒草"。当时发表的历史小说，大多都受到了批判，有些刊物因为发表过被打成"毒草"的历史小说，不得不作出检讨。最早对《陶渊明写〈挽歌〉》提出批评意见的是余冠英，主要就作品的思想内容提出批评，如余冠英认为"《陶渊明写〈挽歌〉》不是批判地而是用同情和欣赏的态度突出了陶渊明思想中的某些消极东西，而且描写的比它的本来面貌更为消极。"① 随着阶级斗争的扩大化，批判进一步升级，小说被宣判为"含沙射影""攻击党的庐山会议"②，表现了作者的反动立场。陈翔鹤在"文革"开始不久就被迫害致死。粉碎"四人帮"之后，《陶渊明写〈挽歌〉》等一批历史小说才得以重见天日。

　　总体上来看，这一时期的历史小说多描写历史人物的苦难命运，他们或因战争、饥荒和苛税的压迫而承受着常人难以承受的命运之苦，或在当时的政治斗争中饱尝人世的辛酸，而命运苦难的极致就是人物走向毁灭。如《广陵散》中的嵇康，他因"刚肠疾恶"、"不堪俗流"和"非汤武而薄周礼"的叛逆精神，与山巨源（山涛）断然绝交，被无辜地牵连到吕安的"挝母"事件，得罪了司马氏的宠臣钟会并结下私怨，而最终在封建阶级争夺王位和政权的政治斗争中，成为政治的牺牲品。李束丝的《海瑞之死》中的海瑞，在七十多岁时被万历皇帝起用而深感自己年老体衰，他在惩治污吏、严正执法的过程中，与御史陈海楼、提学御史房寰发生矛盾，反而招致房寰向皇上上书弹劾的下场，最后凄惨地死去。他的死和《李世民与魏徵》中魏徵的死不同，魏徵的死令皇帝非常悲痛，并亲自致祭。而海瑞死时只有奴仆海安在身边，其遗物仅有"几件旧衣服和一块葛布"。

　　作家在表现历史人物的悲剧命运时，不能不说是在借古人的故事抒今日之情，曲折地反映了在刚刚经历过1957年的政治灾难和紧接着的"自然灾害"生存危机之后中国知识分子的心理现实，表达了知识分子的现实处境和现实态度，实现的是"以史鉴今"的现实目的。黄秋耘是写文艺评论和散文随笔的，写历文小说只是偶一为之。《杜子美还家》主要取材于杜甫的《羌村三首》、《北征》等诗和《旧唐书·杜甫传》等

① 余冠英：《一篇有害的小说——陶渊明写〈挽歌〉》，《文学评论》1965年第1期。
② 文戈：《揭穿陈翔鹤两篇历史小说的反动本质》，《人民文学》1966年第5期。

有关史料，写杜甫于唐肃宗至德二年（757 年）被贬回老家探望家室的所见、所感和所思。描写了这位饱经离乱、忧国忧民的大诗人的胸怀和一幕令人"惊呼热中肠"的时代悲剧。与此同时，作品也"曲折地表达人民的呼声"，小说中杜甫所看到的家乡的凋敝荒凉以及诗人的无奈慨叹，都体现出作者借助历史以讽喻"大跃进"和"自然灾害"后中国社会现实的意图。其中塑造的关心百姓疾苦、热爱祖国的杜甫形象，也折射着作者坚韧的爱国爱民思想。徐懋庸的《鸡肋》，表达的就是借古讽今，含有劝谕当世的目的。徐懋庸明言，他之创作《鸡肋》，是因为对当时为曹操翻案风气的不满意，并试图在其中寄寓一定的现实寓意。黄秋耘的《鲁亮侪摘印》，师陀的《西门豹的遭遇》，歌颂的是古代有胆识有才干的知识分子，表现的是作者对时代英才和知识分子独立地位的期盼，对阳刚之气和正直精神的呼唤，也隐含着对谄媚谀上之时风的尖锐批判，具有讽喻、悲悼现实的意义。

此外，这一时期的历史题材还有一个鲜明的特点，就是塑造了一个个鲜活而丰满的历史人物。师陀《西门豹的遭遇》中的西门豹，忧国忧民、励精图治，敢于抗上、一身正气。《曹操的故事》里的曹操，国难当头、挺身而出，机智幽默、深谋远虑。陈鹤翔《陶渊明写〈挽歌〉》中的陶渊明，悠然南山、心系民生，遗世独立、笑对生死。《广陵散》里的嵇康，任情恣性、我行我素，刚直不阿、慨然赴死。冯至《白发生黑丝》中的杜甫，破船为家、与民为伍，诗心不老、白发青丝。黄秋耘《鲁亮侪摘印》里的鲁亮侪，舍弃名利、智斗总督……在一幕幕历史画面中，蕴藏了作家对历史与现实的比照与反思，在一个个历史人物身上，也寄寓了作家的内心隐情与人格追求。亦如董之林所评论的："由于这些作品，当代文学与古典和传统的关系骤然密切起来。如果说，在五十年代，继承传统往往局限于一些具体描写，那么此时的历史小说，对传统文人的价值取向，有更深入和直接的吸纳与表现。调动传统人文资源，以弥补新时代的不足，也是这一时期创作'以期无愧于古人，亦无愧于后人'的应有之义。"①

---

① 董之林：《旧梦新知："十七年"小说论稿》，广西师范大学出版社 2004 年版，第 205 页。

对于陈翔鹤写第一篇历史短篇《陶渊明写〈挽歌〉》的原因，据回忆，是在 60 年代文艺界的气氛较宽松的背景下，"主持《人民文学》工作的剧作家陈白尘是陈翔鹤的老友，遂向陈翔鹤约稿。翔鹤研究中国古典文学又喜写小说，对他来说写点历史题材的小说是顺理成章、驾轻就熟之事，于是欣然应白尘之命。但陈老做事向来严谨认真，一丝不苟，从事创作亦然。历史小说他久未为之，因之材料的收集、酝酿、构思均极谨慎，也没少费工夫。例如，晋代的服装究竟怎样，他是请教了他早年的老友挚友，作家、中国古代服饰专家沈从文先生的。从文先生在他的手稿上加了不少眉批，写下有趣的具体建议，他吸收了。"① 随后陈翔鹤就完成了他的第一篇历史小说《陶渊明写〈挽歌〉》。

解读这篇小说，有两个重要的精神符号，一是"殷忧"，二是"死亡"。对于前者陈思和等有这样解析：与传统的观点不同，陈翔鹤在《陶渊明写〈挽歌〉》中塑造的陶渊明形象，强调的不是达观的生存态度，而是潜藏在这种达观态度后面的感慨与"殷忧"，小说中的陶渊明，自觉地与权力中心——不论是精神上的权力中心，还是现实的政治权力中心保持一种疏离关系，前者如他对庐山法会上慧远和尚的"傲慢、淡漠而又装腔作势的态度"的否定，后者如他对慕名而来的声威赫赫的刺史檀道济的反感与厌恶。这两种权威，在小说中都以一种讽刺的笔调写出。……陈翔鹤塑造的陶渊明，在达观之外，还带上了伤感、苦闷与悲愤的色彩。例如小说中设计了一个陶渊明吟咏、欣赏阮籍的《咏怀》诗的情节：良辰在何许，凝霜沾衣襟。感物怀殷忧，悄悄令心悲。多言焉所告，繁辞将诉谁。这首诗流露出浓重的忧世伤生的色彩，而又孤立、苦闷，举世滔滔而莫能与之交流，愤世嫉俗而又恐惧为世俗所觉、所害，构成诗里所说的"殷忧"。这种"殷忧"不仅是阮籍的，而且是小说主人公陶渊明的，也是小说家陈翔鹤自己的。不过小说中将陶潜塑造为一个远离权力中心的隐士，恐惧的成分相对少一些，而更多孤立之感。但就作者来说，在小说中设计这样一个细节，所流露出的就不仅仅是与时代主流疏离的孤立之感，而且明显地显示出一种不敢与别人交流

① 涂光群：《陈翔鹤悲苦的挽歌》，《五十年文坛亲历记（1949—1999）》（上、下），辽宁教育出版社 2005 年版，第 223 页。

这种"疏离"的隐忧,典型地体现出处身于国家权力构筑的"时代共鸣"的裹挟之下而又有自己独特的精神立场以及不可磨灭的良知的知识分子的苦闷心态。拒绝了时代主潮,而又无法阻挡这个时代主潮,由此必然产生一种无力之感,在达观之外,难免有悲愤、苦闷、伤感。……这种感伤,绝不仅仅是历史人物陶渊明的,作者陈翔鹤显然也是在"借"他人之酒杯,浇自己之块垒,通过一种个人性的叙事立场,通过对历史人物的追忆,作者陈翔鹤也由此间接地表露了一种个人性的面对时代的态度。①

对于后者,有研究者谈到,死亡在"十七年"主流叙事中常常与献身联系在一起,因此主人公们面对死亡总有一种为了未竟事业而牺牲的豪迈(这与"革命话语"的深入影响有关),但是,在这部作品中,陈翔鹤呈现的是主人公面对死亡的豁达以及豁达背后对现实的无奈。陶渊明写《挽歌》时自语:"'死去何所道,托体同山阿'。不错,死又算得了甚么! 人死了,还不是与山阿草木同归于朽。"与山川草木同朽似乎是一种超然的处世态度,但是在这种超然的背后却是深深的无奈:"活在这种尔虞我诈,你砍我杀的社会里,眼前的事情实在是无聊之极! 一旦死去,归之自然,真是没有什么值得留恋的! ……"原来,生命不值得留恋是因为吏治腐败而并非"人生一世,草木一秋"的豁达。这样的感受在陶渊明的《自祭文》中同样表现了出来,"人生实难,死之如何? 呜呼哀哉"。正因为人生艰难,陶渊明才觉得生死不值得去执著探求。……陈翔鹤直抵陶渊明的内心深处,外在的冲突变成了心灵的冲突,作者和人物在生命的隐秘处遇合了,个性独立的知识分子葆有独立人格时的无力和无奈成为小说里无处不在的精神气息。显然生与死在小说里既是一种个体生命的景观,同时更是一类知识分子的世界观。……小说没有像十七年主流叙事那样成为政策的注脚,也没有像借古讽今的历史小说那样表达哀怜民生,针砭时弊的知识分子怀抱,文本传递的只是疏离于政治中心,疏离于主流群体的人物的非常个人化的情绪。这种情绪表现出来的孤独、无力、无奈和渴望精神自由的因素成为时代主旋律中最不和谐的音符。《陶渊明写〈挽歌〉》……因此和现实客观上构成

---

① 陈思和:《中国当代文学史教程》,复旦大学出版社 1999 年版,第 117—120 页。

了一种紧张的关系，其后遭遇批判也就不可避免。① 正因为这部作品显示出以上的疏离于时代的"异质性"，才获得了锋芒毕露、"空谷足音"的评价。

在十七年的文化语境下来看这一时期的历史小说，确应给予其合理评价。60 年代初兴起的历史小说，从题材、文本生成、作家创作心态上看都在某种程度上显示出同"十七年"主流意识形态文学话语的疏离。在题材上，作家放弃了经典革命历史叙事而转向历史叙事，并借助历史故事、人物传递出微弱的个人声音，以一种知识分子的良知来冲决题材的禁区。在文本生成上，"历史小说作家创作历史小说的最根本的原因是源于他们的政治无意识升华的社会象征行为。面对建国初的颂歌热潮，现代历史小说家们产生了强烈的话语紧张与焦虑感，长期形成的政治无意识积淀和压抑使他们渴望得到宣泄与升华。这样，历史小说的生成便是作家个人努力范围内的主体性创作"，② 这与十七年大量的模式化创作有了根本区别。

与以上分析的历史小说迥然不同的是姚雪垠的鸿篇巨制《李自成》，小说写于 1957 年，1963 年出版了第一卷。"文革"期间，因无法进行正常的写作，姚雪垠不得以上书毛泽东，请求帮助。后经毛泽东过问，姚雪垠移居北京，修改和撰写了《李自成》的续作。李自成在作品中，以有高度智慧、才干和崇高品德的起义军英雄和领袖的形象出现，他不仅是传统意义上的英雄豪杰，而且是有着政治家和军事家才干的领袖。姚雪垠对于这一人物和起义军的描写，明显的是以 20 世纪井冈山为根据地的农民武装作为参照。李自成对革命事业的耿耿忠心，他的卓越的军事才能，他的严于律己、宽以待人，以及他的天命观和流寇思想等弱点；起义军从小到大、由弱到强的原因，军队与百姓之间的"鱼水关系"，整治路线的正确和组织上的巩固对军队发展的重要性——所有这一切，都来自于对 20 世纪工农红军的经验教训的总结。这是作者考察明朝末年那支起义军的思想基点。因而，这部作品正如茅盾所说，是一

---

① 郭冰茹：《陈翔鹤小说论》，《文学评论》2007 年第 1 期。

② 吉咸乐：《重写文学史——十七年历史小说的地位及再思考》，《江苏教育学院学报（社会科学版）》2007 年第 6 期。

部以"历史唯物主义和辩证唯物主义的立场"来解剖"封建社会的"作品。它在本质上更趋近于"十七年"间出现的大量革命历史小说。但是，小说在其艺术上有自己的特色，在"文革"的特殊时代背景下更显示其独有的魅力。首先《李自成》具有鲜明的民族风格与地方特色，而且《李自成》所体现的民族化，不是外在的表面的，而是深入到民族生活和民族文化的骨髓里去的，是渗透在字里行间的。它有力地写出了民族的历史生活、民族的审美心理、民族的文化心理，具有"为中国老百姓所喜闻乐见的中国作风和中国气派"。这是由于作者对所要描绘的一切，大至轰轰烈烈的战争，小至打拳买药都进行了深入的研究，把握其民族和地方的特点，准确地刻画了我们民族的社会生活、历史人物。小说还出色地运用了我们民族传统的艺术表现手法，以刻画人物为例，小说中的人物性格、人物心理密切结合故事的发展，让人物用自己的行为和语言来表达。像刘宗敏、郝摇旗的出场，一举一动、一言一行都表现出他们自己性格的特点。小说还借用旧体诗词等各种文体展示人物的个性、气质，以及大起大落的结构布局等，全是读者喜闻乐见的民族形式。此外，小说精细地描绘了明末清初的典章制度、社会风貌、民情习俗、山川景物，展现了民族生活的多样性和丰富性，称得上是一部气象万千的明清生活的"百科全书"。小说采用阶级矛盾、民族矛盾、统治阶级内部矛盾以及农民起义军内部矛盾等多条线索及复线的形式，把笔墨伸向社会生活的各个领域，全面系统地反映了"天崩地裂"时代的历史剧变。全书放笔描写了囊括当时社会各阶级、各阶层、各行业人物的一大批艺术形象，有名有姓的人物就有三百人之多，从皇帝后妃到豪绅役吏，从义军将士到巫婆乞儿，从绿林好汉到商贾市贩，三教九流，各式人等应有尽有，无所不包。《李自成》艺术描写上的丰富多变，是和作者对传统美学思想的吸取有关。正像朱光潜先生所说，这部小说注意一张一弛，富有"节奏感"，中国的文学、艺术历来都是讲究笔墨变化的，姚雪垠在创作时有意识地实现这方面的追求。

第 三 章

作家心态的舒展与审美意识的觉醒

第一节　精神蓄势与"归来的歌唱"

在考察新中国成立后中国作家的心灵史与精神史时，我们这里还要提到的是一种更具普遍性的姿态，即作家们默默地承担苦难和命运，同时把这种苦难和不能选择的命运视为一种精神财富，让精神之花在内心里发酵、孕育和蓄势，并转化为一种牢不可破的信念与勇气。虽然在表面上，他们有几十年的时间都被剥夺了话语权和文学写作的可能，但是他们的"现实"失语并不等于内心失语和精神失语，相反，丰富的内心生活和深刻的思想与精神苦旅，不仅使他们与时代时刻保持着一种反省和审视的关系，而且还使他们的思想与精神积累都达到了一个前所未有的高度。这使他们随时随刻都有可能重新发起冲刺，再登精神的高峰。在这个意义上，一大批被打成右派的作家在新时期的"归来的歌唱"之所以会那么引人注目，可以说正与他们几十年的"精神蓄势"密不可分。王蒙、陆文夫、高晓声、宗璞、杨绛等作家在新时期之所以能再创辉煌，创造文学的"第二春"，某种意义上正是源于他们思想、生活和精神积累的成功释放。

当然，对这些作家来说，他们的精神状态仍然是复杂的。新时期的到来将封闭许久的作家心灵之门打开了，一个新的文学时代在向他们走来，一个思想解放的时代在召唤着他们，这是一个群体高歌的时代。这批作家的履历上都刻有鲜明的时代印痕，政治信念、习惯思维和精神符码沉积在他们的心底，成为影响他们一生的集体无意识，这种集体无意识并不会仅仅因新时期外在环境的改变而自然消除。反映到他们新时期的创作之中，则体现为对于历史普泛化的反思与认识，缺少的是个人化的历史定位与时代思索。他们中多数人的历史记忆是积极的，富有崇高感和英雄色彩的，对于国家和民族沉痛的一面，他们虽然没有回避，但所表达的也是一种重新高歌后的亮色与感激之情。从这一点来说，这些作家在度过生存的困境之后，在相对宽松的政治环境下，他们的精神却并未获得彻底的解放，而是体现为一种"隐我式"的群化精神意识，并由此来应对新时期的政治文化背景。所谓"隐我式"是指他们的表达方式、思考方式、精神策略仍具有集体主义的群化色彩，缺少个体责任性的价值思辨。当然其中的原因之一在于，时代性因素不可避免地制约着他们的思想。以新时期重返文坛的流沙河、邵燕祥、王蒙、刘绍棠等为解剖对象，尝试对他们这一时期精神图景形成的原因进行初步分析，可以看到，在他们中间，无论是中年作家还是老作家，总是有站在时代的潮头，以现实精神与批判精神去思考国家历史与个人命运的执著者。他们的自我精神的重新张扬，既有某种时代性的集体性因素，又有着独特的个人化的"有我式"精神涵量，并一定程度上弱化了"隐我式"的群化意识。我们将着重从艾青的诗歌与心灵世界的互补揭示中，探寻"有我式"精神策略的成因。此外，考察一些与共和国一起成长的作家们的精神密码，还将涉及几位有代表性的出生于 1949 年前后、创作于"文革"后期的诗人，如北岛、舒婷、顾城等，因为这一代人在中国文学史上具有划时代的意义。在一个一体化的、强调规范化与集体化的文学时代，他们将个人的精神和情感全方位、真实地融入了自己的诗歌，将被压抑于政治、意识形态和生存困境之下的艺术精神重新确立起来，充分彰显了个体独立的意义，并以此开创了中国新时期的文学精神，开创了一个新的美学时代。

50 年代成长起来的一代诗人，如公刘、邵燕祥、流沙河等人在新时期开始重新提笔写诗。这些诗人曾在青年时代为共和国献上最年轻而真诚的歌唱，但正当他们风华正茂之时，被无情地流放于生活的底层。他们的成长背景和所受的文化传统，与上一代人有极大的不同。这代诗人受到共和国理想主义的教育，革命传统文学和俄罗斯文学是他们最基本的文学营养，那种被称为社会主义现实主义的理论已深植于他们的灵魂，对文学功能理解的单一和褊狭，使他们的创作和心灵都保持着青春的印记。他们乐观的、豪情的、童心未泯的浪漫情怀，透露出的不是一种文化信念的坚持，也不是在经历了生活磨难后，应获得的对历史与人生的理性思考，他们的情感与精神的基调就是胜利后的回归。我们无法否认他们的爱人民、爱祖国的情怀仍是浓烈的、真诚的，但是以人民的名义表达自己却多少显示了他们内心的一点犹疑或说策略。但是正是因为有过这样的冲突才显示了诗人的价值，他们无法逾越时代与历史实现自我拯救。正如孟繁华所说："50年代成长起来的诗人归来时，酷似时间移民，他们仿佛又接续了自己的青春和断裂的历史，在时光重现的青春风采中才能找到自我。他们把对历史的反省和检讨作了消极的引导而使他们与精英文化无缘。他们留下的作品，更多地成为这代人特征的生动材料，它的社会学意义远远地超过了文学的意义。"① 我们并不是说，这些诗人承守了原有的立场之后再没有任何变化。其实，随着时间的变迁，他们逐步找到了自己的诗风与情致，寻到了自己的精神依托与价值定位。

　　王蒙、刘绍棠、从维熙等作家的复出也体验和经历了同样的精神探索之路。他们真实地道出这一切，但又不能怀疑哺育他们成长的历史，他们后来虽然是受难者，但同时又是圣徒。于是，这些人在获得发言权后，首先感到欣慰的就是一种"归属"感，他们又重新找到了自己的角色。归属感化解了几十年的不幸，苦难升华为崇高，灵魂在受难中得到了净化。王蒙归来后的思绪相当典型地体现了这代人的心态："20年来，……我得到的仍然超过我失去的，我得到的是大有作为的广阔天地，得到的是经风雨、见世面，得到的是20年的生活和教训。"当"党重新把笔交给了我，我重新被确认为光荣的、却是责任沉重、道路艰难的共产党人。革命和文学复归于统一，我的灵魂和人格复归于统一。这叫做复活于文坛"。② 此外，在他们的心中还凝结着深深的忠于祖国和人民的文人情结。二十几岁即被打成右派、被长期剥夺了创作权利的刘绍棠，恢复党籍时，曾真诚地表示："我的心情很沉重，我们的党遇到

---

① 孟繁华：《1978：激情岁月》，山东教育出版社1998年版，第89页。
② 王蒙：《我在寻找什么》，《文艺报》1980年第10期。

了困难，我这个人党多年的人，要尽自己微薄的力量，为党分担一点困难，而不能给党添麻烦。"并且打了个比喻："党是我的亲娘，是党把我生养哺育成人，虽然母亲错怪了我，打肿了我的屁股，把我赶出了家门，我是感到委屈的，但是母亲又把我找回来，搂在怀里，承认打错了我，做儿子的只能感恩不尽，今后更加孝敬母亲。难道可以怀恨在心，逼着母亲给自己下跪，啐母亲的脸吗？那是忤逆不孝，天理不容！"他念念不忘的是："在我遭遇坎坷回归家乡的年年月月，我们儒林村的父老兄弟姐妹同情我，心痛我，友待我，爱护我，救助我，使我这么多年在精神和肉体上都没有受过任何侮辱，而且能够写出作品，我要重返文坛，难道不应该感恩戴德，讴歌他们那多情重义的美德和恩情吗？人得有良心。"① 这种角色的自我认定，决定了他们不再仅仅属于自己，他们宿命般地要承担起一份使命："文学与革命天地是一致的和不可分割的。它们有着共同的目标——把旧世界打个落花流水，鲜红的太阳照遍全球。文学是革命的脉搏，革命的讯号，革命的良心；而革命是文学的主导，文学的灵魂，文学的源泉。"② 这代作家的精神策略并不完全出于他们的选择，而是出于历史叙述的需要。这批 50 年代成长起来的诗人和作家，在高唱着归来的歌时，还无法完全张扬自我的精神欲求与艺术趣味，他们"隐我式"的群体意识在新时期虽有特定的历史内涵，但是他们毕竟有了表达自己感情的开始，时代的潮流和思想的解放终会给他们带来新的精神向度。

在重返诗坛的诗人中，以"大我"的姿态出现、最具代表性的诗人应是艾青。他以精神的博大和深刻引起了人们的瞩目。1978 年，艾青重新回到诗坛，此时他已是一位 68 岁的老人，几十年外在的压力和内心的搏斗使他基本完成了思想蜕变，虽几经反复，但他还是放弃了个人的坚持，将艺术从内心转移到了现实。早在抗战初期，艾青就说过：个人的痛苦与欢乐，必须融合在时代的痛苦与欢乐里，时代的痛苦与欢乐也必须糅合着个人的痛苦与欢乐。从此以后的艾青就是一个时代的歌者，但是他从来没有忘记过诗中的"我"，作为主体的我，在诗人看来

---

① 刘绍棠：《走在乡土文学的道路上》，《文学报》1982 年 10 月 21 日。
② 王蒙：《我在寻找什么》，《文艺报》1980 年第 10 期。

不是单纯的个体，而是一个通向了人民的大写的"我"。事实上，艾青的苦难就是人民的苦难，艾青精神上的磨砺正是民族历史的写照。特别是在建国后的几年，他的人生和艺术都有大起大落的遭遇。艾青的人生格言是：做一个正直的人；他的写作格言是：诗人必须说真话。而那个特定的时代是不允许说真话的，所以艾青被打成"反革命右派"，他的诗文被列入禁书或被烧毁，他经历过游街、批斗、发配，一个伟大的诗人被困在语言与思想的囚牢中，不得发出声响，不得流露诗情。或许这是大多数作家的必然结局。那么，当一个崭新的时代到来的时候，作家们可以拿起笔创作了，诗人们可以从内心吟唱了，艾青的选择仍会是作为时代的歌者吗？是，也不是。这是因为诗人在创作中并没有流露出这一时期流行的情绪：不可抑制的控诉之情，更没有做出委屈忍恨、欲言又止的弱者姿态。他这一时期的《鱼化石》、《盆景》、《墙》、《古罗马的大斗技场》等诗作，虽然提炼于个人的经验，但他又超越了对自我的关怀，具有超现实的理性力量。例如，诗人描写角斗士被押送到斗技场上，双目被蒙得漆黑，各自乱挥短剑拼杀并无冤仇的对手："无论进攻和防御都是盲目的——盲目的死亡，盲目的胜利。"这里，诗人的意在言外是显见的。总之，作为诗人的艾青，他的诗歌就是他内心情感与精神的外显，他的心灵史也正是他的诗歌创作史，而他的诗歌创作史又是一部国家的命运史。当然还有一些与艾青境遇、性情相近的诗人，他们同样能够在文化艺术的选择中比照自身的心灵与人民的声音，他们大都同艾青的经历相近，如绿原、牛汉、曾卓、郑敏等。究其原因，中国百年的历史处境和诗人们普遍的经历，使他们都有一种"政治无意识"情结，都不由自主地想充当一个"政治斗士"。艾青虽然力图超越这一角色，但是他所处的文化环境与历史境遇促成了他的矛盾。一方面，他有对现实参与的自觉和热情，他不能无视中国的命运与个人的境遇，这使他的情感中充满了历史感和现实感。另一方面，艾青对文学的宣传和服务意识有自觉的抵制，这也使他能够保持一定的自我姿态。

　　与新中国同时诞生的一批诗人，也在新时期登上了文坛，将他们未曾发表的诗歌集结成册，献给了新生的祖国，并且从他们身上折射出的智慧之光、独立精神照亮了中国新时期的文坛。无论是具有怀疑精神的北岛，长于倾诉自我的舒婷，还是耽于惟灵空寂的顾城，他们同前辈作家最大的精神差别在于：他们的精神策略是充分彰显主体意识，在呈现自我中观照现实。事实上，他们这种精神情境更加切近中国当代作家的心灵轨迹。

北岛写于 1976 年清明节左右的成名作《回答》可以说是发出了那个时代觉醒者的最强音："卑鄙是卑鄙者的通行证，/高尚是高尚者的墓志铭。/看吧，在那镀金的天空中，/飘满了死者弯曲的倒影……/告诉你吧，世界，/我——不——相——信！/纵使你脚下有一千名挑战者，/那就把我算作第一千零一名。"从这愤慨而又庄严的诗句中，我们可以看到一个从迷梦中醒来的青年，他似乎已经看穿了貌似卑鄙的崇高并向着理性的深处进发。显然，作为一个较早的觉醒者，对于黑暗的痛苦体验和感受在他的心灵上打下了深深的烙印。荒谬的岁月使他学会了怀疑，对生活的怀疑使他习惯了以冷峻的目光注视现实。在十年动乱结束之后，北岛也没有从这种怀疑和悲愤中解脱出来，他似乎已经形成了一种警惕和反抗的心理习惯，在这种习惯的支配下，他的情感与现实世界无法调和。在生活中，他感受更多的是欺骗、丑恶和束缚，他看得最多的是阴暗的图景。总之，外在的现实与他内心所追求的人性境界总是相去甚远。与生活的格格不入，也使他的诗常常表现出一种决绝的批判与否定态度，表现出一种毫不妥协的反抗，诗人宁愿自觉地在历史悲剧中选择自我的悲剧命运。"我站在这里/代替另一个被杀害的人/没有别的选择/在我倒下的地方/将会有另一个人站起/我的肩上是风/风上是闪烁的星群"（《结局或开始》）。

女诗人舒婷的写作，表现的是作为一个少女对于世界、生活、情感独特而细腻的感受，在舒婷身上始终散发着浓郁的女性意识，她没有将不成熟的思想力量诉诸笔端，而是倾吐了一个女子内心细微但真挚的情绪。随着时间的刻度慢慢侵袭她的心灵，时代的冲击不可逃避地闯入她的视野，成长的诗情与成熟的思想开始反映在她的作品中，这时的舒婷则表现为一个复杂的个体：柔弱但心怀坚强，感性但不失理性，伤感但不缺少执著，包容但不拒绝愤怒。"为开拓心灵的处女地/走入禁区，也许——/就在那里牺牲/留下歪歪斜斜的脚印/给后来者/签署通行证。"（《献给我的同代人》）可见，舒婷作为一个理想主义的诗人，并不缺乏真实生活的情感与思绪。事实上，舒婷的个性特征在于能够将社会与自我相融合，她既有自我的情感与思维方式，表现在诗歌中就是浓郁的情味；同时她也有一颗包容外物的心，无论是面对国家的历史、社会的诟疾，她都予以关注。如她自己所说："我通过我自己深深意识到：今天，我们迫切需要尊重、信任和温暖，我愿意尽可能地用诗来表现我对'人'的一种关切。"在《风暴过去之后》这首诗中，她写道："我爷爷的身价/曾是地主家的三升小米/我父亲为了一个大写'人'字/用胸膛堵住了敌人的火力/难道我仅比爷爷幸运些/值两个铆钉/一架机器。"或许这是那个时代关于人的思考和价值最有力的呼唤。

第二节　崇高精神的人性回归

"文革"结束后，进入新时期，人们出自本能地对伪文学、伪崇高和假英雄形象厌倦而排斥弃绝，作家们转而去关注被冷落已久的普通人和他们饱受伤害的心灵。于是，新时期初始，表现普通人的生活和命运悲剧的文学作品蜂拥而出，不少作家致力于普通、平凡的所谓"小人物"的塑造，取得了很大的成功。当代文学出现了"英雄化"向"非英雄化"转变、呼唤真性情与崇高美的明显迹象，这是历史的必然和文学的进步。

80年代初在整个社会的审美意识的演变过程中，不只是对我们一贯提倡和强调的塑造高大完美的英雄人物提出质疑进而否定，同时对英雄形象的内涵进行了大胆的探索和突破，什么才是真正的英雄？《天云山传奇》中的罗群，《犯人李铜钟的故事》中的李铜钟，是非常岁月被压在最底层的有识之士、真的勇士，文学赋予了他们英雄的称谓。这种时代转折中的"英雄"与"非英雄"的置换，本身就是对荒谬历史的反驳，此类英雄身上所传达的个体的觉醒和历史的必然性具有震撼人心的崇高力量。《人到中年》的问世是"文革"后悲剧创作进入转型期的重要标志，同时也在人物形象"非英雄化"的转变中起了先导作用。陆文婷平凡的外表举止和她所做出的不平凡的牺牲，陆文婷朴素文弱的个性和她坚定高洁的品质，种种对比和反差使读者感受到了人物灵魂的伟大和高贵，而人物内在的英雄性更具感天动地的艺术力量，其引发的崇高感也更为深刻、久远。

随着伤痕、反思文学的落潮，这类以政治悲剧为表现内容的创作方式，逐渐为作家们所舍弃，这种单色调的悲剧英雄也渐渐离我们远去。正是适应了社会心理与民众的一种期待，蒋子龙笔下立起了一个根植于现实生活，又富于理想色彩的新时期英雄人物——乔光朴。《乔厂长上任记》开改革文学风气之先，引起强烈的社会反响。民众期盼英雄，时代需要英雄，但改革步履的艰难和曲折并非一个改革英雄振臂一呼所能解决，乔光朴可爱可敬，但他作为一个理想化的英雄人物，仅仅迎合了短时期内人们的改革热情，随着时间的流逝他的性格魅力逐渐减弱。从理想化的意义上讲，乔光朴是新时期第一个英雄，也是当代文学的最后一个英雄，人们说，乔光朴之后，中国进入了一个没有英雄的时代。

然而文学总是要寻找表现崇高意识的途径，一些作家开始回归自然，在对大自然的崇拜和征服中升腾起强者的勇气，感受着崇高的精神情感。张承志《黑骏马》中的大草原、《北方的河》中的北方河流，邓刚《迷人的海》、《龙兵过》中的大海，梁晓生《这是一片神奇的土地》、《今夜有暴风雨》中的大荒原，都充满了阳刚之气，成为崇高和壮美的象征。作家对大自然既怀有庄严和赞叹的感情，又在与大自然的抗争中印证了主体的强大，这些作品多追求自然与人合一的内在气质与精神，其英雄主义和理想主义色彩聚合在意识的层面上，即崇尚海明威式的"人可以被毁灭，但不可以被战胜"的硬汉子精神，具有更为纯粹的审美意义。

由以上概况可见，新时期文学是从恢复被"文革"破坏的我国新文学现实主义的优良传统开始的。作为新时期文学的初潮，人道主义、理想主义、英雄主义构成了它的思想基调。就总体而言，这个时期作家的创作动机和作品的客观效果，都在于激发读者崇高的思想情感。有些作品，如王蒙的《布礼》、《蝴蝶》，宗璞的《我是谁》、《蜗居》，茹志鹃的《剪辑错误了的故事》等，运用西方现代小说的意识流结构，描写极"左"路线蹂躏下的荒诞世态和心态，对多年来趋于凝固的小说模式造成了不小的冲击，但仍止于形式和技法。在传统的人本主义的伦理道德观念上，他们非但没有"躲避崇高"，相反，恰恰是用革命的传统因而也可以说是用崇高的思想来揭露、谴责造成荒诞世态、心态的极"左"思潮和极"左"势力的。

　　新时期初的思想解放运动，重新确立了"文学是人学"的信念，"人学"旗帜的重树，使人性、人道主义成为文学理论界的热门话题。从 1979 年开始，文艺界展开了关于人性、人道主义问题的大讨论。这次讨论持续了五年之久，发表文章两百多篇，直到 1984 年胡乔木在《红旗》杂志发表《关于人道主义和异化问题》后，才逐渐平息。通过这次讨论在人性问题上，尽管对某些具体问题还存在着意见分歧，但认为人除了阶级性，还具有共同人性，已达成了共识。1980 年，围绕着对戴厚英的长篇小说《人啊，人》的评价，就相当集中地涉及了这些问题，作品描绘了从 1957 年反右斗争到中共十一届三中全会二十多年的风云变幻，着力赞美了人道主义者何荆夫。作者《后记》中直接表明自己对人性、人道主义的领悟和呼吁：终于，我认识到，我一直是以喜剧的形式扮演着一个悲剧的角色；一个已经被剥夺思想自由却又自以为是最自由的人；一个把精神枷锁当作美丽的项圈去炫耀的人；一个活了大半辈子还没有认识自己、找到自己的人。我走出了角色，发现了自己，原来我是一个有血有肉、有爱有憎、有七情六欲和思维能力的人。我应该有自己的人的价值，并不应该被贬抑，自甘堕落为驯服的工具。这反映了新时期文学变革的基本内容和发展趋势。人的尊严，人的价值和权利，在遭到长期的摧残和践踏以后，在差不多已经从文学理论家的视界里和作家的创作域限中消失以后，又开始重新被发现，被重视。从 1981 年开始，人性问题的讨论开始向人道主义转移，并逐渐超出了文学的范围，向哲学、社会学等领域拓展。其中周扬、胡乔木、王若水等理论家都有重要文章发表，在讨论中产生了很大的影响。这场引人注目的讨论，涉及人是否是马克思主义的出发点；对马克思主义来说，人道主义是作为世界观、历史观，还是只能作为道德伦理原则；社会主义时代存在或不存在人的异化问题；社会主义人道主义在艺术中的意义何在等多方面的问题。关于文学创作中人性、人道主义问题的讨论，虽然没有达成一致的意见，但是，理论界不同的见解，解放了作家的思想，开拓了创作的思路，对于深化人道主义主题，繁荣和发展文学创作，起到了积极的引导和推动作用。

　　从新时期文学创作实践中，我们看到许多作家在他们的作品中从不同角度书写了有关人性、人情、人道主义的主题。首先体现为重视人的尊严与价值。如果说对否定人的尊严与价值进行否定，是一种情绪激昂的控诉、批判与呐喊，那么当人的价值观念逐渐确立起来后，作家就自觉地把人作为思考和描写的中心，并努力表现个体的人对于自身价值的追求。刘心武的《我爱每一片绿叶》和《如意》可以认为是这种自觉意识的艺术实践的开端。他在厦门大学的一次讲演中曾明确地谈到了这种观念，认为自己找到了一个新的创作焦点。他的《如意》更进到了一个新的阶段，已不是从社会悲剧角度写人的伤痕或通过人的伤痕表现社会悲剧。谌容《人到中年》的发表引起了热烈的反响。从根本上说，这部作品提出的也是人的价值的问题：为什么人只是在作为一件有用的工具时，才会得到社会的尊重？陆文婷在作为一个工作出色的医生时，是受到社会尊重的；而她在作为一个人、一个母亲和妻子时，几乎是被遗忘的。作品抨击了这种把人视为工具的本末倒置的价值观，为争取人应有的尊重与权利发出义正词严的呐喊。

其次，提出追求理想的、美的人性。把非人还原为人，关怀人的尊严与价值，其根本目的是要确立起一个大写的人。戴厚英谈《人啊，人》的创作体会时说："从古到今，从中到外，作家们的思想和艺术是千差万别的，所勾画的人类和社会蓝图也是各不相同的。但只要是真正的优秀的作家和作品，都不可能不关心着一个共同的目标——人的解放和完美。"① 对于人性美的歌颂，在爱情的领域里得到最集中的表现。粉碎"四人帮"以后，最先重新把爱情迎回文学园地中来的是刘心武的小说《爱情的位置》。作者提出了爱情在生活中应当有一个位置，同时在文学中也应当有一个位置。此后，从各个不同的角度描写爱情的作品开始大量涌现，有歌颂高尚的具有自我牺牲精神的爱情的，如张洁的《爱，是不能忘记的》，张弦的《被爱情遗忘的角落》，张贤亮的《男人的一半是女人》、《绿化树》以及话剧《爱情之歌》等；有赞美坚贞不渝的爱情的，如电影《待到满山红叶时》；有张扬自由平等爱情观的，如诗歌《致橡树》；有揭露"四人帮"的倒行逆施给青年男女的爱情生活造成各式各样的不幸和悲剧的，如小说《在小河那边》、《我该怎么办》，电影《不是为了爱情》；有抨击极"左"思潮和传统陋习造成的爱情异

---

① 戴厚英：《结庐在人境，我手写我心》，《文学评论》1986 年第 1 期。

变的，如小说《远村》，等等。对真正的爱情的歌颂，是人的重新发现的一个重要侧面，寄寓着人的解放的理想和对于人性美的召唤。不少作品都写出真挚的爱情如何战胜了人为制造的政治鸿沟。

再次，新时期对"人"的呼唤还体现为个体自我意识的觉醒，确立了一种反封建的自我精神。它在某些方面表现为向"五四""个性解放"思潮的回归。当年"五四"时期知识分子强烈的个性解放要求，就是反对封建群体主义，而要求社会承认个人的独特性和自由的权利，要求重视个体的主体性及其力量和价值；就是反对封建专制主义，而要求肯定个体之间的人格平等和人的尊严等等。在文学上，则是反对"代圣立言"、"文以载道"（既反对"孔孟之道"，也反对把文学用作单纯传播社会既定思想的工具），而主张大胆表露个体自我的真情真知。新时期的回归趋势的形成，从思想根源上看是很自然的，因为我国最早的现代知识分子直接受过"五四运动"的洗礼，其后辈也深受影响，心神向往，尊重自我本来就是他们埋在心里的一种信念，现在新历史条件下的思想解放运动将这种信念重新点燃了。后来，"自我"的意识，逐渐发生了变化，融进了非理性的自我观念。新时期的经济改革和文化开放，更带来中西文化继"五四"之后又一次大撞击，从而出现了前所未有的新的思想文化背景。叔本华、尼采、柏格森的非理性主义生命哲学重新被介绍；萨特的存在主义对年轻人产生了尤其广泛的影响；而弗洛姆、马斯洛的新人本主义，也成为知识分子热门的阅读对象；弗洛伊德论述精神分析、潜意识和泛性论的书籍，更成为畅销的读物。无疑，在长期的封闭之后，这些思想学说对人们产生了很大的吸引力。许多知识分子尤其是青年知识分子或精研细读，或大致涉猎，还有不少人追随着潮流领取一二格言、名句，激起阵阵热浪。他们从自己的境遇出发，按照自己的理解，接受启示，或在热潮中追逐时髦，受到的影响是多方面的。人性的觉醒很快表现为个性的觉醒、主体意识的觉醒，不仅人的尊严和平等的权力受到重视，人的价值和潜能也受到重视。人们对人性的理解更加深刻、全面了，不仅承认人的个性与共性的存在与统一，也承认人的自然性与社会性的存在与统一，还承认人的心理结构的丰富性与复杂性。人们不但觉得弗洛伊德的"意识"与"潜意识"，"自我""本我""超我"的学说有一定的道理，还欣赏弗洛姆关于人的境遇的分析和马斯洛关于人的潜能与价值、低级需要和高级需要、自我实现和超越等问题的分析。而其中非理性主义的"自我"观十分突出，最具冲击力。它与原有的反封建性质的自我意识相互激荡，呈现出复杂的状态。这种复杂性在文学创作中有着鲜明的表现，80年代中期致力于表现荒诞感的作品大量涌现，诸如刘索拉的《你别无选择》、马原的《冈底斯的诱惑》、徐星的《无主题变奏》、韩少功的《爸爸爸》等作品不同程度地再现了非理性主义"自我"的生存世界和生存状态。

　　这里，我们主要从刘心武、张贤亮的小说创作来看80年代文学创作对于人性、人道主义主题的表现。80年代前期，刘心武的小说创作还是具有鲜明的政治意识，主要是配合揭批"四人帮"，旨在描写"文革"带给人们的精神创伤和悲剧。如前文提及的《班主任》、《爱情的位置》、《醒来吧，弟弟》。这些作品具有的共性特征是政治的视角，说教的语气，且每篇小说中树立一两个正面形象来鼓舞人心，显示出刘心武艺术上的准备不足。80年代后期，转向人的文学创作，表现了知识分子的忧患意识和人道主义精神。《我爱每一片绿叶》由政治性、政策性向社会伦理道德领域转移，是一篇"给个性落实政策"的作品。虽还有说教，但已进入着力描写人的性格和命运领域，并呼吁人们"尊重个性、尊重个人私生活的自由"。《如意》对于刘心武具有突破性的意义。表明作者真正进入写人，写人的内心，写人的命运的文学主题，表现出作者对普通人的尊重、关心和理解。主人公石义海"人要善待人"的人生信条，有一种朴素的人道感。《立体交叉桥》是一篇向市井风俗和文化小说发展的过渡性作品。《钟鼓楼》则是一部代表刘心武80年代文学最高成就的作品。小说在结构上颇具特色，运用了橘瓣式结构，力图在一天的叙述时间、一个大杂院的叙述空间中，全方位揭示80年代市民的生存状态，并以地道的、生动活泼的人物语言缔造出浓郁的京味风格。此外在这部作品中，他有意识地要"超越出对善恶是非的强烈判断态势和爱憎色彩，表现为一种比一般人道主义更深厚浑实的宽容与谅解。"① 纵观刘心武80年代具有"人道主义"情怀的创作，还是有其局限性，因为他的创作认识到了要关心"人"的问题，但又总是以社会效

---

① 《刘心武文集》第8卷，华艺出版社1993年版，第402页。

果来加以制衡。正如研究者所说：他"所关心的不是具体的人，而是抽象的'人'；他并非从真实的、个性的人出发，而是由理想的或理念的'人'出发。"① 而对于抽象的"人"的关注，从某种程度上来说也正是80年代有关人性、人道主义大讨论的核心问题。

人们对张贤亮小说的评价一直是毁誉参半、争议极大。比如《绿化树》、《男人的一半是女人》、《我的菩提树》、《习惯死亡》、《小说中国》等作品都引起过热议。这热议简单地说缘于两方面，一是关于其作品的政治性。张贤亮自己曾公开宣称："我的全部小说都是政治小说。"这就是说他的小说无不具有鲜明的政治倾向性。二是关于其作品中的"灵与肉"的双重困惑。比如被称为"爱情三部曲"的《绿化树》、《男人的一半是女人》、《习惯死亡》中都扭结着性爱与精神的挣扎。事实上，张贤亮在宣称自己的作品是"政治小说"的同时，也没有忘记强调它的人本主义含义："政治遭遇，不过是人生的一种形式。我并不着重去写主人公面对的政治。……作家只有面对人本身，也就是面对自己内心，才能在'人'这个大题目上和整个人类取得共同性。"② "灵与肉"的思考贯穿着张贤亮整个创作，他的许多主人公多是被置于环境和自我的双重冲突之中，在《绿化树》、《男人的一半是女人》中作家大胆写性，写性压抑，揭露造成知识分子精神压抑、人格屈辱和身心不健全的极"左"社会。但这种性的描写，更多的具有形而上的意义，作家是在通过性赋予男人以生命力、自信力、创造力甚至社会的生产力、政治力等象征意义。并最终在其作品中深化了对于人性问题的思考。

进入90年代以来，随着市场经济的深入发展，我国工业化程度的不断提高，对物质生活的追逐日益成为人们生活的动力。这时，人生意义与人的价值在摆脱了阶级斗争的束缚后，又一次受到物质利益的冲击。人们对物质的追逐成为人生之第一要义，人们生理官能上的满足成为人们生存的动力。这时期的人性、人生意义、人的价值、人如何从物质生活中提升到精神生活等问题，已经不再引起人们的关注。换言之，市场经济的发展，唤起了人们对利益的追逐，对现实生活的关注。这种

---

① 陈墨：《刘心武论》，安徽教育出版社1996年版，第125页。
② 张贤亮：《追求智慧》，中国华侨出版社1998年版，第220页。

对现实经验的关注在一定时间内取代了对未来理想的追求;对生理体验的关注限制了对想象力的塑造;对生理官能的满足阻止了内在生命的激情;对个人、集团利益的关注阻碍了人生意义的升华。因而在 90 年代以来的文学创作中,作家们更多地贴近现实,更多地关注了现实生活中人们柴米油盐等生活的细节,并一度限制了精神的向上飞扬。由此看来,如何表现人性、人道和人情仍是一个有待继续深入的文学话题。

第三节　在"伤痕"中"反思"

　　新时期小说是以"伤痕文学"为开端的。粉碎"四人帮"以后,作家敏锐地感应着人民的意愿和历史的要求,自觉肩负起时代赋予文学的使命,通过真实的描写、大胆的揭露、愤怒的鞭挞,由表及里地触及了"文化大革命"的实质。1977 年 11 月,刘心武在《人民文学》上发表的短篇小说《班主任》是"伤痕文学"的发端之作。继而卢新华发表了处女作《伤痕》,接着一大批揭露批判林彪、"四人帮"极"左"路线和封建法西斯专制主义的文学作品,以一发而不可收的势头冲决了种种思想禁锢,应运而生。《伤痕》写的是"文革"时期的"革命小将"王晓华和"叛徒"母亲划清界限去辽宁插队,后得知"叛徒"罪名为"四人帮"所强加,于是带着悔恨的心情赶回上海,看望八年未通音信的母亲,不料母亲却在"文革"中饱受摧残、重病缠身,待她赶到时,已经与世长辞了。小说从母女感情亦即中国最为注重的伦理情感入手,揭露了"文革"给无数普通中国人的生活和心灵带来的无法弥合的创伤。《班主任》是借一名中学教师的眼光对在"文革"中长大的中学生的心灵予以审察,由于作品塑造了谢慧敏和宋宝琦这两个心灵被严重戕害和扭曲的中学生形象,并发出了振聋发聩的"救救孩子"的焦灼的呐喊,从而引起了社会的关注。此后,一批揭露"文革"伤痕的小说涌现出来,其中较有代表性的是张洁的《从森林里来的孩子》、王蒙的《最宝贵的》、李陀的《愿你听到这支歌》、宗璞的《弦上的梦》、陈国凯的《我该怎么办》、从维熙的《大墙下的红玉兰》、周克芹的《徐茂和他的女儿们》等。这些伤痕小说在思想取向上体现了浓厚的人道主义色彩,以呼唤人性,肯定人的价值,维护人的尊严为主旨,对"文革"时期非人化的现实予以愤怒的揭露、控诉和鞭挞，首开人道主义文学潮流。此外，它冲破了一个个现实题材的禁区，提出了一系列重大的社会问题。如刘心武在《班主任》之后，又创作了一批被称作"问题小说"的文学作品，1978 年他发表了《爱情的位置》，提出了"爱情应在革命者的生活中占有一席之地"的观点，同年又发表了《醒来吧，弟弟》，则关注具有社会性的，特别是青年人信仰缺失、思想迷乱的问题，都引起了社会、读者的极大反响。从审美取向上看，伤痕小说以其强烈的批判性、暴露性、悲剧性开启了现实主义复归的潮流，反映了一种普遍而强烈的社会情绪与审美期待，可以说，在中国的文学史上，从未有过那么多的普通读者同作家的创作产生如此一致的情感共鸣与精神碰撞，也从未有过那么多的读者参与文学评奖，这对"伤痕文学"及其后来的作家创作都是极大的鼓励，一时间，"伤痕"成为文学的基本主题，并向着社会生活与人的精神世界的方方面面深入拓展。不过伤痕小说从总体上说是人们长期郁积的情感宣泄，它对"文化大革命"的批判主要还停留于感性的层次上，作家们对十年动乱之所以产生的社会根源、历史根源和思想根源尚缺乏深入的思考，在艺术上也显得较为粗糙、直露，更有个别作品仅仅满足于恶迹劣性的展览。这些表明，新时期作家对于现实的认识和反映都有待于深化。

继之而起的"反思文学"就推进了这一深化。1979 年上半年，正当"伤痕文学"方兴未艾之际，茹志鹃的《剪辑错误了的故事》、鲁彦周的《天云山传奇》、张弦的《记忆》等作品问世，这些作品所表现的生活内容从"文革"前追溯至 50 年代或者更远，将伤痕小说的情感性宣泄转变为冷静的理性思考，将单一的政治批判转变为社会、历史、文化、心理的全面反省。反思小说所触及的生活内容可以扼要的概括为几个主要方面：

其一，反思新中国成立以来政治经济生活中的各种运动和"左"的思潮对人们的生活和命运的影响，茹志鹃的《剪辑错了的故事》、张贤亮的《灵与肉》、《绿化树》，张一弓的《犯人李铜钟的故事》，鲁彦周的《天云山传奇》等。这类作品涉及反右扩大化、大跃进、反右倾和"四清"运动等，它们突破了一个又一个"禁区"，写出了"左"的思潮如何在当代生活中滋长并左右着广大干部和群众的生活与命运。张贤亮的

《灵与肉》通过许灵均这个人物形象，反思 50 年代后期以来在"左"倾教条主义统治下知识分子的命运问题。挖掘在几十年坎坷的人生经历中，他所经受的精神的、思想的、感情的、意志的种种磨难，剖露其心灵在痛苦与欢欣、感伤与振作、困惑与清醒、幻灭与希望等矛盾交织中所形成的自我搏斗，以及搏斗之后的灵魂升华。《绿化树》以章永璘在某农场的生活经历为线索，展示了特定时期在大西北劳动改造的知识分子的生活。小说使我们看到了一个知识分子在饥饿中的心理状态和由饥饿而导致的人的性格的变化。从某种意义上说，《绿化树》也是知识分子对人民群众的忏悔，章永璘与马缨花的爱情关系事实上成为知识分子与劳动大众的关系的一种象征。从整体上看，张贤亮对历史的反思不仅仅通过人物命运表现历史的曲折，而且往往通过主人公自我的内省展开，小说主人公要在灵与肉的搏斗中"超越自己"，通过对自身的痛苦反省和拷问，努力寻求"比活着更高的东西"，最终完成人格的蜕变和升华。张贤亮在表现历史的苦难时特别注重在历史的苦难过程中发现美好的东西，发现"痛苦中的快乐"和"伤痕上的美"，在苦难的背景上表现智慧的美、感情的美，在阴暗的背景上表现闪光的人性和劳动者的美好情愫。

其二，揭示封建残余势力和封建意识在现实生活中的作用和在人们精神上的烙印，如张弦的《被爱情遗忘的角落》、叶蔚林的《五个女人和一根绳子》、韩少功的《西望茅草地》等。这类作品深入到人们的心灵世界去剖露社会历史的沉疴，描绘出"左"倾政治、封建特权和潜意识化的封建观念对人们的腐蚀。小说《西望茅草地》以深沉的笔调描写了一个英雄的悲剧。"茅草地王国"的"酋长"张种田，是品行上无指摘的"老革命"、战争年代的真正的英雄。但战火的硝烟并未溶掉他那小生产者的狭隘思想。进入和平年代之后，由于"左"倾思想的影响，这种小农意识反而有所滋长，加上缺乏文化、轻视科学，使他不自觉地在"茅草地王国"愚妄地推行违反科学社会主义的平均主义和反对任何个性表现的苦行僧式的禁欲主义，严重地违背了经济建设的规律，极大地挫伤了知识青年的积极性。结果，他领导的茅草地农场草比苗高，年年亏损，最后不得不自行解散。张种田的悲剧具有深刻的历史韵味。

其三，对党和人民的关系的反思和对官僚主义的批判，如李国文的

《冬天里的春天》，王蒙的《悠悠寸草心》、《蝴蝶》等。这类作品大多将领导干部置于几经沉沦的位置上来重新审视党和人民群众的关系，以此来提醒领导干部和执政党"人民是母亲"、"勿忘人民"。《蝴蝶》这篇作品借用"庄生梦蝶"不知蝴蝶是我抑或我是蝴蝶的典故，构造了一个关于主人公（老干部张思远）的身份、地位及其与群众关系复杂变化的政治隐喻，表达了作者对革命干部由于权力和地位的上升，由"人民公仆"变为"人民的主人"这一在革命队伍内部事实上存在着的"异化"现象的严肃思考。同时也通过作品的主人公在经历过"文革"之后的醒悟，到人民群众中去寻找失落的根本，重申了共产党人与人民群众的血肉联系的主题，在这一阶段的社会生活中具有极为重要的现实意义。这篇作品在艺术表现方法上借用了意识流手法，以人物的心理活动为主要线索，穿插组合人物经历，现实和历史的时空交错叠印，具有较大的生活容量和艺术表现的自由度。

其四，对扭曲的人格和不健全的文化心理及"国民性"的剖析和针砭，如高晓声的《李顺大造屋》、《陈奂生上城》，陆文夫的《美食家》、《井》等。这类作品继承了"五四"新文学中"国民性批判"的主题，也暗示了"左"的思潮之所以得以蔓延的某些文化心理方面的原因。高晓声的《李顺大造屋》，是从另一个艺术方向对教条主义的程式化艺术规范的一次突破。小说虽然以农民李顺大造屋的过程作为线索来组织情节，也大致保留了比较完整的事件过程，但是却没有以此来编制有明显矛盾冲突的故事化内容，而是剪辑李顺大造屋的三个生活片断，通过人物的命运变化联结起来。从这三次造屋的不同经历、不同结果中，展现出以往的"左"倾教条主义给农民生活造成的严重损害和十年动乱结束后农民命运的转机。《陈奂生上城》通过陈奂生上城的奇遇，又悲又喜地写出了处在社会变革时期的老一辈农民，虽然背负着历史的重负而步履维艰，但是他们终于迈出了走向新生活的第一步，从而形象地概括了今天农村现实生活的历史性的深刻变化。陈奂生是当代中国农民的代表性的形象之一。他的灵魂受到制约，然而又开始突破制约前进，表现出作者对陈奂生精神世界探索的深度和对中国农民命运的深沉思考。陈奂生将作为一个包蕴着"巨大的思想深度和意识到的历史内容"的文学典型载入中国当代文学的史册。陈奂生的精神，典型地表现了中国广大的农民阶层身上存在的复杂的精神现象。他的形象是一幅处于软弱地位的没有自主权的小生产者的画像，包容着丰富的内容，具有现实感和历史感，是历史传统和现实变革相交融的社会现象的文学典型。作者对陈奂生既抱有同情，又对他的精神重荷予以善意的嘲讽，发出了沉重的慨叹，这种对农民性格心理的辩证态度，颇具有鲁迅对"国民性"的"哀其不幸，怒其不争"的精神传统。伴随着反思小说的兴起，文坛上出现了一个"复出作家群"，即在历次政治运动中，特别是反右运动扩大化中被剥夺了创作权力而在新时期又重新登上文坛的作家，如王蒙、张贤亮、陆文夫、高晓声、李国文、邓友梅、从维熙、张弦、张一弓等。这些 50 年代初登上文坛的作家在搁笔近二十年后复出，无论在思想上或是艺术上都更趋于成熟，更具有探索精神和批判力量。

第四节　现代审美意识的萌动

新时期之初，西方新的文艺思潮开始涌入中国，它给中国的艺术工作者带来的冲击是十分巨大的，有一部分艺术工作者开始大胆地吸收这些新的创作观念，借鉴其创作方法，他们都在各自的艺术生活中表现出开放的眼光和宽广的胸怀，表现出艺术上的敏感性和创新精神。正是由于这些艺术工作者的努力，不但使文坛、画坛和舞台出现了新局面，而且在当代文艺的六十余年的历程中，发动了第一次大规模地引进和借鉴、大规模地探索和创新的热潮，给沿着传统的轨道前进的文艺以强烈刺激和震动，引起人们对于艺术本体的充分重视，使新时期的艺术发展、审美意识不断走向开放和多元化。

在小说领域，最具有现代审美意识的应是 80 年代中后期出现的"先锋小说"，它也是当时先锋艺术"爆炸"的重要组成部分，也是其中最富有实绩的部分。它指的是 1985 年前后崛起的一种特定的文学思潮与创作形态，包括马原、洪峰、格非、苏童、余华、潘军、北村等一批作家的创作实践。在这里我们援引一个更具有普泛性的概念"新潮小说"来指称这股创作潮流，以便同这一时期涌现的音乐、绘画、电影、戏剧等各领域的"新潮"创作一起讨论。

1985 年刘索拉的《你别无选择》、徐星的《无主题变奏》等作品发表，这两部小说都顺应了西方现代派小说"向内转"的趋向，突破了传统小说只从人物的社会层面去表现人物、塑造性格典型的做法，这两位作家的创作都融汇了西方现代主义中的滑稽感、荒诞感以及存在主义式的无可归依感，因而有人说刘索拉的小说标志着中国现代主义的出现，徐星的小说则是新时期文学中最早表现"多余人"的作品。此后陈村的《少男少女，一共七个》，残雪的《苍老的浮云》、《旷野里》，洪峰的《奔丧》，余华的《十八岁出门远行》等作品在创作主题上同刘索拉、徐星的创作都有相似性，或在一派青春的躁动中，或在冷峻的凝视中，表达了强烈的荒诞感，这种荒诞感的锋芒指向历史文化传统、指向现实社会，甚至指向人类本体、人类生存的本体世界。这些创作为"先锋小说"成为一个创作潮流做好了准备。1984 年，马原的《拉萨河女神》也是被誉为"先锋小说"的先声之一，这主要是因为从《拉萨河女神》开始，马原的《冈底斯的诱惑》、《西海的无帆船》、《大元和他的寓言》等作品在形式上第一次把叙述放在故事之上，强调了叙述者对文本的调控功能，由传统小说的"故事中心"演变为"叙事中心"。在马原的小说中，叙述者既是小说人物之一，又是小说作者本人，或者说都不是，马原在作品中不断提出"我是谁"的问题，不断指出某一叙述人就是马原，又不时跳出来对马原进行剖析和评论。比如《西海的无帆船》全篇二十四节，由三个叙述人讲述，每一叙述角度占八节，以"你"、"我"、"他"三种叙述称谓代表三个叙述人的讲述，而且十分匀称地交叉组合，构成全篇。"我"是"姚亮"的自述，是较为纯粹的内心独白，把当事人复杂的心态展示出来。而"你"、"他"这两种称谓的叙述人则为马原自己。这两种叙述角度，一是以小说人物"我"（姚亮）的朋友身份出现，以与姚亮对话的形式叙述事件；另一则是以一位旁观者（似乎仍是全知全能叙述者）的角度，展开小说人物深入西部无人区的探险活动，主要是为了让人物在前两个角度叙述事件和心态时，有一个较为客观的框架。这三个叙述人时而由内向外，时而由外向内，共识性地展示了小说人物、事件的复合状态。而且在第二十三节小说行将结束时，姚亮以"我这个叙述人的身份，小声透露给你们一点内幕——陆高就是马原本人"，而"马先生为什么会让我这段文字插入小说"，又是"我"与"马原"的一个协议。陆高是小说的主要人物之一，这个声明加重了作者的亲历性，试图增加读者对迷离扑朔的小说故事的信任。

1987—1990 年是新潮小说的壮大期，在这一时期里涌现出更多的新人新作，这些作品除了强调叙述人与作者的分离，叙述视角局部化以外，还在叙述语言、叙述语调上有大胆地尝试，其中孙甘露的创作较为有代表性，孙甘露的代表作《信使之函》、《访问梦境》是最具有语言实验性的创作。这两部作品可以说是在进行语言的游戏，在用语言编织一种虚无缥缈的梦境，无所谓可信和真实，作者只追求语言的反复强化或者语言的感受，尤其是在《访问梦境》中，作者在大量地引用和化用经典性中外名著的语言的同时，又在惊呼，我们除了经典语言之外便没有自己的语言——他是希望运用这狂欢化的、游戏化的语言去消解话语的权威。在其他的一些新潮小说作家那里，也重视语言的使用，但更重视人物的主体化，在叙述语言上尽量舍弃作者的叙述个性，让叙述语言与人物的心理意识、感觉相吻合，以凸显叙述人物的自我特征。残雪的《苍老的浮云》等作品，叙述语言中的阴暗色调正是虚汝华们精神状态的显示："隔壁黑洞洞的窗口仿佛传出来轻微的喘息，他脸一热，低了头跟跟跄跄地走出去，每一脚都踏倒了一只落花。他不敢回头，像小偷一样逃窜，一只老鼠赶在他前头死命地窜到阴沟里去了。"当然新潮小说中出现得相当频繁的语言是"我是谁"、"我是什么"等，这表现了叙述人或者作者本身的焦灼、惶惑与迷茫。

1989 年前后，随着新时期文学的某种转变，先锋小说的本体形态也随之变化。主要是先锋小说出现了一定程度的分化：一些作家继续把文本实验作为自己创作的主要兴趣和旨归，另一些作家则对自己的创作观念进行了一定调整，更多的注意文本所要面对的现实生活，使得他们的创作具有了更加开放的状态和开阔的视野。就后者而言最具代表性的作家是余华，从《在细雨中呼喊》、《活着》到《许三观卖血记》，作家不再专注于形式实验，而是将重心转向了对现实人生的深沉思考。《在细雨中呼喊》以成长小说的形式，反映了人物在孤独无助的境况下独特的心灵历程；《活着》则着重表现人性所遭受的种种磨难与痛苦。《许三观卖血记》中许三观以自己的鲜血应对种种的生活困难和窘境，但却从中获得一种超越自我的能力，作品所采用的对话体叙述方式，极大地加强了文本的张力，在素朴中显示出"单纯的力量"，充分地显现了"先锋小说"家创作的成熟与自信。20 世纪八九十年代的"新潮小说"经历了一个曲折多舛的发展历程，呈现出丰富多彩的现实形态，给文坛带来了极大的冲击，新时期小说的整体创作观念也因此而产生了某种变化，总之，它对新时期小说发展的未来形态所具有的启示意义是巨大的。

在戏剧领域，具有先锋意识、新潮意味的是被称之为"探索戏剧"的剧作实践。高行健的话剧《野人》、魏明伦的川剧《潘金莲》、沙叶新的《耶稣·孔子·披头士列侬》等剧目，在对生活的评价和对戏剧传统的超越上都具有瓦解和颠覆性，但是它们又注意寻求和创造与作品的情感韵味相适应的新的戏剧形式，具有新的建构意义。高行健在戏剧的思想蕴涵上追求丰富性和凝聚力，追求复调式戏剧：对野人这个中外之谜的追寻，对维护自然生态平衡的揭示，对汉族史诗《黑暗传》的复现，对现代人面临的事业、家庭、婚姻、爱情等人生课题的探寻，以及由此引发的"谁是野人"的追问。在艺术上则追求"一种不同于老式戏曲而又保存和发扬了它的艺术传统的新戏剧，一种和西方现代戏剧大不相同的现代戏剧"①，将歌舞、音乐、朗诵、说唱、傀儡、哑剧、面具等熔于一炉。魏明伦的《潘金莲》以现代意识把潘金莲同妇女问题联系起来，讨论女性的命运。在剧情进展中，施耐庵、贾宝玉、安娜·卡列尼娜、武则天、七品芝麻官、红娘、人民法庭庭长、现代阿飞等各种古今人物先后登场，评是非，分辨功过，这些都借鉴了荒诞派戏剧的艺术手法，却又不流于荒诞和否定，而是以对于人类和人生重大命题的多角度多色调的探讨而发人深省，在创造新的戏剧样式上作出了贡献。此外，较有影响的探索戏剧是：高行健的《绝对信号》、《车站》；刘树纲的《十五桩离婚案的调查剖析》、《一个死者对生者的访问》；王培公的《周郎拜帅》、《WM（我们）》；锦云的《狗儿爷涅槃》以及陈子度等人根据同名小说改编的《桑树坪纪事》等。西方的后现代戏剧也对中国戏剧产生了影响，其一是各地相继出现了一些实验性探索组织，其二是在南京的小剧场戏剧展演中，也出现了一些戏剧新因素，到 1993 年北京的"93 中国小剧场戏剧展"，可以看到剧作对观众参与性的重视，以及借

---

① 高行健：《要什么样的戏剧》，《文艺研究》1986 年第 4 期。

用仪式戏剧、环境戏剧等方法来充实中国戏剧舞台的努力。

在电影领域，也同样掀起了一场艺术创新的高潮。"文革"当中，电影界是文化领域的"重灾区"。正如夏衍同志在 1979 年所说："在林彪、'四人帮'肆虐时期，有经验的对中国电影做出过贡献的老一辈电影工作者无一幸免地遭受了残酷迫害。新中国成立后成长起来的、本可以大有作为的中年编剧、导演也几乎全部被迫停止了他们的创作活动。刚从电影学院毕业的、应当比他们的前辈做出更多建树的青年一代则整整十年荒废了他们的专业。"① 因而在 80 年代初，电影界一方面加快恢复的脚步，另一方面也开始了对电影语言现代化的讨论，并由此转入了关于电影特性的讨论。这场讨论在 1983—1984 年最为热烈。当时的电影界，比较普遍地对我国电影长期以来过分地受舞台剧影响感到不满。提出"电影新观念"或"现代电影观念"，这主要包含以下内容：电影应"非意识形态化"、"非情节化"、"非典型化"；电影应"淡化政治"、"淡化情节"、"淡化人物"，紧接着电影界推出了《高山下的花环》、《红衣少女》、《人生》、《雅马哈鱼档》、《邮缘》等充满时代精神的佳作。同时也出现了《一个和八个》、《猎场扎撒》、《黄土地》等刻意实践"电影新观念"的"探索片"。《一个和八个》的探索提醒了人们：电影除了具有"文学性"、"戏剧性"（它们是我国传统电影创作所承认的）还具有"造型性"（这是我国传统电影创作所不足的）。电影的各种造型手段——光线、色彩、化妆、道具、服装、景物、构图、角度、景别、景深等，乃至演员的肢体五官，都不仅仅是电影的"文学性"、"戏剧性"的单纯载体，它们自身就是电影表达含义的直接媒介。电影在一定程度上可以不依赖于文学和戏剧，以其特殊的表现手法反映世界。这无疑在宏观的意义上，开阔了我国电影创作和电影理论的视野，加快了我国电影创作在美学意义上"赶上"世界电影发展潮流的步伐。随着《一个和八个》的出现，中国现代电影实践从真实美学阶段进入了影像美学阶段。真实美学强调对生活现象和主体对象作冷静的观察和客观的展示，但人们在现代电影中往往已不满足于这种冷静的观察，而要求对生活做出更深的哲理性思考。张暖忻说："我希望银幕上再现的生活要比现实更深

---

① 夏衍：《前事不忘后事之师》，《电影艺术》1979 年第 1 期。

沉更浓重，使影片以朴素、清新的姿态，体现出哲理和诗意。"① 这种哲理和诗意往往使作品带有强烈的主观色彩和意念化倾向，从而使作品成为艺术家一种独特的个人观察和充分的个性表现。在这种情况下，纯粹追求外部的真实往往显得单薄而拘谨，人们一方面要求电影影像的高度纪实性，另一方面又要求能有效地传达强烈的主观意念，这种追求导致了影像美学的崛起。《一个和八个》以后，《黄土地》、《海滩》、《人生》、《雾界》、《青春祭》、《良家妇女》、《喋血黑谷》、《猎场扎撒》、《野山》、《黑炮事件》、《绝响》、《女儿楼》等，都壮大了这一美学思潮。

提起新潮音乐，这些年来，音乐界似乎已约定俗成地专指北京、上海等地的音乐院校中一些学生（包括研究生）为主的、80 年代初期以后学习（有时甚至是模仿）西方现代派音乐技法创作的带有试验性质的音乐，通常称作"新潮"音乐。而流行歌曲中新潮倾向，摇滚乐的反叛意识，也是新潮音乐的组成部分。"文革"十年，音乐战线是一个重灾区。在林彪、"四人帮"极"左"路线统治下，当时的音乐创作体裁越来越狭窄，反映所谓的"路线斗争"、"阶级斗争"，几乎成了惟一的主题，音乐实际上已成了为"四人帮"阴谋服务的工具；音乐语言、音乐风格极度贫乏、单一、枯燥，千歌一曲，千曲一调，"高、快、响、硬"充斥整个乐坛。80 年代开始，流行音乐、摇滚音乐多种风格的音乐相继登上乐坛，其中摇滚乐也被誉为一种"新潮音乐"，代表人物就是崔健。乐评人赵健伟曾做过这样的描述："1986 年 5 月 9 日，这将是一个历史性的日子，就在这天，一个蓬头垢面衣衫褴褛的'小痞子'拖着一把破吉他愣头愣脑地走上了北京工人体育馆的舞台。当他那沙哑碎陶片似的破嗓子刚刚滑出一声唱腔时，很多人顿然感到自个儿多年的精神阳痿有指望得救了。而且他们迅速发现，一个新的摇滚时代即将在眼前这位'痞子'的吼声中分娩。这个'痞子'就是崔健。那滑出的唱腔就是《一无所有》。"② 而且他认为："当崔健登上舞台吼出《一无所有》开始，标志着摇滚乐在中国的正式出现，同时也宣告了一个以音乐为主导

---

　　① 《蜕变的急流》，《当代电影》1986 年第 6 期。

　　② 赵健伟：《崔健在一无所有中呐喊——中国摇滚备忘录》，北京师范大学出版社 1992 年版，第 122—123 页。

的文化大反叛时代由此开始。从那以后，无论是文艺界、文化界还是思想界甚至政界，人们不得不开始对崔健及其摇滚乐刮目相看。他们发现，以《一无所有》为象征的中国摇滚势力已经越来越成为一种新文化力量，它代表着对传统文化的反叛和追求人性自由的时代精神。"① 南京大学中文系一位教授从美学角度对摇滚乐做了这样的总结："摇滚乐代表着对传统美学的一种反叛——起码是传统美学的一次短路。而且，从表面上看，这反叛似乎集中于传统美学的形式层面……但实际上却是集中在对传统美学的内涵的反叛上"；青年人"不是把摇滚当作艺术接收，而是当作一种理想的、真正值得一过的生活来接受。在青年的心目中，摇滚歌曲真切地唱出了自己的一代人的心路历程和情感挫折"；"摇滚是当代青年的青春宣言"；"摇滚代表着一种审美的进步"；"答案是显而易见的：只要你不拒绝现实，你就无法拒绝摇滚"。② 对新潮交响乐，我国音乐界惯称"新潮"音乐。指的是运用西方现代派作曲技法、带有试验性的器乐作品。在 1981 年 5 月举办的第一届全国交响乐作品评奖中，引起了一些评委的兴趣，谭盾的交响乐《离骚》获得鼓励奖。随后，一些实验性的音乐作品参加了国外音乐比赛并获奖。1982 年，瞿小松的大提琴曲《山歌》、叶小钢的大提琴曲《中国之诗》、许舒亚的《小提琴协奏曲》等作品，参加了美国齐尔品协会作曲比赛并获得一等奖（并列）。1983 年，谭盾的弦乐四重奏《风雅颂》，参加了德累斯顿国际韦伯室内乐作品比赛并获二等奖。1985 年前后，进行"新潮"音乐写作和试验的青年作曲者及其作品逐渐多了起来，并相继举行个人作品音乐会，其中尤以同年 4 月的谭盾民族器乐作品音乐会影响较大。正如研究者戴文所说：无论如何，我们已经有理由这样说：音乐新潮的崛起，代表了我国现代音乐在自由审美创造本质特征上的复归，作为一种主体意识的觉醒，虽然目前还只局限于严肃的专业音乐领域，但它预示了一种不可阻挡的趋势，因此，它的意义无疑是我国现代音乐多层次、全方位的腾跃繁荣，吹响了走向世界的第一声号角！

---

① 赵健伟：《崔健在一无所有中呐喊——中国摇滚备忘录》，北京师范大学出版社 1992 年版，第 245 页。

② 潘知常：《邂逅摇滚》，《东方》1995 年第 1 期。

在 80 年代的艺术新潮中，最先产生影响的是美术界。与文学界表现历史的伤痕和悲剧、充满批判的激情相同，80 年代初的"星星"画展在主题上也是揭示历史的伤痕，但却表现出强烈的艺术冲击力。他们的冲击力，不在于模仿苏联先锋派在街头举办私人画展的举动，也不在于他们偏颇、甚至是错误的某些政治见解，而在于他们艺术上反传统的审美趣味和艺术语汇。这批艺术叛逆者，尚没有锻炼好武器就冲上了画坛，面对三十年学院派传统的抵抗他们更多地依靠勇气和情感。在他们的作品中，大量袭用现代派的表现手法，打破了对自然形态的直接模仿，以直觉代替观察，以抽象结合具象，以象征包容现实，现代艺术形式的独立价值被提出来了，某种神圣性、权威性被消解。到了 1989 年春天在中国美术馆举行的"现代艺术大展"，便是这种反叛性的集中展示。行为艺术、波普艺术传入中国后，为激进的青年艺术家们提供了便捷的借鉴，并在"现代艺术大展"上占尽风情：在展览现场卖鱼的，把电话亭的实物搬来做展品的，用各种生活用品和废弃物拼凑成作品的，以及以猝然拔枪射击的行为作为行动艺术的……这种混乱和嘈杂对中国人根深蒂固的艺术观念是一次突发的冲击。新的艺术观以惊世骇俗的方式做了最初的显示。

从以上粗略的描述中，我们可以看到 20 世纪 80 年代中期的文艺探索、艺术实验是一场大规模、全方位的艺术领域"先锋运动"，它极大开阔了当代中国艺术的眼界，丰富了当代中国艺术的创作手法、审美取向，促进了当代中国艺术的多元化发展，并最终影响到当代中国艺术精神的形成。

第 四 章

文化语境的复调与作家心态的浮躁

第一节　多重文化视野的展开与并存

　　1992 年，中国提出以市场经济取代计划经济，文学体制的改革也作为一项文化政策直接提出来，作家和文学刊物、出版社等原则上不再依靠国家资助，而进入市场。这些事件对于政治与文学一向具有天然联系的中国文坛来说，自然会产生不小的震荡。其中，最鲜明的影响在于，20 世纪 80 年代普遍潜在的乐观情绪在知识界也出现了裂痕。知识分子对社会价值的同一性产生怀疑，自由、平等、正义、公正等在 80 年代普遍认同的概念，在这一时期由于等级差别、世风不古、贫富加剧等现象的出现，文学的启蒙精神、美学价值都被作家重新审视，因而原本普通的集体性的文学理想被迫中断，作家的个体化思索、个性化追求、世俗的存在日益显露它的价值与意义，并最终成为事实。这表现在文学现象中，就是 90 年代日益明显的文学潮，即所谓的"新历史小说"、"新状态小说"、"新体验小说"等，作家及读者都缺乏"推波助澜"的热情，一个文学的多元化时期到来了。其次，商业利益的驱动也使得文坛的世俗倾向增强，如移民文学、电视文学等相继成为"畅销"的热点，而成功的商业炒作也成为确保作品发行量的重要原因，文学在"大众文化"与"高雅文化"之间的选择显得有些犹豫不决。正是基于以上的认识，我们认同"新时期"文学的使命已经完结，一个多样性、复杂性远胜于 80 年代的文坛新纪元开始了。

　　中国 90 年代后的文化图景是在多元共生的格局中展开的。以往对于精英文化与大众文化、先锋文化与市民文化、高雅文化与通俗文化、严肃文化与市场艺术等等对立的二元概念，已经不能简单地适应 90 年代后的文化格局。我们必须确证他们之间内涵相交叉相重叠的部分，以及各自不同的运用域。也就是说，他们关注的是中国文化这一统一整体，而某一文化态势揭示的只是对象的某一层次，某一侧面或某一现象，我们不能片面地以其本身的关注来替代对象整体。如果建立在这样的认识基础上去分析 90 年代后文化的内在冲突与走向，我们将会有新的理解与阐释。其一，某一文化态势的消长应是存在与文化的整体动态发展之中，而非一己之力、单一的诱因使然。其二，各种文化形态之间的力量对比不是恒定不变的，应是此消彼长地促成文化形态的形成。也就是说我们在强调了诸文化形态间的互动关系的同时，也不应回避现代文化中权利、资本知识之间的内在转换。

概而言之，90 年代后乃至新世纪以来的文化仍没有脱离流行文化、主导文化、精英文化三足鼎立的模式，但是那个令人焦虑的现象：精英文化的衰落仍未有明显的改观，有人认为这是由于中国文化在中国社会结构中一直没有获得应有的地位。中国社会的政治伦理合一的社会结构，使经济和文化一直游离于核心统治之外，文化一直没有作为相对独立的一极。有的人认为这是由于流行文化的快速发展，并以其特有的经济优势侵袭了主导文化与精英文化的原有领域，最终在 90 年代后至今仍呈现为文化一级化的态势。然而如果我们以上文的动态观点来分析和把握 90 年代后的文化现状，我们将从中发现一些更有意义的问题，更为深刻的原因，从而对所谓主导文化的"变异"、精英文化的"衰落"形成多侧面、多角度的认识和理解。

90 年代市场经济新体制和大众传媒系统在中国的确立，必然使中国主流文化面临巨大的历史转折。在这种转折中精英文化虽然以其特有的魅力吸引着高层次文化水准的观众，但流行文化更以其贴近生活、贴近普通百姓的特点成为文化市场的宠儿。流行文化迅速占领大众生活而使精英文化一步步失去了它曾经拥有的话语权，世俗化的价值目标替代了超越性的目标。面对社会风尚的转变和政府倡导有心投入无力转变的局面，一种担忧和焦虑郁积在坚守固有立场的文化人心中，在全球性的保守主义的思潮支持下，广大知识分子从倡导学术规范和本土化，发展到从 1993 年到 1996 年依然在继续的关于"人文精神"的大讨论，人文知识分子对于严肃文化的处境表现出了强烈的关注。

中国当代文化多元并存结构的另一个含义，是共时的多元。所谓共时的多元，是指当代中国文化中，共时地存在着不同亚文化，以及相应的意识形态或价值观，等等，在共识的多元并存格局中，首先是主导文化、流行文化和精英文化三元并立的结构。关于这个三元结构的文化，我以为是中国当代文化的一个有别于西方文化的重要指标。由于中国社会的政治、经济和文化的特殊性，不同于西方式的二元结构，是一种三元结构的特殊样态。比较来说，主导文化是一个重要的文化力量，它在相当程度上体现为一种体制的文化，或政治文化对审美文化的制约。毋庸置疑，主导文化在整个中国当代文化的发展中具有相当重要的意义和作用，它的存在，直接影响到中国当代文化的运作和发展，主导文化正是"有中国特色的社会主义"文化的一个体现。之所以把这种文化称之为体制的文化，一方面是说主导文化直接体现为文化的各种体制性力量，而这样的体制力量又是政治场的引力的直接作用。当然，相对来说，主导文化和改革开放前的那种文化直接转变为政治的结构形态有所不同，体制的作用有时是以一些中介环节实现的，另一方面，主导文化对其他文化还具有制约和诱导功能。作为一种主导意识形态，主导文化提倡什么和鼓励什么，虽然对这种文化本身具有直接的影响，但同时对精英文化和流行文化也不可避免地带来某种复杂影响。顺向和逆向的作用力同时存在，这是不言而喻的。主导文化的真实功能是一种支配文化，是一种体现政治场对文化场引力作用的特殊领域。

流行文化与主流文化的整合在当代中国是十分迅速、高效的。改革开放 30 多年来主流文化一方面经过解放思想与革命创新，适应了市场经济发展的规律与要求和文化多元化的大趋势，放手、放权发展了流行文化，促进和保障了大众文化的迅速崛起和全面繁荣；另一方面，又确保了官方意识形态的统一性、主导性与效能性，通过各种经济、行政、立法等手段实现了对与流行文化的有效调节和控制，逐步将流行文化的发展纳入了法制化、规范化的轨道，是其与主流文化并行不悖乃至于朴素协同的发展。

原因之一：首先，主导文化与政治密切关联，它是在实施着文化的政治功能。它在整体文化格局中起到复杂的调节制约和引导功能，作为主导意识形态的反映，主导文化更多地通过现存文化体制进行运作。比较地说，主导文化中的伦理价值和意识形态导向是压倒一切的文化考虑。主导文化的运作依赖于特定的文化体制，因此，在日益市场化的文化格局中，体制的因素和市场的因素往往会出现冲突。冲突中常常是以体制特有的强制性力量对市场进行干预和控制，进而保持主导文化特有的生产方式和生产条件。其次，经济的发展必然会反过来对政治和文化造成影响。一方面，体现在它直接导致了资本对文化的压力和诱惑。进而形成流行文化；另一方面，由为文化自身从传统的一元的中心化状态中分离出来创造了可能。流行文化以资本增值为使命，主导文化以伦理价值和导向政治化优先为目标。主导文化主要依赖于体制因素，流行文化主要依赖于市场因素。

原因之二：主导文化作为一种体制的文化，对其他文化显然具有一种优势，但其政治动员和伦理说教的工具性质，往往削弱了其作品的娱乐性和吸引力，所以有必要向流行文化借鉴；同理，精英文化作为边缘化的少数人的奢侈品，也尝试商业性运作。而流行文化，本来具有明显的商业性质或拜物特征，但在体制的压力和道德力的压力下，也会以主旋律或合于主旋律的方式运作，以压制其畸形或交换的根性。

原因之三：中国当代的现代主义文艺运动以来，文艺曾一度丧失了与接受者的沟通功能，变成了固执的自言自语，仅仅具有艺术史价值，高雅文艺从人们的精神生活中默默退场。新时期以来，一部分中国作家受其影响，也创作了一些让人们看不懂的作品，出现了诸如"看不懂就不要看"，"就是不要你看懂"，"看不看得懂不关作家的事"，"越看不懂作品层次越高"，"为下个世纪的读者写作"等偏激言论，文艺家把自己摆在了不适当的过高的位置上。以上两种创作境遇都不利于艺术家创作真正平民化的作品。因为平民化的创作有助于艺术家和消费者建立一种平等的对话关系，也为平民价值观的浮出水面奠定了基础。事实上，我们已经亲眼目睹了 90 年代后中国文坛日益勃兴的平民化的滚滚浪潮。我们知道平民化的特点之一是艺术创作在内容、体裁、主题选择上的贴近性（贴近生活、贴近观众），在创作视角、表现视角、叙述视角上的平民意识（而非居高临下的贵族意识），在创作心态上的平民意识（不给予观众指导性的结论，而给观众提供共享共思共乐的参与空间）。

最后，要看到精英文化在 90 年代后中国的弱势地位。中国文化从过去的政治中心化结构转向政治—市场经济二元结构转变过程，作为文化精英的艺术家和文化人，对市场和体制的依附，以及自身对转型的文化冲击所带来的适应不良等，都使得这种文化的边缘化不可避免。此外，从精英文化与流行文化的内涵来看，两者存在着巨大差异。精英文化的"启蒙"性与流行文化的"世俗"性之间存在着一定的矛盾。精英文化是一种自觉的文化，他们出于对社会的使命感和对社会价值理想的关照，一般都与社会世俗生活保持一定的距离，诸如追求学术的纯正性、规范性，倡导文艺创作的审美理想，呼唤社会的人文精神等。而流行文化则是受市场经济导向的市民文化，通俗性、可复制性、无深度感和娱乐性是其所追求的基本目标。二是在审美趣味上，精英文化的高雅追求与流行文化的通俗追求也存在冲突。精英文化注重伦理的严肃性、创造性、个性风格、历史意识的内在规范，因而具有不断超越的精神动力；而流行文化则是一种复制性话语，它追求无标准、无个性、程式化和媚俗的当下直接性。这些差异无疑可以表明，在提倡市场运作，张扬世俗化的今天，流行文化有着多么广大的生存和繁衍空间，精英文化有着多么无奈和尴尬的生存境遇。

此外，精英文化心理由于坚持一种超越性的立场，因此在现实中往往坚持道德理想主义的思想方式，而这种道德是建立在对于感性享受和日常生活的否定之上，进而对于所有促进物质丰富和生活享受的历史进步都会被视为道德的堕落。所以，在精英文化看来流行文化对于文化产生了致命的危害：首先，文化的商品化是文化的生产和消费服从于市场机制和价值规律，被纳入市场交换的逻辑，这就排除了或否定了文化、艺术的独立自主性。其次，流行文化崇尚模仿和复制，其标榜的个性和独创性只是其内容一致性的虚伪的外衣，流行文化的标准性、划一性是对艺术个性的毁灭。再则，流行文化不再具有对现实的批评向度，堕落成为现实和政治服务的意识形态的工具。我们会发现中国 90 年代后的精英文化确实也遭受到了如上所述的"危害"，但是我们也从中认识到两者之间的矛盾冲突实质上是一种相互渗透与改造的矛盾，这种矛盾与冲突的最终结构是两者之间的相互借鉴、认同、融汇和共同提高，而绝不是相互瓦解、否定与毁灭。

总之，90年代后在娱乐性、技术性、平民化浪潮的推动下，艺术最终重新回到了现实中来，成为现实生活的一部分，这是和传统的精英艺术截然不同的艺术形态。这是残酷的现实，我们不一定接受，但我们必须正视它。因为流行文化的平民性在内容上具有现实性，关注当下的精神需要和消费热点；在形式上采取平民的视角，以及平民可接受的和乐于接受的方式，但是它同样也传达了真理，这是最难得，也是最迷人的。

最后必须提及的是，在90年代后的文化景观中，流行文化、主导文化与精英文化都共生于都市文化的土壤中，这同90年代后都市化进程的加剧密切相关。因而无论是流行文化、主导文化，还是精英文化又不同层面、不同深度地代表或揭示了都市文化的内涵，同时都市文化的独特性又融汇在三种文化的气质中，造就了90年代后都市文化的独特景观。

第二节　都市景观中作家的反文化心态

中国当代都市文化正日益呈现出文化现代化的景观，这在很大程度上是同中国经济逐步走向现代化相适应的。特别是90年代以来，中国都市文化的传统格局正在被一种新的都市文化框架所取代。这主要是全球互联网、全球化和知识经济正在日益将人类带入一个前所未有的现代都市生活的空间，而且它们还赋予中国当代都市以全新的革命性的文化内涵。准确地说，当下的我们也将步入一个被未来学家托夫勒曾断言的"夹缝时代"：工业文明的城市结构将逐步坍塌，后工业文明、信息社会悄然降临。中国当代都市文化也将接受多方面的挑战：全球互联网络、分散化、反城市化、族性、文明冲突与交融、生态革命，等等；同时，中国当代城市文化也正面临着一系列全球性问题：资源枯竭、环境污染、战争威胁、核能扩散、南北冲突、东西失衡、人口剧增、科技革命、文明冲突、政治危机、网络霸权，等等。总之，市场经济的确立，表明了一种以都市为中心的现代文化语境的正式生成。现代文化语境的生成孕育了新的作家群体与文学样式——新生代作家与都市文学。就这种新的作家群体与文学样式带有鲜明的都市文化的痕迹，例如许多作品已将对身体的、感官的、实在的、具象的关注和描摹提升为第一要素，审美主体正一步步地放弃理性、精神、内涵，转向感性、身体、工具、形式。再次审美形式的嬗变，就是反结构、反形式、反语言的兴起。正是在这样独特的文化理念中，独特的都市文学主题应运而生，"性"、"身体"、"金钱"、"豪车别墅"等这些无法绕过的"欲望化"、"物质化"符号经由市场的消费逻辑编码后堂而皇之地登场了，成为一个时代的作家日益明确的表现主题。

从作家文化心态来看，如果说，知青那一代作家的崛起可以"朦胧诗"为标志，而"朦胧诗"的基本主题又是"个性的回归"，那么，90年代新生代作家的崛起也从诗歌——所谓"后朦胧诗"——开始的，只是他们将"反文化"作为了自己的旗帜。就像一位诗人和诗评家指出的那样："几乎所有重要的现代主义诗人和后现代主义诗人都以精神王者、精神圣徒或精神流放者的方式混淆于人群并高踞于人群。他们以飓风和闪电的速度不断将自己夷为废墟……"他们"像帝王和先知那样说话"；或"肆无忌惮地嘲弄大多数人的智力、情感和审美虚荣"；或"反一切文化"，"为反文化而反文化"。[1] 他们"从否定英雄到否定自我"，他们因此而自认"是最疯狂的"。"他们是一群无赖。他们活着，自以为无聊，装出一副不愿受任何约束的样子来。"

另一方面，新生代诗人"反文化"的姿态较之传统文人，更粗鄙，更夸张："我们天性逢佛杀佛，逢祖杀祖，逢人给人洗脑子。"[2] "它所有的魅力就在于它的粗暴、肤浅和胡说八道。它要反击的是：博学和高深。"[3] 还有一些"诗句"，已经与传统的诗意相去甚远，将"反文化"推向粗鄙的极端，是一些新生代诗人的共同主张，也是他们超越了道家"反文化"的特征所在。

敏感的新生代作家发现了 20 世纪 90 年代与 80 年代的巨大差别。徐坤在中篇小说《先锋》中写道："1990 年到来的标志，就是艺术家脏

---

① 开愚：《中国第二诗界》，《作家》1989 年第 7 期。

② 京不特：《撒娇宣言》，见徐敬亚、孟浪、曹长青、吕贵品：《中国现代主义诗群大观（1986—1988）》，同济大学出版社 1988 年版，第 175—176 页。

③ 尚仲敏：《大学生诗派宣言》，《中国现代主义诗群大观（1986—1988）》，第 185 页。

兮兮的长发一夜之间全换成了油乎乎的秃头","有那么多的艺术家也都纷纷出走,归隐归进小黄裙,寻根寻得大尘根。"吴玄也在小说《虚构的时代》中写道:"进入90年代以后,大家都用身体生活,不过这种很深刻的心灵生活了。"——"身体写作"和"狂欢"就这样成为世纪末文化的两个关键词。刘燕燕也在《阴柔之花》中写道:"嬉皮士时代已然过去,取而代之的是不战而胜的雅皮士时代,连崔健都温和起来,绿军装也换成了名牌T恤,演唱会的大红旗换成钱币的图案……曾那么痴迷摇滚乐的人,现在拜倒在古典的交响乐台下。是的,这也是所有先锋和前卫艺术的道路。"邱华栋在中篇小说《手上的星光》中描绘了90年代的北京:"这是一座欲望之都","这座像老虎机般的城市""呼唤着人们下注"。这座城市也像一个"巨型的假面舞会,在这里,一切的游戏规则被重新规定,你必须学会假笑、哭泣、热爱短暂的事物、追赶时髦"。"这就是当代城市的情感,以当下为主流精神,以欲望为核心,迅速、火热、刺激、偷偷摸摸而又稍纵即逝。"怀揣着梦想来这里寻找成功的青年决心"像王朔一样靠写作发财和挣得爱情"。在娱乐圈、别墅区、圣诞舞会的背景中上演的一出出逢场作戏的性爱悲喜剧,是梦想注定被无情的现实击碎的证明,也是都市人身不由己地被"狂欢"浪潮席卷而去的真实写照。卫慧在长篇小说《上海宝贝》中描绘了"上海特有的轻佻而不失优雅的氛围":这是"一座流光溢彩、浮华张扬中依然有淑雅、内敛之气质的城市",主人公"一直都像吸吮琼浆玉露一样吸着这种看不见的氛围,以使自己丢掉年轻人特有的愤世嫉俗,让自己真正钻进这城市心腹之地,像蛀虫钻进一只大大的苹果那样"。这是"在上海花园里寻欢作乐,在世纪末的逆光里醉生梦死的脸蛋漂亮、身体开放,思想前卫的年青一代……他们无拘无束,无法无天"。他们在毒品、性开放、金钱、流行音乐和写作组成的世界中"狂欢"。在棉棉的长篇小说《糖》、姜丰的短篇小说《情人假日酒店》中,都可以使人感受到上海的浮华氛围。缪永在中篇小说《驶出欲望街》、《爱情组合》中刻画了深圳白领的生活方式:"都市人需要灯红酒绿的慰藉,需要虚情假意的爱抚。"在这里,"金钱是实实在在的,舒适是历历在目的。"随随便便的爱情游戏,各有所图的性与金钱交易,都是司空见惯的生活场景。"深圳人没有'家'的概念,酒吧才是人们热衷的活动地点,那是深圳人的第二个家。都市人对金钱、名利、情欲、成功刻骨的追求，使他们变得浮躁、功利和现实。"①

　　慕容雪村的长篇小说《成都，今夜请将我遗忘》这么记录了时代的巨变："90年代初期，是大学生经商最为疯狂的年代，到处都在谈论卖茶叶蛋的应不应该比造导弹的赚钱多，大学生们好像一夜之间被尿憋醒了，纷纷抛下'为天地立心，为生民立命，为往圣继绝学，为万世开太平'的历史重任，把脑袋削尖，争先恐后、气急败坏地往钱眼里钻"。书中还描绘了90年代商品经济大潮中成都的繁华："华灯闪耀，笙歌悠扬，一派盛世景象……物欲的潮水在每一个角落翻滚涌动……"在这样的繁华氛围中，一出出纵欲狂欢的人间活剧此起彼伏。现代化建设的快速发展就这样为欲望的迅速膨胀铺平了道路。酒吧、饭店、夜总会、舞会，这些在20世纪80年代的文学作品中还不常见的场景开始涌现于90年代作家的笔下，为寻欢作乐的男男女女的狂欢创造了条件。而新生代作家们在描绘这些都市生活场景时或静观、或欣赏、或无奈的眼光，也实在耐人寻味。虽然他们的作品中不时也闪烁出批判现实的锋芒，但更多的，是静观、欣赏与无奈笔触的杂糅。

　　而朱文也在小说《我爱美元》中坦陈了一位青年作家对金钱和性赤裸裸的渴求："他们是为金钱而写作的，他们是为女人而写作的"。"世界就是这样一桩做得越来越大的生意，我们都是生意人，这个向现代化迈进的城市……需要一种可以刺激消费的情感，需要你在不知廉耻的氛围中变得更加不知廉耻，以顺应不知廉耻的未来。"主人公不仅自己热衷于嫖娼，甚至为父亲拉皮条。这种惊世骇俗的无耻生活甚至连历史上那些名士也望尘莫及吧！毕飞宇的中篇小说《哥俩好》深入地刻画了兄弟之间的精神冲突：图南因为经商而富有、而堕落，但他不希望弟弟图北学自己堕落，偏偏图北不成才，也走上了堕落之路。而这一切都来自都市的繁荣与诱惑："某种意义上说，钱就是自由与尊严……对男人来说，钱是另一个意义上的女人，它是男性欲望的直接动因……但是越花钱越觉得穷，这就是钱的狰狞处和可恨处。玩潇洒与玩女人都是人体内

---

① 《坚硬的都市》，《中篇小说选刊》1999年第1期。

部的上层建筑，它们都需要一个支撑的基础：钱。""花天酒地，多好的词，它给人一种富丽和颓废之点，那才是城市之根本，生存之根本，尘世之根本。"

《我爱美元》和《哥俩好》将当今青年赤裸裸的金钱崇拜和狂欢欲望淋漓尽致也惊心动魄地展现了出来。在这两篇小说中，欲望强大到了无视传统父子之间、兄弟之间伦理禁忌的地步，就将狂欢的情绪写到了极致。狂欢，是为了冲淡莫名的空虚与苦闷；狂欢，是为了及时行乐的本能。尽管在世纪之交的中国学术界，苏俄思想家米哈伊尔·巴赫金的"狂欢"理论具有"反系统、崇尚个别和特殊"的思想文化意义。[①] 但在向"占统治地位的意识形态"挑战之外，它的日常生活意义也是不应忽略的："在一个逐渐强化统治的时代，巴赫金书写着自由。在一个极权主义、教条主义和官方英雄的时代，他把大众写成了热情奔放的、多样化的和粗狂无礼的。在一个文学由强加的规范组成的时代，他写所有规范和法则的瓦解，嘲弄维护它们的那些权威人士。在一个人人都被告知要面向'更高'并且要否定肉体及其本能的时代，他赞美日常的价值，维护他所谓'低等肉体层面'基本功能的狂欢"。[②] 由此可见，巴赫金的"狂欢"理论与"后现代"思潮也是有着相通之处的。在中国现代化的进程中，在"我不相信"的愤怒和"一无所有"的叹息之外，20 世纪 80 年代"跟着感觉走"的歌声流行和 90 年代"狂欢"氛围的扩散都为新生代作家书写"狂欢"人生创造了适宜的气候。

另一方面，值得注意的还有：狂欢的生活有时冲淡了问题青年愤世嫉俗的情绪，却没有也不可能使他们远离愤世嫉俗。事实上，我们常常可以在他们的作品中发现狂欢与狂怒此起彼伏。他们笔下的主人公一方面纵欲狂欢，另一方面又是在纵欲狂欢中愤世嫉俗，并且自虐。如果说，在 20 世纪 80 年代，新生代的愤怒更多是冲着传统文化而来，"反文化"成为他们张扬个性的口号，那么，到了 90 年代，在"反文化"

---

① 刘康：《一种转型期的文化理论》，《中国社会科学》1994 年第 2 期。

② ［美］凯特琳娜·克拉克、迈克尔·霍奎斯特：《米哈伊尔·巴赫金》，中国人民大学出版社 1992 年版，第 365、379 页。

的浪潮已经波澜壮阔之时，他们的愤怒又从"反文化"扩展到了自虐和否定自我。就如同"非非主义"诗人杨黎指出的那样："从否定英雄到否定自我，仿佛是一个晚上就来到的。""我是谁？我又能是谁呢？""我既是万能的又是无能的。"① 自由的渴望与体制的制约，自信、自大与稍遇挫折就自我怀疑的复杂心态，在自我实现、自由竞争的道路上的磕磕绊绊，以及文学在商品经济大潮的冲击下迅速边缘化的无情现实，都促使了自我怀疑、自我否定甚至自虐情绪的增长。陈染在中篇小说《只有一只耳朵的敲击声》中这么概括女主人公黛二（她是陈染许多作品的同名主人公"自我实现也自我毁灭"、"破坏自己，令人兴奋"的可怕心态的代表）："她那样长年地远离沸沸扬扬的外部世界，这简直是一种蓄意的自我慢杀……这个自虐的令人心碎的小暴君！"她还在长篇小说《私人生活》中这么刻画了主人公倪拗拗从小就有的悲剧性格："我总是习惯在事物的对抗性质上膨胀自己的情绪，有一种奋不顾身地在死胡同里勇往向前的劲头，那种不惜同归于尽（的）毁灭感，很像一个有当烈士癖好的人"！而倪拗拗天然亲近的禾寡妇"身体内部始终燃烧着一股强大的自我毁灭的力量"。在情感的混乱中，倪拗拗的渴望是"被勒在悬崖的边缘，往前一步即是深渊"。她有时在散步时甚至会"忽然产生了一个冲动，想扑到马路中央急驶的汽车轮胎底下去，我抑制不住地感到这是一种'投胎'，可以再生"。棉棉的中篇小说《啦啦啦》中的男主人公"把偏激和疯狂作为自己的唯一特征……他在有意识地颠覆自身"，让自己沉迷在毒品、酒精、施虐的性爱中；而他的女友也"喜欢他向我施虐，那给我带来无限快感"。长篇小说《糖》中的女主人公在爱的过程中竟然"必须得到他对我的伤害"，而且有意在吸毒的过程中体会"一种慢慢死去的方式"；她自道："我需要在暴怒中找到安慰，暴怒总是针对自己"；而她的一个男友也"经常被打伤躺在医院里。这是他自找的，我发现他喜欢把自己搞得很惨，他对痛苦很享受，他认为这是摇滚！"卫慧在《上海宝贝》中以"施虐与受虐"来描写女主人公倪可与德国男友之间性爱的体验。尹丽川在小说《爱情沙尘暴》中这么描写"只相信身体"、相信"越堕落越快乐"的一群人一边喝酒一边唱歌时的

---

① 《穿越地狱的列车》，《作家》1989 年第 7 期。

心态："所有的人都愿意唱怨妇的歌，愿意当受伤者，设想自己真心爱过却被无情抛弃。我不知道这是受虐心理还是对爱上谁的渴望"。《成都，今夜请将我遗忘》的主人公陈重因为风流成性而伤透了妻子的心，他自己也悔恨不已，重重地扇自己的耳光。但时过境迁之后，他依然在酗酒、嫖娼中自我作践，在狂欢、同时也在迷惘中打发无聊的光阴。须一瓜的短篇小说《雨把烟打湿了》讲述了一个因为承受不了竞争的压力而苦闷并最终杀了无辜的出租车司机的故事，值得注意的是：作家在作品中几度点化——杀人者杀人的动机之一是因为那司机长得很像杀人者自己。因此，这桩杀人案其实暴露了杀人者自弃、自杀的潜意识，在刻画"自虐"心态方面显得颇为独到。还有艾伟的短篇小说《迷幻》写了几个"经常有一种毁坏自己的欲望"的问题少年，"很想让血液从身体里喷涌出来"，甚至"经常觉得全身发痒，只有把自己的皮割破，流出血来我才感到平静"。直至以集体自残的方式宣泄变态的激情。这部作品因此而把自虐的主题写到了令人恐惧的极致。自虐，这种变态的情绪虽然并不专为苦闷的新生代人所独有，却对于我们了解新生代的愤怒、狂暴具有特别的意义。对于他们，自虐，除了自暴自弃的意义外，还明显具有毁灭一切的可怕意义。那是精神危机的表现，又何尝不是自己也不知道自己究竟需要什么的证明！当人性的解放、个性的解放发展到了自虐的疯狂地步时，就显示了现代化的迷惘，也显示了人性的迷惘。

　　青春期的骚动与疯狂不可能长久。骚动与狂欢可以在短时间内忘却苦闷，却不可能从根本上消除层出不穷的麻烦。就像丹尼尔·贝尔在《资本主义文化矛盾》一书中指出的那样：在诸如"怎样应付死亡，怎样理解悲剧和英雄性格，怎样确定忠诚和责任，怎样拯救灵魂，怎样认识爱情与牺牲，怎样学会怜悯同情，怎样处理兽性与人性间的矛盾，怎样平衡本能与约束"这些问题上，人们会"不断转回到人类生存痛苦的老问题上去"。现代主义和后现代主义思潮没有能够解决那些问题。"今天，现代主义已经消耗殆尽。紧张消失了。创造的冲动也逐渐松懈下来……反叛的激情被'文化大众'加以制度化了"。"各式各样的后现代主义（它们以幻觉拓展意识的无穷疆界）仅仅是在对个性的抹杀中努力

地分解自我。"① 他因此呼唤"人道和友爱"的回归。这样的呼唤应能
够有效地填充当代人的精神空虚，重新发现文学的审美精神与人文
内涵。

第三节　消费的文学与作家的消费心态

　　都市文化一个明显表征就是消费，消费目前正成为一种新的意识形
态，无形中控制着人们的主体想象。伴随着消费意识形态兴起的是消费
主义的大行其道，并最终蔓延成流行的大众文化，确立了他在全球化时
代的话语霸权。关于消费主义文化，英国学者迈克·费瑟斯通有精辟的
论述："消费文化顾名思义，即指消费社会的文化，它基于这样一个假
设，即认为大众消费运动伴随着符号生产、日常体验和实践活动的重新
组织。""遵循享乐主义，追逐眼前的性感，培养自我表现的生活方式，
发展自恋和自私的人格类型，这一切都是消费文化所强调的内容。"②
而丹尼尔·贝尔对消费主义的社会学描述表明，消费主义的发生与人们
满足生存的基本要求没有直接关联性。人的欲望，亦即心理欲求，才是
消费主义发生逻辑起点和最终诉求。这样一来，消费主义文化本身具有
意识形态和日常文化两种特征。一方面，它直接指涉日常生活文化的物
质性满足，允诺一种享乐型的生活方式；另一方面，它已经把消费对象
塑造成一个整体性的符号象征体系。消费不仅是对商品价值的消费，而
且成为人们自我表达与身份认同的主要形式，在此情景下，人们消费的
只是一种欲望，即进入某种社会等级的象征符号。拥有名车和豪宅便意
味着拥有了高等级的社会身份符号，而这种符号象征体系的制造者、传
播者和倡导者正是跨国公司、商业广告和大众传媒，因此这样的符号象
征便具有标准的意识形态性质。所以，尽管目前中国人的平均生活水平
仍旧处于低级状态，但消费主义文化仍以强劲之势狂涨和渗透到社会各
个阶层和利益群体。从 20 世纪 80 年代初的"好好过日子"发展到 90

---

　　① 《资本主义文化矛盾》，生活·读书·新知三联书店 1989 年版，第 58—59、66、75
页。

　　② 〔英〕麦克·费瑟斯通：《消费文化与后现代主义》，刘精明译，南京译林出版社 2000
年版。

年代中后期的"过好好日子"，一种摒弃理想主义，房主精神价值的实用主义的世俗哲学，便以消费主义的文化形态，完成了物欲对心灵的全面扫荡，建立起面对大众日常生活实施舒适性控制的文化霸权。早在90年代初，有些文化学人便敏锐地意识到："今天时代的热点不在精神而在物质，不再追求完美而在追求舒适，形而上的远水救不了近火，形而下的器则有益于生存……我们面临的将是一个世俗的、浅表的、消费文化繁荣的时期。"① 在迅疾铺开的都市化进程中，消费文化成为新的占主流地位的文化形态，与80年代整体的文化理念构成了一种断裂关系。这种"断裂"不可能不对一个时期的文学风尚和艺术精神以及作家文学写作观念发生影响，文学的生存根基不可能不发生转移和变化。而且文学最重大的变化不再是单纯的文学观念和叙事技巧方面的变化，而是文学的生产方式、传播方式、文学的美学要素、基本功能的根本性变革。

在消费文化的导引下，酒吧、咖啡馆、夜总会这些充斥着幻想与欲望的地方越来越成为都市小说热衷表现的生活场景。叶弥在《城市里的露珠》中表现对夜总会的依赖，王安忆在《我爱比尔》中对咖啡馆的深刻体认；陈丹燕笔下的具有双重身份的酒吧女；葛红兵《沙床》中对酒吧的特殊情感；卫慧和棉棉天然的酒吧情结；等等；都凸显出酒吧这类场所在当代都市时代的特殊功能。在这里，酒吧、咖啡馆等不仅仅是一个简单的空间意义上的文化消费场所，而且是一个最适合表达人类隐私与欲望的文学意象。而这种意象、叙事策略又较为真实地传达出一种独特的都市经验和感受。

另一方面，消费主义促使人们利用一切手段不断地创新，开拓市场的份额，以获取最大的利益。创新，包括商品的更新换代、包装、在媒体上做广告，等等，贯穿在商品生产和流通的所有领域。20世纪90年代后，文化领域引入了市场机制，以自由撰稿人身份出现的写手多了起来，他们与市场的联系加强了。就连一般仍然拿着工资的作家，也要开始面对市场的选择。于是，通过创新来吸引读者、扩大自己的知名度和市场占有份额，成了作家获取更大利益的途径。文学本来是需要创新

---

① 宋遂良：《漂流的文学》，《当代作家评论》1992年第6期。

的，但创新的动力和形式所有不同。有些风格孤立地看是新颖的，可一旦与某个时期的文学创作总体状况联系起来考察，就不难发现它们实际上只是某种类型风格的花样翻新。到20世纪80年代前期，文学在主题、题材、人物塑造及艺术形式上都有许多重要的突破，可谓气象一新，但往深处看，其实是针对极"左"路线统治文坛时的清规戒律的，创新主要地体现在政治观念、文化理想及相应的表现形式的革新上，在作家的意识深处仍然残留着政治的影响力，只是影响的形式不是顺向的，而是逆向的，即是朝着与极"左"政治相反的方向创新，起到一个拨乱反正的作用。80年代后期，有关文学的观念开始多样化。这种局面的直接结果，是个人有了多样化的选择。对时代的微妙变化最为敏感的一部分作家，立即通过拓展表现领域和形式的花样翻新来提高自己的知名度。这时的题材和主题的突破，主要不是政治方面的，而是生活和文化方面的，诸如爱情、传统文化的承传等，反映了文学创作的意识形态色彩的淡化，而转向文化和社会心理方面的表现。形式上的标新立异，成了这一时期文学创作的一大亮点，最为突出的就是先锋派小说。先锋派小说在叙事技巧上花工夫，把形式主义的实践推向了极致，表现出了贵族化的价值取向，在尽情展现作者的个性并获取了盛名的同时，也使文学疏离了普通的民众。

90年代的文学是一个复杂的构成。细分起来，大致有三种形态。一是依照传统的路子追求艺术上的创新，通过发现历史和生活中的新问题，以新颖的形象诉诸读者感觉。这类作家艺术想象十分活跃，不拘陈规，但没有怎么偏离主流社会的价值观念，较为容易获得已经具有现代特色的主流意识形态的认同，可以通过获奖和亮相于主流媒体来提升知名度。经济利益是要讲究的，但他们首先考虑的一般是艺术的因素、社会伦理的因素，因此在很多时候，他们的直接动机还不是经济利益，而是个人的名声和主流社会的评价，尽管他们的成名最终会在经济上得到回报。二是走通俗化的路子，以内容的贴近底层或者激情新奇来吸引市民。池莉的《烦恼人生》的发表就有助于说明问题。据池莉自称，《烦恼人生》最初连投几个刊物，都没有被编辑看中。后来《上海文学》编辑看到这个稿子，敏锐地发现了它的新颖之处，即它的"新写实"。这种风格在当时流行文艺高于生活的观念的年代，给人耳目一新的感觉。

池莉由此走红，同时也开启了文学面向世俗化的新潮。三是沿着世俗化的方向逐渐向狂欢的路上走去，在开始时最有代表性的当属王朔。王朔以其"痞子气"表现世俗生活中得乐且乐、玩世不恭的人生态度，在享乐之中寻找一份温情，给人一种不同于新写实小说过于冷漠虚无的感觉。从王朔再到卫慧、棉棉等"新人类"，则走向了狂欢的极端，表现出了对传统文学观念的彻底颠覆。这后两种现象作为 90 年代市场经济改革深入的产物，其创新的动力已经不是来自文学为政治服务的信仰，也不是作家单纯地为了展示自己的个性。因为文学与政治的关系已经发生了变化，原来依靠对政治观念的忠诚就可获得主流社会认同的情形，在 90 年代已经不复存在了。单纯的表现个性也不能保证成功，因为你的个性或许正是读者所讨厌的。原有的创新动力受到削弱，新兴的创新动力开始发挥更大的作用。90 年代以后，文学创新思潮面向市场，它的内在动力主要就是正在逐渐走向强势的消费主义。

当文学创作的成功与否相当程度上要取决于作品对读者/消费者有没有吸引力时，本来从事精神产品生产的作家就不得不考虑市场的要求。一些作家开始奉行顾客至上的原则，把读者/消费者的需要当做自己的努力方向。而在 20 世纪 90 年代物质生活较为富裕的条件下，大多数读者/消费者看重的是文学的娱乐性和消遣性，想读一些有趣的故事甚至奇闻怪事，侧重于感官享受，而对于重大的社会问题和抽象的哲学问题并不关心，因为这些问题与世俗生活没有多大关系，它们太过严肃或沉重，少有人愿意承担。同时，90 年代以后的读者/消费者又要求形式的简单明朗，直截了当，对复杂的技巧不感兴趣，认为那是折磨人的奢侈品，即使有能力去破解，也没有那份闲心。要贴近这样的读者/消费者，作品首先要写得好看，有一份世俗的情怀。于是，从普通人的生活、日常的情感，到传奇人生、潜意识冲动乃至变态心理等，只要对世俗民众具有吸引力的，都成了创作的热点。文学的领域由此而大大扩展，许多禁区被一一打破，描写的禁忌几乎已经不复存在。为了扩大影响，文学也开始了炒作，反映出创新浪潮中的技术性因素作用在增强。当然，90 年代前期的炒作，还仅限于提出口号，炒的是概念。如新写实、新浪潮、新状态等名目的出现，就是一种试图引起社会注意的概念炒作。不管这些概念后来有没有被广泛接受，都反映了媒体参与推销的意图。其炒作的过程一般是根据作品的亮点设计一个新概念，隆重推出，再组织研讨，造成声势，以吸纳更多的作家参与，也吸引更广大的读者的关注。到新世纪，文学炒作则更为热闹。长江文艺出版社推出了"青春影像小说"《校服的裙摆》，专门聘请了摄影师和模特，将小说的内容图像化，书里还配了一张音乐碟。在贾平凹的长篇小说《秦腔》研讨会上，有著名评论家建议它也应当配上一张 CD，让读者能够边读《秦腔》边听秦腔。可见，现在一部分作家已经能够更为熟练地利用各种媒体，尤其是与新兴媒体建立起了密切的关系，具有更为自觉的炒作意识，通过策划和包装，来提高自己和作品的知名度。显而易见，这导致了当今作家明星化和作品泡沫化的后果。在这样一个消费时代里，许多作家的心态处于持续的兴奋中。他们关注热点，追踪潮流，总想挖空心思地搞出些新名堂。从规范到放纵，从有序到无序，从逻辑到反逻辑，从结构到反结构，从语言到反语言，从政治走向文化，从西方回归传统，从崇高走向平凡，从平凡转向传奇，从上身移到下身，从精神回归肉体，不断地变幻，好像非如此"创新"就有落伍的危险。可以说他们得了"创新"的焦虑症，正经受着焦灼和不安的痛苦。

消费主义所推动的创新浪潮，正在改变长期以来形成的关于文学的观念。文学本来扮演着丰富人的精神生活、提升人的审美能力的重要角色，而现在的趋势是，为了在技术化时代增强文学的影响力，不少作家降低了文学的标准，抹平自己的个性，过多地迎合读者的需求。哪种题材流行，哪种风格被热捧，马上跟进，大量制作。一旦因为批量复制而导致审美疲劳，受到读者冷落，就赶快转移方向，寻找新的突破口。这种心态，造成了 20 世纪末以来创作的时尚化现象。时尚即流行，流行意味着感性和变化，它是完全受市场掌控的。文学的时尚化，主要就是追随市场的变化不断打出感性化和欲望化的旗号，如青春写作、美女写作、下半身写作等，乃至依靠媒体制造文学热点和文学事件，把文坛搞得热闹火暴。

这在一定程度上说也是出于文学的无奈：在当今电视、网络等新型媒体占领主流市场、人们被图像艺术搞得晕头转向的时代，主要依赖文字书写的文学凭什么维护自己的传统地盘？除了借助新型媒体向周边领域扩展，出现了像手机文学、广告文学等新的文体，导致审美的泛化以外，亦如前文所述，在一些急功近利的作家看来，就是围绕"欲望"说事了。

文学作为"人学"，欲望是题中应有之义。但文学中的欲望表现一般是与社会的基本道德要求相互制约的。即使是丑陋的欲望，也是作为人性扭曲的一种形式出现，要有助于揭示人性的丰富性和复杂性。可是在20世纪90年代以来的文学新潮中涌动的欲望，是用来炒作的，它成了一个卖点，一个吸引读者眼球的诱惑。作家拿它出名，着眼点是在经济效益，因而在创作中出现了不断地突破价值底线，拼比谁的胆子更大，谁更敢赤裸裸地展示内心欲望的怪异现象。在中国这样一个长期受封建道德观念影响、倾向于掩藏自我欲望的国度里，有什么能比欲望的赤裸裸表达更能引起人的震惊、把读者从电视和网络的图像艺术世界中招呼回来呢？但是，一部分新生代作家反文化、反理性的发泄，没有解决引发内心苦闷的生存问题，客观上却推动了文学由世俗化向粗俗化方向的发展，其结果是消费了文学，却解构了理性、道义和美，动摇了人类生存所需要的价值基础。总之，这是一种病态的"创新"，其特点是放弃道德底线，拒绝意义的承担，把文学等同于欲望的表现，意淫的替代，打的是人性化的旗号，其实是打破了人性的情理平衡，阉割了人性，最终落进反意义、反文化、反道德和反社会的怪圈里。

在经济全球化的时代，人类的活动必须讲究效益，所以消费主义依然有其存在的社会基础。那么，文学能不能找到一条效益和正义两全或曰经济效益和社会效益兼顾的发展道路呢？答案是肯定的，那就是确立精品意识，实现艺术与市场的良性互动。这方面并不缺少成功的例子。且不说中西文学名家凭着他们的不朽经典在名垂青史的同时也创造了巨大的经济效益，即使是20世纪90年代后欲望化新潮涌动之际，也还有许多严肃思考生活、追求艺术品位的作家在经济效益方面取得了令人瞩目的成功。池莉由新写实小说成名，不久转向了都市传奇，走的是通俗化的文学路子。可是她在作品里表现普通市民，写他们的人生态度和都市遭遇，在不同性格和观念的碰撞中传达了新的思考。她的作品不断再版，且多次被搬上荧屏，受到观念的好评，也为她带来了可观的经济收益。王安忆写过"三恋"，探讨人性的复杂性，她近期的作品如《富萍》、《上种红菱下种藕》、《桃之夭夭》，侧重写普通人的生活，与上海的气息、上海的精神息息相关。她的不少作品也被改编成电影，获得了丰厚的物质回报。男性作家中的贾平凹一度因《废都》而受万众瞩目，但他的文学地位是凭实力而非炒作奠定的，新著旧作时见推出，经济收益也应该相当可观。即使是作品数量不多的陈忠实，以一部《白鹿原》赢得了盛名，奠定了他在当代文学史上不可动摇的地位，经济效益也就相随而来。

文学精品意识的内涵很丰富。概括地说，就是要追求文学内容的充实深厚与形式完美的统一。如果以反向思维提出问题，文学精品意识则至少要守住几条基本的价值底线：一是以人性的标准抵制对人类尊严的亵渎，二是以艺术的标准抵制粗俗的流风，而这又要求有第三条作为保证，即以长远的眼光抵制暂时的利益诱惑。文学可以成为消费品，但文学也可以成为作家的生存方式、精神家园和终极理想，两者的差异仅在于人的一念之差。就要求作家自觉地树立起社会公德的意识，面对人类的存在，有一种敬畏之心。对人类的存在怀着敬畏，对艺术有一种虔诚的态度，写出内容生动丰富、形式精美的文学精品，以此为基础，进行市场的运作，从而高起点、高品位地参与市场的竞争，实现经济效益和社会效益的双赢，这是艺术与市场互动的一种理想模式。

第 五 章

人文理想的呼唤与崇高美的重塑

第一节 从"躲避崇高"说起

80年代中期以来的中国文坛，正是在思想解放的思潮影响下，呈现出空前繁复的创新态势，"伤痕文学"、"反思文学"、"改革文学"在七八十年代之交次第迭出，到了80年代中期便面临着如何深化、如何创新的问题。这个时候，文学已经无须服膺"为政治服务"的律令，不必再充当"阶级斗争的工具"。特别是随着国家对外开放政策的全面实施，西方和拉美的各种现代文化思潮和文学流派被纷纷介绍进来，于是小说观念、小说模式便由单一而走向多样。传统的现实主义受到了现代主义、后现代主义的尖锐挑战。人们开始用西方现、当代哲学和美学观点来表现人性的异化、人性的弱点、人的生存困境和生存的尴尬，用非理性代替理性，等等。这当然就要"躲避"以人本主义为思想根基的文学中的崇高。无论是刘索拉、徐星小说表现的那些失去了价值规范的年轻人的精神迷惘和灵魂躁动，还是残雪小说里那种交织着惊恐、妒忌、焦灼的梦魇般的情境；无论是莫岩呼唤野性，还是洪峰的"审父"意识，我们能从中感受到的主要是主客体冲突所激发出来的那种与传统价值观念和现存精神秩序格格不入的思想情绪。莫言小说《红蝗》中有一句话："人类区别于动物界的最根本的标志就是：人类虚伪！"这种片面性，充分地反映了现代主义文学力图逼视人性弱点的价值取向，因而也就注定了它与传统的伦理道德上的和美学上的崇高的对立。被称为"后新潮"的一批作家作品，更以远离现实、消解意义，"拆除深度模式"

制造"叙事迷宫",也就是以形式主义的"文体实验"为主旨。显而易见崇高美已被完全弃置。

回顾这一时期,在对待崇高的态度问题上,"寻根"小说和"新写实"小说其实也存在着某种程度的"躲避"倾向。为了追求小说的新境界,一批作家要从我们古老的民族文化传统中去"寻"文学的"根",其实也就是用更具体的现代哲学意味的文化观点取代以往所惯用的传统的政治、道德观点。文化观点并不一概排斥崇高,但常常不以崇高为追求的目标。这可以从"寻根"小说的一些名篇中得到证实。比如韩少功的《爸爸爸》,小说里的鸡头寨人对丙仔这个怪物所做出的种种反应(如"打冤家"之类),固然也透露出失落在湘西蛮荒地带的古老的楚文化的雄浑和壮烈,但作者没有到此为止,而是要让人感到,这种雄浑壮烈的文化一旦陷于封闭状态,将会变得多么愚昧和荒谬。同样的,王安忆在《小鲍庄》里揭示的从古到今传承不息的"仁义"精神,既是生活中见义勇为、舍己为人的英雄壮举的思想支柱,又是村子里各种落后、迷信、愚昧生活方式的心理基础。读者正是从这种既不能简单肯定也不能简单否定的悖论中,告别了过去习惯于从文艺作品中被动地接受"教化"的传统阅读心态,同作者一起站到了对民族文化的复杂性作更深入思考的主体地位上。从这个意义上看,"寻根"小说对崇高某种程度的"躲避"态度是有其深意的。

正是在这样的文学背景下,王朔以《一半是火焰,一半是海水》、《橡皮人》等作品,闯入文坛,并且一发而不可收:1988 年其作品有四部被改编为电影,王朔声名大振;1989 年他又发表了一系列小说,其中《玩的就是心跳》被有的人誉为 1989 年度最好的小说。一些评论家认为王朔"带给文坛以令人瞠目的冲击——从观念、形象到语言"。① 因为王朔笔下的张明、方言、杨重等形象嘲弄传统观念、价值标准,他们侃玩人生、终日无所事事,却成为读者的新宠。

几乎与此同时,《钟山》杂志从 1989 年第 3 期开始设立"新写实小说大联展"栏目,并指出所谓"新写实"即是"特别注重现实生活原生形态的还原,真诚直面现实、直面人生"。一时间,文坛上活跃的一批

---

① 曾镇南:《徘徊在人与非人之间的灵魂》,《青年文学》1986 年第 11 期。

作家几乎均被归入其中，如：刘震云、方方、池莉、苏童、叶兆言、李晓、周梅森、朱苏进，等等。相对于传统的现实主义，这种叙事方式以一种"零度情感"来反映现实生存，一方面表现出中国文学中少有的生存意识，削弱了文学作品中的意识形态内容。但是，另一方面，也存在着对平庸无奈生活的认同取向，致使所有改变现实的崇高理想因素都被消解。

在文化概念和思维方式上，"新写实"小说家和"寻根"作家存在着不谋而合之处。方方讲到她的《风景》创作问题时说："七哥的恶，从小的地方看损害了别人，从大的地方看，又有一定好处，对社会有一定贡献。因为他有能力，比纨绔子弟强多了，所以这里的是非善恶难以用一个标准去判断。"①"难以用一个标准去判断"就是难以用非此即彼的二元逻辑的思维方式去判断。因而在创作上自然不会那么执著于崇高了。还有，由于作家们自觉或不自觉地受到存在主义哲学的影响，着意于表现人类生存的困境或生存的尴尬，所以，我们这个处在社会转型之中的一些庸常的人的世俗生活就特别容易进入他们的小说视野，成为一种得心应手的创作题材。于是，具有崇高主题或美学形态作品的那种主客体之间尖锐对立和剧烈冲突在"新写实"小说里不见了，作品人物为了实现某种历史抱负和道德信念而不惜付出一切代价的壮烈情怀和坚强意志不见了。代之而来的，是印家厚（《烦恼人生》）在生活重压下的忍耐，是小林夫妇（《单位》、《一地鸡毛》）在不正之风面前由困惑、不满而终于随时俯仰，是七哥（《风景》）式的以恶抗恶。对于这种灰色人生观，作者没有认同也没有给予明确的批判，这中间包含着把价值判断留给读者的考虑，更主要的是出于揭示"生存困境"和"生存尴尬"的主题追求。

人们议论王朔"躲避崇高"，其实"躲避崇高"并非从王朔开始，王朔不过在这个问题上表现得更露骨罢了。王朔小说中那些在商品经济浪潮袭来时"浮出海面"的"顽主"、"痞子"，他们的所作所为，在思想性质上有一个重要特点，就是反价值、反规范。他们什么都"不吝"，什么都可以拿来"开涮"。生活中的是非、善恶、功过、成败、荣辱、

---

① 《新写实作家评论家谈新写实》，《小说评论》1991年第3期。

美丑之间的界限统统被他们抹杀了，当然也就谈不上什么是崇高、什么是卑下了。连文学本身也被他们不分青红皂白地说成"一点正经没有"的"蒙人骗人"的勾当。此外，作品中的叙事人与作品中的人物又没有保持足够的距离，这就不仅在具有不同价值观念和文学观念的人们中间引起了争议，而且也促使人们在崇高问题上不得不去做更为深入的思考。

如果从审美角度出发去体味，"躲避崇高"似乎成为王朔及"新写实"小说的审美倾向，正像王蒙所说的是"不歌颂真善美也不鞭挞假恶丑乃至不大承认真善美与假恶丑的区别的文学"，是"不高尚也不躲避下流，……不承载什么有分量的东西的文学"。① 当然，在王蒙看来，躲避崇高的现象具有解构极"左"政治路线与文化专制主义的作用，王朔笔下的人物撕毁的是政治化、非人道化的伪崇高，这无疑是有其合理性的。然而当王蒙表示对那些体现着社会道德、审美理想以及批判精神的作品不以为然时，引发了影响久远的人文精神大讨论。90 年代的文学正是在关于道德理想、文学崇高、人文精神的论争中悄然拉开帷幕的。

无论如何，90 年代的文坛是纷繁复杂的，在文学多元化、写作个人化成为风气的当下，有的作家却始终无法释怀文学的崇高使命感和作家的责任感，然而他们追寻的不是道德理想之路，而是一条脚踏着民间的土壤，心怀着文学的使命的现实之路。1996 年以"三驾马车"（指谈歌、何申、关仁山三位作家）为代表的"现实主义冲击波"就颇为引人注目，令人振奋，因为文学的忧患意识，文学的责任心，使命感在增强，文学的崇高精神在回归。他们创作的一系列作品，如《大厂》、《年前年后》、《穷人》、《大雪之乡》以及刘醒龙的《分享艰难》和《凤凰琴》等小说，无不引发了人们对文学重返现实、直面人生、提升人性的再思考。而 1998 年以来出现的大量反腐倡廉的小说，则显示了作家自觉的忧患意识和社会危机意识。这其中以作家张平、陆天明、周梅森所创作的《抉择》、《苍天在上》、《人间正道》等作品最具代表性，它们重在对现实社会存在的官僚、腐败、无视百姓疾苦等丑恶现象进行大无畏的揭露和抨击，散发着浑然天成的凛然正气，显示出大气磅礴的风格，

---

① 王蒙：《躲避崇高》，《读书》1993 年第 1 期。

当然就其作品的艺术性的评判则是一个值得进一步思考的问题。

此外，我们知道，进入 90 年代之后，由于市场运作方式进入到文学生产领域，使写作含有较为直接的追逐商业利润的目的，虽然文学出版物每年以惊人的数字出现，但其中纯文学读物的比重则是有限的。然而许多出版社仍将目光集中在表现英雄人物命运、体现小人物坚韧性格和人生挣扎以及富于理想主义色彩的作品。比如 1999 年人民文学出版社的"红色经典系列"收入了中国当代十七年时期的一批家喻户晓的战争题材的文学作品，像《保卫延安》、《林海雪原》、《平原枪声》等；1996 年群众出版社的"当代中国公安文学大系"收入了《无悔追踪》等一系列为老百姓所喜爱的公安题材的中篇、长篇小说及纪实文学；1995 年解放军文艺出版社的精品书系第二辑则收入了 90 年代以来的富有影响的《炮群》、《英雄无语》等一系列军事题材的小说。这似乎从一个侧面反映了对创作起明显作用的读者消费市场对崇高审美风格的认同和欲求。

事实上，读者在经历了"无英雄"的 80 年代以降的种种文学潮流之后，确实在深切的呼唤着新的英雄的出现。1995 年，武汉大学文科部分学生在关于"时代需要英雄　文艺需要英雄"的讨论中，广大学生对于当下文学作品中英雄形象缺失、崇高精神缺位的现状甚是关注，他们认为"文学不仅仅模仿现实的存在，它还能模仿将来的、理想的存在"。"文学的进一步世俗化，只能导致文学的进一步危机和人文精神的进一步失落……也表明了他们（作家）审美想象力的进一步衰弱。"① 这种观点应该说是具有代表性的，它不仅反映了青年读者群对当下文学创作的看法，也反映出主流文学读者消费市场的需求。

正是基于以上文学现象的出现，我们才会提出如下的问题：为什么崇高——这种在一定时期内为作家、读者所"躲避"的美学品质会在商品经济、流行文化唱主角的 90 年代悄然"回归"？这一"回归"是否仅仅是十七年文学中崇高形态的"原声复现"？还是因增添了新的美学质素而有所超越？或是在更新原有美学形态基础上的超越？我们还不禁要问，崇高在 90 年代的重塑会给文坛带来怎样的影响？然而，这里首先

---

① "时代需要英雄　文艺需要英雄"，《文艺理论与批评》1995 年第 1 期。

遇到的一个问题，是如何理解文学的崇高。

在中国现代美学和文艺理论中，崇高这一概念，与典型、悲剧、喜剧、现实主义、浪漫主义等概念一样，本源于西方文艺复兴运动中建立起来的人本主义思想和美学体系。按西方美学，崇高有其特定含义。从古罗马学者朗基努斯《论崇高》的著述中将其作为一种普遍、永恒的修辞风格提出后，经美学家们不断探讨，在 18 世纪英国经验主义哲学家柏克和德国著名哲学家康德、黑格尔的美学理论中，终于被作为一个与一般的"优美"相对的美学范畴、美的形态确定下来。崇高这一概念被介绍到中国后，中国美学家继续加以研究，做出阐释。但是，总结起来，美学家们对崇高的对象的把握，侧重点仍有所不同。侧重点转移的大致历程是：自然景物的崇高——数学的崇高和力学的崇高——悲壮——现实中的崇高和艺术中的崇高。根据本书的需要，我们将探讨艺术中的崇高。

从实践的角度出发，艺术中的崇高的基本特性体现为：人的自由意志与客观必然性之间，呈现为严重的对立和激烈冲突。其对立和冲突的结果，大体上有两种情形。第一种情形，人的自由意志战胜了客观必然性。如，当代十七年文学中一大批战争题材作品所表现的战斗英雄历经血与火的考验，终于取得战斗的胜利，就属于这种情形。第二种情形，"善"没有在对象上实现，但是，在这样的斗争中，却显示了人类实践的巨大威力和光照日明的审美理想。以新时期文学中的一篇作品《犯人李铜钟的故事》为例，李铜钟无疑是真的勇士，但是在非常岁月中，他却被压在社会的最底层，然而从他身上所传达出的个体的觉醒，对历史的反思却渗透着震撼人心的力量。由此可见，崇高具有广博的社会内容。而社会生活中的崇高，往往同道德判断结合在一起，这就是为什么有血有肉的英雄形象具有崇高的美，而苍白、空虚、毫无道德感的"英雄"不具有崇高美的原因。

此外，就艺术中的崇高而言，我们必须注意到在新的文学环境下，它所产生的更为复杂和多样的表现形态与审美效果。比如，丑、怪诞、恐怖在美的领域可以从形式到审美表现向崇高转化。再如，崇高在伴随着痛感、不愉悦感的同时，也可以和情趣融合在一起，从而有时也能使审美主体直接产生"情趣感"这种审美感受。总之，我们应该认识到进入 90 年代文学景观中的崇高美在包含着传统的美学特性的同时，还不可避免地孕育和生发着新的美学特质。

需要说明的是，当下中国文坛的"多元化"格局日趋形成，各种美学风格并存，如果仅从古典美学的优美和崇高来区分当下文坛的美学形态显然是不客观、不完整的，而认定崇高美必是当下文坛的主要思潮，同样是不符合现实的。因为，每一种文学现象都是随着社会思潮、经济发展、作家个人积累与文学趣味变化而变化的。所以，对世纪末中国小说崇高美的分析与切入，只能窥视中国当代文学某一美学形态的变化规律。但是回顾 20 世纪中国当代文学的道路，我们将会发现"崇高"这一美学形态具有不可替代的地位，这对我们重新认识世纪末小说的美学内涵的变化与发展无疑有着重要意义。

第二节　"人文精神"大讨论

20 世纪 90 年代的中国，全面进入了现代化的物质实践阶段。"以经济建设为中心"成为一项基本国策。随着这一进程的深入，现代化带来的负面效应、有中国特色的"市场经济"本身呈现的各种矛盾也相应地暴露出来。面对这种精神家园的丧失、文化荒诞感的蔓延，物质利益第一的现状，人们陷入深深的精神困倦，特别是隶属于精神领域的文学将向何处去？应该说，多元化价值观的客观存在给了人们寻找价值理性的充分空间，正是这种空间催生了 90 年代初的"人文精神"的大讨论，当人们目睹了实用主义、技术主义对现代中国的精神消解，并最终导致文学的游戏化、泡沫化与世俗化时，中国的一些学者及时地提出关注人们自身的生命意义和存在价值，寻求自身发展前途和精神归宿的呼求——张扬现代人文精神和建立新理性，这一呼求又以论争的形式扩大了其影响。论争的源起是 1993 年王晓明等人一篇题为《旷野上的废墟——文学和人文精神的危机》的文章，文章主要就当代文学中精神的委靡，作家人格的退化以及文学的市场化等文化现实提出批评，并以"人文精神的危机"来概括当前的文化状况。这篇文章引起了文化界的关注并形成了一场持久而广泛的论争。论争的主题词是"人文精神"，对这个概念的理解却存在明显的歧异，即使同一阵营内部也不同。由于概念本身的抽象性、包容性，"人文精神"的内涵最终也没能得以确立，对立的双方（呼吁"人文精神"者与反对者）也无法在同一个理论层面上展开学理性的对话。这场论争提供了一个平台，促使人文知识分子公开了不同的精神指向与价值诉求。分歧首先来自于对现代化商品大潮中精神贬值、价值缺失等负面现象的态度。呼吁"人文精神"的论者将"人文精神"与历史上拒绝物质的纯精神运动相提并论，或者借助西方后现代与后殖民理论，对人文话语和知识分子的启蒙姿态进行根本性的质疑。与此同时，有些论者认为应该承认人文精神的多元性与多层、多面性。"人文精神似乎并不具备单一的与排他的价值标准，正如人性并不必符合某种特定的与独尊的取向。把人文精神神圣化与绝对化，正如把任何抽象概念与教条绝对化一样，只能是作茧自缚。"其次，除了对社会现实的性质、现代化世俗进程与精神层面之间关系存在不同的理解，论争还涉及了一些更深层次的理论与学术问题。比如，对既往中国历史与知识分子精神史的清理与阐释，对社会转型期中人文知识分子职责与功能的认识和界定，学者的学术责任和社会责任、学术价值与道德操守之间的关系问题，等等。尽管论争发起人表示了对论争结果与水准的不满，"人文精神"论争毕竟在某种程度上体现了人文知识分子在新的历史境遇中发现问题的主动性。随后出现的现代人格精神、新理想主义、新启蒙等热门话题，可以说是这场论争的一个积极成果。

从"人文精神"论争中的一个话题——文学崇高感这个问题来看，王蒙、王晓明、陈思和、郭宏安等学者分别对中国当代的文艺现状、文艺批评、美学批评的人文向度提出自己的立场和观点，其中郭宏安针对一些作家将文学活动比做补锅、爆米花、摊煎饼等发表如下评论："某些从业者自己丧失了崇高感、自豪感甚至使命感，那是这些从业者个人的悲哀；若是所有的从业者都丧失了崇高感、自豪感甚至使命感，那就是时代的悲哀，因为在这个时代里精神的活动已经混同于物欲的满足。"① 当代西方知识分子面对文化的贫困，面对价值观念的深度消解，面对崇高的被躲避，同样表达了深刻的焦虑，并提出了许多理想的人文图景，利奥塔从艺术的角度这样论及崇高的价值："无法显示的东西

---

① 郭宏安：《文艺家何以进退失据》，《东方》1994 年第 4 期。

（崇高）是唯一值得一生为其奋斗的，也是下个世纪全世界为之思索的问题。否认这个问题就构成威胁——一个不容忽视的威胁，因为它有绘画行为与绘画实质间的张力的危险，而正是这个张力才刺激出西方绘画最英勇的世纪之一。"[①]

争论虽然没有充分展开，也未能争出一个人们都能认可的结论来，但却传达了"崇高"问题的现实意义。傅迪在 1993 年第 7 期《作品与争鸣》上发表的《论"躲避崇高"不可行》一文表达了一部分评论者的看法。文章指出，"躲避崇高"，实际上就是非理想化、非英雄化，以王朔作品为例，其作品中对社会视为崇高、神圣的东西无一例外地进行了调侃、嘲弄、亵渎。这些作品似乎在告诉人们，现实生活中一切都是荒诞，一切都是虚无，一切都只能以玩世不恭的态度处之。因此指出，王朔的作品"是一种有害的腐蚀剂"。这是否也可以理解为：如果文学完全摒弃"崇高"，就会产生这样的一种结果呢？

在文学创作中，对"人文精神"的支持主要体现为重建理想主义和文学崇高感。如果说评论家们是焦虑着文学崇高的失落，那么张承志、张炜等作家则是高举理想主义的旗帜，执著地追寻崇高的精神价值取向。他们不仅在 90 年代初分别创作了《金牧场》、《心灵史》、《柏慧》、《家族》等具有道德理想主义及浪漫主义色彩的极富影响力的作品，而且以散文的形式直接表达对现代化过程中世俗倾向的彻底拒绝的态度：张承志 1994 年在《十月》上发表了《清洁的精神》，文中推崇的是一种"以命承诺，舍生取义"的勇敢行为以及包含了"义、信、耻、殉"等文化因素的"清洁的精神"。张炜的散文则重在对社会上某些"污流"予以揭示，表示了"拒绝宽容"污浊的清醒认识。当然他们有些偏激的批判精神引起了文坛的论争，但是，许多评论者认为，在物欲横流、精神匮乏的当下，在文学忘却崇高与金钱合谋之时，他们那种为追求文学精神极致之美的决心是弥足珍贵的。

张承志、张炜、史铁生等作家也是通过理想主义对抗当下物质与欲望极度膨胀的文坛。文学中的理想主义表现在对人生价值与意义的追

---

① 利奥塔：《呈现无法显示的崇高》，《后现代主义》，社会科学文献出版社 1992 年版，第 77 页。

问，表现为对平庸生活与平庸人生的永无止境的超越以及对生命极限的挑战，这种理想主义主要不是以其道德伦理内涵表现为"善"的特征，而是表现为求"真"、求恒的执著与坚定，是对精神与哲学命题的形而上学思索，其极致状态的美感特征是悲凉与悲壮。这一价值向度表现出更加纯粹的精神至上的乌托邦情结，而对物质性、世俗性的生活常常表现为坚决的否定。由此看来，英雄主义和理想主义在90年代渐渐升起之时，正是与中国知识分子重新确认自身价值、强调知识分子的使命和责任，再度树立文学崇高性同步发生的。因为越是处于社会转型的时代，当理想和崇高遭到放逐，知识分子越是有责任去寻找精神家园。必须有不屈服的文化艺术作品充当人与社会对话的中介，将人在充满精神矛盾的世界中的尴尬与困境、挣扎与解脱表达出来。这就需要真诚的艺术家、文人在孤独和心灵的困境中、在无尽的心灵跋涉和探寻中，体味丰富的人生，寻找一条通向大众的精神澄明之途。这通途之一即是确认艺术家的责任感、树立文学的崇高性。

第三节　崇高美的新质素

如前所述，在90年代新的文学环境下，崇高美再次被作家、评论家所重新发现和理解。如果说在新时期初期崇高是指符合人民性的，这主要是指这一时期对于崇高人物形象的塑造、情节的安排、矛盾的展开基本上延续了十七年中的创作方法，只是赋予人物具体的思想内涵有所变化。那时的人物个人的情感没有位置，个人生活不被表现，信仰更单纯，因而个人的内心冲突展开较少，人物远离现实，被神话。新时期的崇高是能够令人钦佩。景仰的含有审美意识的合理性道德判断，那么随着时代的发展、社会风尚的不同，人的价值观念的分歧，就使人们的道德判断标准、审美判断标准迥异，因此对于崇高的解释也不尽一致。永恒的理念是不存在的，孤立的感觉也是片面的，人们只能在承前启后的过程中更多地观照现实存在，寻求合于社会历史发展规律的价值判断。

如果说新时期对崇高的理解，是与积极参与社会改革、实践和推动人类社会进步联系在一起，把在激烈的斗争中诞生的人物称之为英雄，那么，在90年代相对和平、充满商业竞争和利润评估的时期里，人们则会对传统的崇高英雄形象给予全新的符合时代的新素质，与此同时，那种表现坚韧执著、善良美好的道德精神、在平凡的生活中显示了伟大灵魂的人物形象无疑也具有了崇高的美，他们的这种崇高美同《人到中年》中陆文婷式的努力在生存环境中碰撞、奋争、默默贡献的知识分子形象有着不同。90 年代平凡的英雄人物更具有强烈的个性自由气息和鲜活的人性面孔，他们在善与真的较量中透露出对精神和理想的坚守，展扬着一种真实的、厚重的更具平民意识的崇高美。对此笔者认为应从以下几个方面予以分析。

一　英雄主义与平民表达

首先，关于英雄与平民的品格。英雄与平民品格的树立是艰难的，而更难的还是在于界定。因为有主流意识形态认定的英雄；有范畴更广泛、渗透于整体社会活动的英雄；有从社会身份上认定的平民；有从与主流意识形态关系远近界分的平民，而且，我们不可否认在平民中也可能出现英雄人物。在中国当代文学史上，十七年文学中的英雄人物包含主流意识形态的认定是可以成为定论的，新时期初期的英雄人物则略微复杂一些，有乔光朴、李向南、梁三喜这样性格上坚定、思想上纯洁的高大形象。也有刘毛妹、赵蒙生、靳开来这样在战争考验中经过自我灵魂的痛苦蜕变而成长起来的英雄。我们应该看到这些"有缺点"的英雄人物对英雄形象塑造的突破，也是崇高美表现的"过度"。他们已经开始将神话的英雄拉回到了人间，但在当时这样的人物很少，多数仍旧生活在旧模式中，没有冲破十七年崇高美的范畴。

在 80 年代末 90 年代初，在"拒绝英雄"和"躲避崇高"的小说中，对于崇高美的关注、英雄形象的塑造则进入了低潮期。转型社会的震荡、世俗化文学潮流的冲击，使这一时期的文学创作（军事题材小说更为突出）陷入两难境地：既要迎合世俗，又不愿抛弃英雄。出现了一些既塑造和呼唤崇高英雄、又审视和"肢解"的英雄作品，最典型者莫过于朱苏进的创作。

80 年代，朱苏进的军旅小说是明确无误的硬汉和英雄的世界。80 年代中期以后，随着作家对军人内心世界的深度钻探，其作品逐渐呈现了两极分化的趋势：一方面，一以贯之地挖掘那些气度不凡的、志向高远的军营硬汉子的英雄气质，从《射天狼》中的袁瀚、《引而不发》中的西单石、《凝眸》中的古沉星、《第三只眼》中的南琥珀、《绝望中诞生》的孟中天，到 90 年代初出版的长篇小说《炮群》的苏子昂，构成了气质鲜明的相似的系列形象。这些人物个个超凡脱俗，卓尔不群，浑身上下都散发着正宗军人的劲道、神韵和风骨。这就是朱苏进神往的当代中国"职业军人"的典范。这一系列人物身上的英雄主义理想光芒一目了然，他们与"十七年"革命英雄主义小说中的英雄人物相比，虽然增添了许多新的时代内容，但对于崇高理想的追求则一脉相承。

另一方面，日渐物欲化、世俗化的现实社会对军营的咄咄进逼和对当代军人精神意志的销蚀，是朱苏进更加关注的一个事关军队自身建设和军人自我完善的重要问题。1992 年他发表的中篇小说《咱俩谁是谁》首次把三个拂去理想之光而沉迷于现实享乐的军人形象推到读者面前。1994 年出版的长篇小说《醉太平》，继而在更全面、更深层的意义上，考问和审视那些沉迷于太平盛世灯红酒绿中的和平军人那多少有些麻木的灵魂。这些被世俗庸常化的芸芸众生就是某军区机关大院的某些校尉军官们。过于平淡无奇的日常生活流程——早操、上班、开会以及家宴、舞会、约会、偷情等，把那些从基层部队筛选上来的军中尖子、硬汉们个个碾磨得人格萎缩、才华不展。"他们或许本可以成为英雄，可是却没有一个真正的英雄，他们只是一个个英雄的碎片，你可以在这里看到一个英雄的耳朵，也可以在那里看见一个英雄的脚趾，但你看不到一个完整的英雄。"① 也许这些英雄的"消解"是中国现有社会机制的弊端常给一切"大院"的共同病态，正如作者所言："这部小说写的是军区大院里的人和事，实际上指的是一切大院都有的文化心态，这样的大院在中国比比皆是。"② 但对军队而言，凸显这种"大院文化"对军队英雄的种种触目惊心的"软化"，则是更具有一种警醒意义。太平盛世中，军人所面对的敌人有时并不是拿枪的敌人，而是时刻可能被解除精神武装的自我。岂止是当代军人，每一个人格健全的现代人又何尝不是面临这样的战争？朱苏进的军旅小说表现的是地道的军人，而形而上

---

① 朱苏进：《英雄的碎片——关于〈醉太平〉的对话》，《当代作家评论》1994 年第 6 期。
② 同上。

的思考则常常逸出军营一隅向更广阔的社会空间弥漫。应该说，这一类军人形象，作者所持的仍是崇高的标准、崇高的审美理想，以其批判性、反思性的揭示人物的不足，还是体现了追求崇高美的创作意识。

社会的急剧转型和市场经济大潮带给军事题材小说创作的困惑虽然沉重，但并不漫长。大约从1995年开始，一度迷失航向的军事小说又逐步校准了自己的社会坐标和前进方向，英雄主义雄风重振，虽然英雄主义小说创作独占鳌头的昔日辉煌再难重现，但陆续推出的作品却有着沉甸甸的分量。中国工人出版社1995年出版的朱秀海的长篇小说《穿越死亡》和人民文学出版社1997年出版的邓一光的长篇小说《我是太阳》是90年代影响较大的两部崇高精神和豪迈理想主义激情相结合的厚重之作。《穿越死亡》的问世不在于把人们的情思重新带回渐被遗忘的战争，而是企图借助南线战争，思考战争与人性、英雄与懦夫之间的辩证关系。二营三排的战士们是在整个战斗预案发生突然逆转的情况下毫无准备的从预备队成为攻坚的惟一力量、问题的严峻在于这个排不仅是全营战斗力最弱的排，而且率领这个排的排长仅是一个仅有17岁的文弱少年"上官峰"。这样就使覆灭与死亡的威胁骤然降临到每一个战士的身上。对于战争中死亡这一主题，以往我们的战争英雄小说，特别是"十七年"革命英雄小说对它往往采取的是藐视的态度，着意突出的是英雄们无畏的一面，似乎英雄都是天生不怕死的。对于英雄从平凡走向非平凡的过程或视而不见或有意忽略，惟恐暴露了英雄平常化的一面使他们的高大形象受损或降低了教育意义。《穿越死亡》则不然，它直面死亡这一主题，着重体现了一个平凡的军人在"穿越"死亡的过程中心灵的裂变和人格的升华。面对死亡，他们动机不一，或出于理性，或缘于感情，或是为了祖国的尊严和军人的荣誉，或是为了个人的前途和命运，乃至于仅仅是为了避免军法的惩处。他们既无比珍惜宝贵的生命，又把生命置之度外，与死神顽强拼搏终于战胜了恐惧和怯懦，穿越死亡冲上"高地"成为英雄。作者力图通过他们的外在行为和内在的心理活动昭示这一简单却又被以往我们的战争小说忽视的道理——"生命的本能拒绝死亡"。英雄之所以成为英雄是他能把生命的能量发挥到极致而决不让生命消失。战争的艺术不是死的艺术而是生的艺术。战争就是躲避和战胜死亡。从这个角度说，作品中的崇高美由传统道德理性的内容为主导让位于对人的生命与精神能量的凸显，道德理性已经成为隐伏性的背景，生动的生命形式上升为艺术表现的主体。

当许多人过分迷恋于"软性"的物质享乐，而置"刚性"的精神追求和理想信念于脑后时，红军后代邓一光适时地推出了歌颂英雄父辈、赞美崇高、推崇理想的系列小说，如《战将》、《父亲是个兵》、《我是一个兵》、《大妈》、《走出西草地》等，其中《我是太阳》堪称为集大成之作，给人强烈的心灵震撼和崇高与美的艺术感染。

《我是太阳》是一部激荡着浓烈的雄性色彩和阳刚之气、涌动着不屈的生命激情和崇高的英雄主义的小说。小说以编年史的形式，描写了一个巴顿式的军人坎坷一生和其家庭生活的悲欢离合，从广阔的社会历史进程中折射了半个多世纪以来共和国的风风雨雨。主人公关山林是属于那种把战场上的厮杀视为自己生命追求的真正军人，一个充分贯注了作家的激情和理想的传奇式的英雄。他迷恋战场，渴望战斗，过于勇敢而不免刚愎自用。青树坪之战，由于求战心切，又不了解战争的总体局势，使全师孤军深入，陷入了敌人的重兵包围中。"战神"关山林的军人生涯从此出现了滑铁卢式的转折。告别了战场的关山林，生命再难辉煌，他有些困惑了，他不知道在战争之外他还能做些什么，打铁吗？缝衣服吗？对此他毫不感兴趣。他是血与火创造出来的，他是战争的儿子，他只属于战争！小说的后半部分着重描写了失去战争对手的关山林"失落、寂寞、迷惘"的人生冲突。但"太阳"终归是要燃烧的，失去了战场的关山林，并没有丧失生活的理想和军人的钢铁意志，无论是"三反"运动，还是"文革"的严峻岁月中，他都坚定自己的人生信念，不畏缩，斗争到底。如果说，在80年代之前我们的军事战争英雄小说对英雄取得的是仰视角的话，那么，《我是太阳》对英雄则是平视的，甚至是俯视的。尽管作品中到处充溢着隐形视角晚辈对长辈的敬仰和赞美，但同时不乏沉重的反思，叹息乃至不无尖锐、深刻的批判。这种反思和批判不是生硬添加的，而是与人物的内在精神、性格气质和生活命运密不可分的，能够给人以强烈的真实感。

由此可见，90年代英雄不是由单一的英雄因子、崇高素质组成的"神话"人物，而是在英雄的因子和普通人的因子、崇高的素质和非崇高的素质相辅相成的关系中得到了揭示。我们将此称为对英雄的"正名"与"突破"。

首先是泛情化策略的突破，即在英雄的因子中真实体现其作为一个普通人的情感与欲望，甚至是致命的弱点与创伤，并且因此备受环境时代、自我的挤压和碰撞，终归构成一个人的生命史。例如，关山林晚年的悲剧情态，正是他的局限于战争时代的思维和性格不可避免将其推向同新生活、新秩序相抵触的环境中，并因此做出一系列幼稚、可笑，甚至是荒谬的事情（如他带领乡亲们拦路劫化肥）。作品将关山林从一代"战神"的高位上又引领至含有悲剧意味的民间情景中，完成的是泛情化策略的突破，将"神"还原为普通的人。由此产生的悲剧感和审美升华是颇能打动人的。

此外，我们发现 90 年代英雄小说在创作中，常常隐含着商业性因素，比如对婚外情、异域风情的描写，对情节转变、悬念预设、人物异性的关注和运用，都适时体现了作家对观众阅读兴趣与心理的把握揣摩，增强了小说的可读性。进一步说，崇高美的载体由英雄形象转化为平民形象，将平民意识中的崇高品质作为艺术表现的焦点，在 90 年代成为表现崇高美主潮。

崇高的英雄形象在 90 年代的树立在亮相之初就标志了自己的品格：具有丰富人性，是主流话语的实施者，但主旋律关注现实的同时，更希望拓展自己的空间，外延的扩大则势在必行。"能够正确反映我们的时代精神和我们社会本质或本质某些方向的作品，我们就说它表现了时代主旋律。"① 这既标志着英雄人物已经在转型社会寻找到了自己的合法地位，而且也意味着渗透在民间的崇高品质与审美形态同样可以走在文学创作中的前台。

这主要是指 90 年代大量涌现的表现平民群落中精神监守、平凡中蕴涵伟大的文学作品，以及具有崇高气节和原初人性但染上浓重悲剧色彩的一类平民英雄。

在注重实用和技术的当下，终极价值遭受怀疑，使得部分小说热衷于迎合时尚、关注流行、制造先锋，但是我们应认识到对人性的自然性肯定、对个性自由的大力弘扬都只在特定历史条件即在特定的历史抗衡

① 张首映：《审美形态的立体观照》，人民文学出版社 1989 年版，第 4 页。

中，才能获得其合理的价值，而在通常情况下，则体现为"以个体化写作构成多元格局，并不意味着文学放弃了对时代与社会的承担，事实上，真正的个人化存在方式必然离不开对时代的关心与现代的思考"。①

就具体创作而言，从 90 年代初涌现的《凤凰琴》、《万家诉讼》等作品，到"新写实"小说流派的新向度都体现了崇高形态的多样性，即从发人深省的生活常态中寻找平民百姓身上个性化的精神抗争和精神操守。《凤凰琴》中反映了民办教师那种常人既不易理解更难做到的崇高精神；《万家诉讼》中一位农村妇女为维护自身权利不屈不挠的可贵的法律意识，都是作家从生活常态出发，以平民百姓的真实生存图景为蓝本来凸显平民人格的魅力。1990 年，作为"新写实"作家一员的方方创作了《祖父在我心中》，在这个中篇中，作者描写"祖父"作为一个知识分子在日本侵略者面前那种"宁为玉碎、不为瓦全"的民族气节，读之令人震动。但作者并没有蹈袭惯常的英雄套路，而是把祖父放在"父亲的心中"来写，把祖父在民族危难时期的宝贵品格同父亲在极"左"思想的调教下，由忠诚耿直逐渐变化到谨小慎微的人生悲剧加以对照，作品的内涵因此变得宏大而坚实。1996 年作为"新写实"作家一员的池莉创作了《云破处》，这虽是一部以婚姻为题材的小说，但作品只是借助于婚姻故事的外壳去透视人性，去追问生命意义与价值。女主人公曾善美面对不敢悔罪、蔑视生命的丈夫，为了维护生命的尊严、唤起人性的复苏做了一次杀戮的勇士——将一把刀插进丈夫的心脏。《云破处》以石破天惊的结局为我们展示了现实与理想的对立。1998 年《小姐你早》多少延续了《云破处》的人生思索。而 2000 年池莉完成的《江河水》则以更厚重的艺术质感书写了一代知识分子投身治理长江水患的命运史及共和国兴修水利的历程。作品着重表现了以陈天南为代表的一批技术人员在历史大潮中的命运搏击，以及他们不屈不挠，坚韧执著的崇高品格。由此可见，"新写实"作家们已从关注生存拼争一类的庸常琐碎的描写，而进入到对于平民命运抗争、精神抗争、心灵抗争的追问和思索之中。

综上所述，我们发现当下小说的崇高精神与形态均呈现着多元性。

---

① 陈思和：《中国当代文学教程》，复旦大学出版社 1999 年版，第 339 页。

复现的英雄小说中的崇高美仍保留着以悲剧为特征的美学品格，并且融汇了较为复杂的人性思索，同时亦注重主客体矛盾对立的充分展开，从而深化古典崇高单一的审美角度。平民视角、常态人生中的崇高，则是有意识地降低了崇高的"纯度"，更注重挖掘普通人心灵中的善与美，并在"善"与"真"的冲突中，呈现人性的淳朴、坚韧、崇高的品格，从而张扬具有道德崇高意味的中华传统精神。

二　理想主义与人文精神

那么当下小说的崇高是否存在着现代性呢？从古典崇高衍生而来的现代崇高，则是吸纳了荒诞、滑稽、幽默等异质的美感因素，但是其主导的美感形态仍是崇高感。虽然他已不具有悲壮、神圣这些品质但是他渗透了世界及生存的荒诞本质之后，仍然选择了拼搏、抗争这种生命形式，说明他们仍然不失为一个富有崇高感的英雄。这即是以悲凉为特征的现代崇高。中国新时期初期小说中的有些形象如史铁生笔下寻求生命超越的"残疾者"，阿城笔下的王一生、肖疙瘩等都具有了这种现代的崇高美特征，其构成的基本的精神因素则是理想主义，美学形态就是坚定、柔韧的意志品质和宁折不弯的抗争与超越意识。进入 90 年代，由于特殊的文学环境，使得现代崇高兼具审美浪漫主义与道德理想主义的双重因子。这主要体现在张承志、张炜、史铁生的当下创作中。

大众文化在 90 年代的急剧膨胀，使在思想启蒙上遭受重创的知识分子一度无所适从，他们一方面压抑强烈的入世情绪，另一方面也在自我认同的危机中，更加关注思想文化领域的重建，并进而引发人文精神的大讨论，对于大量世俗化作品的出现、流行文化的风靡、深度价值的消解予以思考和批判。张承志、张炜、史铁生等作家则树起理想主义的旗帜对抗当下物质与欲望极度膨胀的文坛。

文学中的理想主义表现在对人生价值与意义的追问，表现在对平庸生活与平庸人生的永无止境的超越以及对生命极限的挑战中，这种理想主义主要不是以其道德伦理内涵表现为"善"的特征，而是表现为求"真"、求恒的执著与坚定，是对精神与哲学命题的形而上学思索，其极致状态的美感特征是悲凉与悲壮。这一价值向度表现出更加纯粹的精神至上的乌托邦情节，而物质性、世俗性的生活常常表现为难以容忍的庸俗性，是生命价值的否定力量。

在张承志小说的经验世界中存在两种经验、两种价值的尖锐对立。我们在他的作品中感受到一种巨大的张力就来自于两种经验语码及其相关的情感与价值内容的冲突。物质化、世俗性的经验语码通常是：拥挤嘈杂的都市、琐碎扰人的日常生活，如八平方米的小屋、蜂窝煤等。日常性的经验世界在张承志笔下总是表现为窘迫、逼仄、烦恼的非人性非理想的特征。作为一种精神上的对抗与超越，他的作品中出现了大量作为理想人生与精神家园的象征而出现的另一套语码：大草原、北方大河、冰川中的大阪、黄泥小屋、金牧场等。这些作为精神家园和理想生活的寄居地而出现的"大陆"与世俗性的现实生活构成了张承志作品的两极。超越世俗，追求理想，实现诗性的、有意义的壮阔人生永远都是张承志小说所倚重，所关怀的。因此，精神、信仰是构成张承志小说的话语中心词。

在张承志高扬理想主义的同时，更发挥着刚毅、硬朗的阳刚之美，这种阳刚之美是人受到自然威胁产生痛感转化而成的快感，意味着人与自然的较量与超越，也就是力的崇高。按康德所说："他经历着一个瞬间的生命力的阻碍，而立刻继之以生命力的因而更加强烈的喷射。"[1]其小说中的意象大多数气象雄厚壮观，呈现了静态数量的多与动态数量的大，前者如金牧场、大草原、顶峰，后有大河风暴、冰川，这些意象都给人一种不可阻挡的敬畏感，能激起读者昂扬的精神情绪，获得一种崇高的审美愉悦，并从作者在对自然的超越中获得由痛感而生的快感。

在史铁生笔下，主人公大多都是为各种各样肉体的残疾所困扰，如《我遥远的清平湾》中的下乡知青"我"，《命若琴弦》中的老瞎子和小瞎子，《阿勒克足球》中坐轮椅的主人公，等等。对于这些人来说现实世界是竖立在他们面前一道又一道的屏障，是人生道路上横亘着的沟沟坎坎，是他们现实生活中难以逾越的困窘、难堪而又屈辱的记忆。但是，尽管身体的残疾阻碍了他们享受世俗生活的幸福，但他们都有独立的精神天地，以自己特有的方式体验着生命的忧伤与快乐。史铁生笔下的人物常常陷入生命的极致状态：生命的沉重、艰难造成的缺憾与在精

---

① 转引自王为民《康德的崇高理论》，《扬州大学学报》2000 年第 5 期。

神上对这种缺憾的超越使"灵"与"肉"达到了一种尖锐的对立、严重分离又高度统一的状态，在这种状态中让人体验、感受到生命如琴弦一般震颤张弛，它是那样脆弱、易折，瞬间就会寂灭。但即使断裂了那也是在震颤之后的断裂；正像很多人所感受到的，史铁生的小说中充满一种宗教般的情绪体验，但这种宗教感不是来自于神性崇拜的中世纪宗教：一种自我渺小，甚至是无我的疯狂战栗，而是来自于自然与生命崇拜的现代宗教，既感到了生命渺小、脆弱、悲剧性的一面，又感到了生命坚强、灵性、不屈不灭的神圣一面。

在 90 年代，另一位坚守理想主义的作家即是张炜，从其 1992 年创作的《九月寓言》到 1994 年和 1995 年创作的《柏慧》与《家族》等几部长篇看，都是在正视历史和现实的苦难中，在人性和精神的深度追问中，体现作家的本质，即悲天悯人的道德情怀。

作者在这一系列作品中所贯穿的思想意象即是善、纯洁与淳朴。在《九月寓言》中作者虚构了一个小山村，在这个小山村里上演了一幕幕具有魔幻色彩的忆苦思甜的故事，其中一部分隐喻着贪婪、忘恩负义等等人性道德问题，但这些"恶"还并未侵害小村中"野地"里的自由生命和纯洁感。到了《柏慧》与《家族》中，纯洁与污浊已成为泾渭分明的两势，而且人物和情景均围绕着这种思想交锋来出没。作者将文明健康的希望寄托于那些被损害过而又心地纯洁的人物形象，他们是具有坚毅品质的"我的导师"和"山地老师"，是淳朴善良的农村姑娘鼓额……作品在散文化的叙述中，突出人性善与恶的较量、纯洁与污浊的比照，美与丑的对比，并极力勾画出未被工业文明侵蚀的民间风情与自由心灵栖息之地——葡萄园，它无疑象征着这建筑在大地上的精神家园。同纯美、纯善人物相对的是卑微、狡诈和屈服于权势、利欲的殷弓、飞脚等人，他们为了各自的目的，不惜损害他人精神生命，将他人视为工具。正是在一系列对比描写中，作者完成了对于道德价值的认定，对人性尊严的首肯、对于商业利益驱动下的世俗权利的批判。更从这种强烈而鲜明的对比中完成了对于崇高美表现形式上的强化。

尽管张承志、史铁生等人在选择人生超越的方式上各有不同，其精神资源、文化价值背景也相互有别，但他们表现出的共同点则是对精神价值的倚重，对物质世界与世俗性生活超越的意向，在人生意义的探究、求"真"的价值范畴内表现出精神至上的浪漫主义与理想主义的精神倾向。与此同时，无论是史铁生还是张炜、张承志都清醒地意识到了自己的坚守并不乐观，因为"现实中的悲剧总是离我们很近，而理想中的幸福却又遥不可及。"① 拥有这种既冷静又残酷的认识，却又偏偏执著于固守和追求心中的圣地，他们与西西弗思殊途同归。如果说史铁生透悟的那根纤细而又坚韧的琴弦上还间或奏出那些被迫和无奈，那么张承志的巍巍拱北和张炜的精灵红马就更加体现了他们主动的坚守与追求；如果史铁生的沉默是个人面对强大生命力之时的明智缄口，那么张炜和史铁生的奔走呼号就恰恰是他们在洞悉了人类生命流程后，对纯美生命的召唤，召唤人性、人道、人文，召唤清洁、自尊、高贵，即使付出了生命的代价也在所不惜。

在物欲宣泄和道德虚无的年代，张承志、张炜等作家高扬洁净的道德和固守神圣的信仰，它无疑具有时代的意义。但是，这里存在着需要我们思辨的问题：一方面，他们把精神退场和道德虚无完全归结于市场经济，把许多人对原有思想价值体系重新估价也注释为消解神圣意义，这就有些片面了。另一方面，在我们固有的道德理想中，缺乏与商品经济和谐的社会道德和社会理想，而仅仅凭固有的道德理想资源批判现实，就很容易把合法甚至合理的个人利益追求，与不合法更不合理的疯狂的金钱至上主义混为一谈，以至于把道德状况和道德理想置于社会物质和经济发展、制度建制等一切之上，把道德水平作为衡量一个社会是否合理合法的惟一标准，这就矫枉过正了。

所以，张炜《家族》既显示了道德理想主义和英雄主义对于人的精神的纯粹性、坚韧性、崇高性的审视与检阅，同时也是呈现出文化保守主义者兼具的狂热的激情式话语，使作品的审美效果有些单一。而上文未曾提及的张承志《心灵史》则较为复杂，我们在此仅从其价值层面提出问题。这部被誉为20世纪"中国一部杰作"的小说，重在强调信仰对当代中国的意义。信仰作为人类不屈精神的神圣和崇高这一命题在这部作品里得到了终极阐释和宏阔的书写，但是狂热的宗教激情（超越了道德理想主义的理想主义）是否会滑向权威主义，从而背弃了张承志构

---

① 史铁生：《我与地坛》，《上海文学》1991年第1期。

建的崇高而理想的人类自由世界？

　　由此看来，英雄主义和理想主义在 90 年代渐渐升起之时，正是与中国知识分子重新确认自身价值、强调知识分子的使命和责任，再度树立文学崇高性同步发生的。因为越是处于社会转型的时代，当理想和崇高遭到放逐，知识分子和文人越是有责任去寻找精神家园。必须有不屈服的文化艺术作品充当人与社会对话的中介，将人在充满精神矛盾的世界中的尴尬困境、挣扎与解脱表达出来。文学应该寄托一些奋争者的悲壮情怀，追求丰盈的生命激情，追忆一代人的痛苦、快乐、风雨、热血，使人在迷人的艺术想象王国中有所思、有所悟，在世俗化进入艺术王国的过程中把握灵魂的真、善、美。这就需要真诚的艺术家、文人在孤独和心灵的困境中、在无尽的心灵跋涉和探寻中、体味丰富的人生，寻找一条通向大众的精神澄明之途。这通途之一即是确认艺术家的责任感、树立文学的崇高性。

三　现实精神与文学使命

　　朗基努斯说，崇高是"伟大心灵的回声"，在他看来，作家的思想是否庄严伟大在根本上决定着作品能否崇高。这就对创作主体的人格修养提出了高要求，把主体的人格与作品的品格联系起来了。

　　正是从这个角度上，我们认为 90 年代文坛对作家、作品现实精神的重新梳理同样构成了重塑文学崇高品质的重要内涵。1996 年至今影响深远的"现实主义冲击波"及反腐倡廉小说的勃兴无一不说明作家社会责任感和正义感在 90 年代的高扬，他们关注现实矛盾、正视人民疾苦，文学的崇高性成为他们创作中的自觉要求。正如作家张平在其小说《抉择》的后记中所说："面对着人们的呼吁，批评和不满，我们却面不改色，振振有词地在大庭广众面前讨论着文学作品究竟应该不应该有理想、责任、良知、正义和崇高。我们的时代需要各种各样的文艺作品，但我们的时代决不需要那些充满铜锈和私欲的伪文学。作家不是救世主，但作家决不可以远离时代和人民。不关注时代和现实，没有理想和责任的作家，也许可以成为一个出色的作家，但决不会成为一个伟大的作家。一个简单的不能再简单的道理：文学不关注人民，人民如何热爱文学？"正是作家们如此清醒地认识到了现实主义创作对我们这个时代文学的重要性，认识到了作家的现实精神对于文学的重要性，才会形成了一股不衰的并具有现代理性色彩、叙述话语范式的"现代现实主义"创作潮流。

这里我们着重分析具有现实精神的当下小说对崇高美的表现形式。

首先，在有"三驾马车"之称的何申、关仁山、谈歌小说中塑造了许多崇高与平凡共现的农村干部、"背时英雄"、普通基层干部、群众。作家在追求人物复杂性格的同时，专注描绘这些个体生命的本色及在转型期大背景中的不息奋斗和坚忍顽强的内心世界。

以何申所塑造的人物形象为例，从村民代表（《奔小康的王老祥》）、村长（《村长》）到乡镇干部（《乡镇干部》）等都各具特色，个性鲜明。何申善于不加任何矫饰的从生活中打捞上来活脱脱的人和事进入读者的审美视野，与读者没有间隔。何申对他们不掩饰、不粉饰、不丑化，在"美丑并举"中展露他们的崇高和平庸，在瑕玉互现中体现他们的内心和外形。何申既赞美他们在改革开放奔小康过程中开拓进取求真务实、尽心竭力的奉献精神，也暴露了他们的粗鄙性和世俗心。在他们的身上有着浓厚的农民气息和常人心态，也有着一般人所不具备的品格和才干。在这种尽职为公和顾己、有私欲矛盾统一关系中体现出他们美、亮、活的性格。

在他们身上有着中国农民传统的质朴善良、忍辱负重、坚韧不拔的美德，也有伴随着农村改革开放形成的开拓进取、刚柔并济、灵活善变的品质。如村长郝运来机灵善变、聪明诡滑，凭借自己的小聪明和鬼点子处理了许多棘手的问题，甚至于有悖于常理。但他做事正派公道、锐意求新图变，深受村民的爱戴和拥护。这种形象显然不同于过去那些大公无私、正派刚正的农村干部的惯常形象。镇长郑金香（《梨花湾的女人》）是集传统美德与现代意识于一身的女干部，在她身上有着中华民族传统的脊梁精神。她处于各种矛盾的旋涡与重压之中，却能坚韧不拔地执著前行。在她的身上多侧面、多角度地体现了新一代女性的品格；在处理家庭关系上，她善良贤淑、仁义孝顺，使前后两个家庭浑然一体；在日常工作中她廉洁奉公、开拓进取，使乡干部摆脱杂欲形成合力；在处理社会关系上，她刚直公正、一身正气，敢于与不正确的思想行为和习惯势力做斗争。她性格鲜明，内涵丰富，时代气息浓烈，是一位可亲可爱可敬可信的新时期的女性形象。

何申是怀着对农村干部的深厚感情和对他们命运的深切关注来表现他们朴素自然的生活，尽心竭力的敬业精神和吃苦耐劳的工作作风。这些人物个性突出，是有着深刻社会价值和高度审美价值的完满而富有生气的性格整体。无疑，他们当属我国新时期现阶段文学画廊中的新人形象。

其次，在90年代的现实主义作品中，崇高美是同多种审美元素相融合的，包含着悲喜剧的审美特征，以及诙谐和讽刺等多重审美效果。例如，关仁山在《忙冬》、《戏荒年》、《咀嚼疼痛》和《碎镜子》等作品中表现出对诙谐和讽刺效果的偏嗜。当意识到周围的人"都在戏弄荒年"时，倪焕广的认真就无法不遭受到戏弄。对比之下反常成了正常，正常反倒成了反常（《戏荒年》）。纷乱的现实使退休的乡长产生心理倾斜，觉得"瞧啥东西都是歪斜的"，当他因中风歪了脖子时，却发现"眼里的景物正道了"（《咀嚼疼痛》）。作家渴求似实而虚、意蕴渺远的讽刺锋芒，使讽刺不拘泥于具体事物而获得一种整体性，闪露出向反讽挪移的迹象。又如何申在精心塑造农民和农村干部形象的同时也毫不隐晦暴露他们的毛病和缺陷，甚至是某种劣根性，并予以诙谐的调侃和善意的讽刺。如村民组长黄路（《村民组长》）比一般农民有见识。提前承包果树园先富了起来，但随之而来的是村民的妒忌和嫉恨，并聚众闹事让他交权。他这才费心思为村民们干几件正事以求稳固局面，保护既得利益。

在何申具有含泪的喜剧人生图景中，作者调动讽刺和诙谐等手法丰富了作品的美学风格，而关仁山、谈歌（《大厂》、《车间主任》）等作品中则以起伏跌宕的笔法描绘严酷的事件，关键的转机和矛盾激化，追求戏剧性成为作品的审美特质之一。这其中也包含着带笑的悲剧。例如，关仁山对乡土的亲和常常打断他那冷静的审视，嘲笑乡亲们的缺憾让他于心不忍。于是，扼制不住的悲悯与同情便如暗潮涌动。最让作家无法释怀的还是那些背时英雄，即使遗世独立的精神是在荒唐的背景中显示的，其悲壮也不能不唤起作家的崇敬。笑中有泪，悲喜交集，表面的喜剧性遮挡不住深层的悲剧性。喜剧转换成了悲剧。

此外，在现实主义冲击波中，作家们往往怀着文学的崇高性，文学的使命感来直面现实生活中的丑与恶，面对底层人民的艰难与痛苦，作家开始真实地揭示改革的阵痛、徘徊和艰难，着力表现"分享艰难"的主题贯注了作家的忧患意识和参与意识。因此，"现实主义冲击波"的作家都共同地将视线投向社会转型期的芸芸众生。在他们的笔下，文学与改革现实的关系与以往不同，作者的注视点开始由家庭回到社会。这并非文学作品又回到了《乔厂长上任记》、《花园街五号》的世界里。题材同样是改革，但文学的精神大为不同了。文学由小家庭走向大社会，勇于正视经济体制转轨期所发生的种种困难。刘醒龙正是适应了这一选择而推动了现实主义的发展。他近期的小说几乎全部都是围绕着生活中的"小人物"展开，叙述了普通平民在艰难时世中的生活，是对当今乡镇平民生活描摹细绘后，对于艰难的深情体味。如：《黄昏放牛》中老劳模胡长开、《分享艰难》中的乡干部孔太平，《路上有雪》中的各村干部都在物质贫困中陷入了似乎不属于这个时代的人生困境。作家真诚勇敢地面对现实的阴暗、丑陋，没有回避或美化。

　　正如刘醒龙所声称，"文学面对生活时，不应该只是一个隔岸观火者"，①而他正是扬着"不虚美，不隐恶"的旗帜，以严谨的态度揭露社会的阴暗面，言他人所不敢言，显示了现实主义的巨大冲击力。《黄昏放牛》中的胡长开回乡见到不再勤于耕作的小辈们整日沉迷于麻将，无奈地慨叹："城里的老人都说改革什么都好，就是不应该将麻将和婊子放出来腐蚀社会主义。"面对这一切刘醒龙无论如何也不能使自己的作品成为政策的图解，而且他意识到，不能再让浪漫主义、"乔厂长"式的开拓者，"方支书"式的人民公仆遮蔽现实的灰暗。我们需要的是对一个阶层乃至整个社会命运的关注，需要的是将现实生活中的严峻性、复杂性昭然于世。刘醒龙就是以一种更全面、更冷静、更求实的眼光，以不回避的正视姿态，让胡长开、孔太平、安乐告诉人们现实的艰难。

　　与现实主义冲击波同时震动中国读者的现实主义潮流即是一系列反腐倡廉题材长篇小说的出现，并持续至今，其中的代表作家及作品是周梅森《人间正道》（1996 年）、《中国制造》（1998 年）、《大雪无痕》

---

① 刘醒龙：《仅有热爱是不够的》，《当代作家评论》1992 年第 5 期。

（2000年），张平《天网》（1995年）、《抉择》（1997年）。

　　这些小说被称为"睁眼看现实的文学"，他们面对新的"经济关系"下，权利阶层的出现、政治腐败的加剧、底层人民生活的艰难等极为严峻的社会现实予以尖锐的揭示，显示了作家人格和心灵中十分热切的"公民意识"。与此同时，作品中也塑造一系列在反腐斗争中存有正义和崇高品质的共产党员形象。"他们把人民的疾苦放在心里，只要老百姓拥护，这世上没有任何可怕的东西。当了官不怕，丢了官也不怕，敢作敢为，理直气壮！他们才真正是这个时代的英雄。"①

　　我们在看到崇高的现实精神在90年代一路向前的同时，也应该注意到，因为这批作家背负的是现实层面种种矛盾和冲突，种种恶与丑，并因其强烈的参与意识而重在揭示和反映现实层面，导致作家拘泥于现实的立场、缺乏理性思索而且历史的深度不够，审美素质单一。就其作品中的崇高美学品质而言，常常被隐藏于过于戏剧化的人物冲突和现实矛盾中，主客体的分裂异常鲜明，除了主体最终战胜客体而获得的痛感外，其他的审美效果，特别是包含现代质素的荒谬感、丑、恐怖都未曾予以表现。当然现实主义文学传统如何在当下文学多元景观中更加完善，表现为更为丰富的审美形态、美学风格是一个开放的、不曾完结的问题。

　　我们发现，崇高始终处于打破与建设的两难之中，处于是否与实践创作的两难之中，处于贵我和为他的两难之中，处于生命的神秘的本真体验之中，崇高之中充满着个体人格和群体人格、传统文化和新型文化、旧有思维模式与新创思维模式的矛盾。崇高之所以深刻和激越，与这种内在的矛盾运动极有关系。正是由于崇高具备打破形式、实践理性的特点，所以，崇高能够产生无限超越的效果。崇高首先是对自然和人际世界的超越。因为自然和人际世界对崇高是抵制乃至抵抗的，如果不反对和超越这种抵制，崇高会被巨大的对象压得粉碎。因此，每个时代都有一些弄潮儿打破传统、超越常识和现实，而为未来更为美好而奋斗，这就是崇高的奋斗，为自由奋斗。崇高还必须超越原有的自我。自我是一个不断发展的主体，崇高为了对自我进行崇高的资格论证，必须

　　①　艾群、吴小龙：《张平决不搁笔》，《文艺报》1995年8月10日。

对原有的或美或雅进行超越。自我的崇高本质的敞开，才会使自我的崇高走向世界。北岛《回答》中有如下的诗句：卑鄙是卑鄙者的通行证，高尚是高尚的墓志铭。是的，崇高把敞开的世界纳入自己的胸中，并把原有的传统观点排挤出去或在更大范围内融化，还对人生及人类的审美生存做出新的选择，这就是崇高的力量。正因为这种力量的不可抗性，当代文学的美学发展始终无法离开崇高。中国的当代是一个改革的时代。新旧交替、传统文化与现代文化碰撞、经济飞速发展而观念体系不断革新、技术的前进与人的本真生存等一系列问题提到议事日程。然而，所有这些都需要崇高的力量。没有崇高的力量，这种改革难以实现，也难以完成新建设的各项任务和人生审美化的向前推进。可以说，我们的当代精神正是呼唤着的崇高精神。这无疑同 90 年代文学崇高美的重塑相呼应的。我们将精心地去倾听当代中国的超越之音，期待当代文学拥有无限超越的崇高品格。

第四节　崇高美重塑的内在原因

如前所述，1992 年中国提出以市场经济取代计划经济，文学体制的改革也作为一项文化政策直接提出来，作家和文学刊物、出版社等原则上不再依靠国家资助，而进入市场。这些事件对于政治与文学一向具有天然联系的中国文坛来说，自然会产生不小的震荡。其中，最鲜明的影响在于，集体性的观念，随着现实的冲击以及作家群体内部的分化，而逐渐趋于解体，个人的经验、世俗的存在逐渐显露出它的价值与意义。这表明在文学现象中，就是 90 年代日益明显的文学潮，即所谓的"新历史小说"、"新状态小说"、"新体验小说"等，作家及读者都缺乏"推波助澜"的热情，一个文学的多元化时期到来了。

其次，商业利益的驱动也使得文坛的世俗倾向增强，如移民文学、电视文学等相继成为"畅销"的热点，而成功的商业炒作也成为确保作品发行量的重要原因，文学在"大众文化"与"高雅文化"之间的选择显得有些犹豫不决。

此外，80 年代普遍潜在的乐观情绪在知识界也出现了裂痕。知识分子对社会价值的同一性产生怀疑，自由、平等、正义、公正等在 80

年代普遍认同的概念，在这一时期由于等级差别、世风不古、贫富加剧等等现象的出现，文学的启蒙精神、美学价值都被作家重新审视，因而原本普通的集体性的文学理想被迫中断，作家的个体化思索、个性化追求日益显露，并最终成为事实。正是基于以上的认识，我们认同"新时期"文学的使命已经完结，一个多样性、复杂性远胜于 80 年代的文坛新纪元开始了。

那么，从美学形态上来说，这是否意味着文学作品仍然处于"躲避崇高"、"消解内容"的情形之中呢？当然不能简而论之，在以个人化写作构成的多元化格局中，我们评判文学的价值标准亦不再是单一的了，但是需要说明的是，体现出强烈的个人化倾向，并不意味着文学就此已完全放弃了对时代与社会的承担。事实上，真正个人化存在方式必然离不开对时代的关心与对现实的思考。因而最能体现这种文化精神的崇高亦不会远离时代与文学，相反，将以更丰富的形态和更多元的表现回归。回顾 90 年代，我们发现对崇高、英雄、理想的呼唤从未间断过，如第一节所述，从 90 年代初的人文精神大讨论到 1996 年的现实主义冲击波，从张承志、张炜、史铁生的创作到 90 年代末张平、陆天明、周梅森等作家的创作的巨大社会影响，从 1991 年第五期《文艺理论与批评》上的《归来吧，崇高》到 1995 年蒋孔阳先生的《谈崇高》再到 1997 年孙正聿教授的《崇高的位置：世纪之交的哲学理性》一书……无一不彰显着作家、批评家、美学家、哲学家对崇高这一美学形态、文学主题、哲学命题的关注和期待。与此同时，各大学报有关"崇高"的美学发展、中西比较、文学风格等方面的研究文章也不显见，这都表明文学的崇高作为艺术的本性之一，在多元共生的时代仍然具有不可替代性。这主要有以下几个方面的原因：

一　市场经济下价值多元化的客观存在是崇高美得以重塑的潜在原因

长期以来人们已经习惯于用一种二分的世界观来看待一切，即把事物区分为内在与外在，核心与边缘、真理与实在、价值与事实、目的与手段、所指与能指等两端，并无限地拉大这两端之间的距离，将其中一端视为实在性的，而将另一端视为终极性的，将形式、形象、边缘、实在、事实、手段等设定为相对次要的东西，而将内容、本质、核心、真理、价值、目的等设定为更加根本的东西。但是，随着市场经济的确立，传统的二分价值观念遭到了质疑，被实用主义、技术主义、相对主义等替代，并进而形成多元化的价值存在。

所谓实用主义，就是"有用即真理"的思想，在当今商品大潮和市场经济条件下更为盛行，它对于作为文化根底的那些终极性的东西如信念、信仰、理想等产生严重的腐蚀和消解作用，有可能造成深刻的精神危机，并导致商品拜物教和金钱拜物教的流行。作为一种经验形态的价值观，实用主义很容易将一切文学艺术庸俗化，因为它把有用视为真理，把欲望视为信念，把需要当作原则，把实利当作标准，在这种情况下，新时期初的文学"光晕"消失了，文学艺术的功能与价值也发生了巨大变化。文学的教化与启蒙功能被实用功能所取代，急功近利的"兑现心态"和"游戏心态"在思想文化领域弥漫，正因为如此，矫情哭笑和无聊打闹的长篇电视剧、充斥广告与爆炸性新闻的报纸已经成为人们文化消费的主要产品，而意在消解深度、严肃、崇高和神圣的文学作品更是一种时髦。

此外，技术主义的流行亦不能忽视，进入90年代，中国的科技发展沿着快速道行驶，人们对关乎生活实用与经济效益的技术保持着前所未有的热情和重视，而对于诉诸人类终极价值、需要凝神关注的文学艺术则少有关怀了，人们更愿意将文学作品作为消遣、娱乐品去接受，抛弃了传统文学艺术的膜拜价值，转变为侧重文学艺术的展示价值，这种转变的重要原因之一在于现代技术对于艺术品的"复制"，电视传媒的图像复制，广播传媒的音响复制，更不用说音像产品、电子出版物的大量涌现，这些技术手段的产物当然也蕴涵着现实生活的各个精神层面，但是，它同文学艺术的精神性、独创性、个性从某种程度上讲是相隔离的。

同实用主义与技术主义相伴生的是相对主义价值观，既然没有真理、没有终极价值，那么也就没有那种更有说服力的标准，也就无所谓哪一种价值比其他价值更好，一切都是相对的，允许人们去选择适合自己的价值标准和意义。相对主义的存在提醒我们：一方面，我们不应该成为过去一些原则的奴隶，另一方面，我们应当老老实实地去寻找具有理性判断的各种价值，当然这种价值应有助于把我们生活于其中的世界建成一个更高尚的世界。正是基于相对主义这样一种合理性的存在，进入转型时期的当代中国文学主张兼容并蓄而反对独断排他，主张亦此亦彼而反对非此即彼，主张多元化而反对一元论。进而说，占统治地位的那"一元"，遭到怀疑而引起信任危机，也是形成多元的因素之一。旧的价值体系被怀疑，被推测，新的未建立，在探索中，多元成为必然。这种相对主义的价值观无疑包含有建设性、生长性的因素，它推动中国文学的多样化、非标准化，张扬文化个性和异质化。但是，纯然的相对主义也有它的悖论，因为"一切都是相对的"也意味着这句话本身也是相对的，那么它对于文化个性的存在所作的自然也是一种虚假的承诺。

　　面对这种精神家园的丧失、文化荒诞感的蔓延，物质利益第一的现状，人们陷入深深的精神困倦，特别是隶属于精神领域的文学将向何处去？应该说，多元化价值观的客观存在给了人们寻找价值理性的充分空间，正是这种空间催生了90年代初的"人文精神"大讨论，当人们目睹了实用主义、技术主义对现代中国的精神消解，并最终导致文学的游戏化、泡沫化与世俗化时，中国的一些学者及时地提出了关注人们自身的生命意义和存在价值，寻求自身发展前途和精神归宿的呼求——张扬现代人文精神和建立新理性。我们也正是基于此，深深体认到哲学及美学中的"崇高"在商品经济冲击下的当代中国文学中的重要的不可替代的意义。因为无论是哲学还是艺术作为人类关于自身存在意义的自我意识的理论表征，他们始终是表征着对人类精神生活坐标上的"崇高"的寻求。人类对崇高的追求、探索并感到不可缺失，正是人类对自身存在、自我意识的理性把握的结果。在不同历史时期、不同的生活背景下，崇高的内涵可能会发生某种变化，但它所具有的与人的现实存在的关联性价值却永不改变。所以，任何时期人类社会都不会缺失崇高。对于处在"转型时期"的中国，如前所述，人的存在方式及其自我意识在实用主义和技术主义的激荡下，面临着深刻的危机，那么以关于崇高的哲学理性和人文精神去塑造和引导新的时代精神与艺术精神，同样是当代中国哲学与艺术的根本问题。

二　审美多元化规律要求重塑崇高美

文化市场的形成和通俗文艺的兴起，构成 80 年代中后期至 90 年代最重要的文化现象。随着通俗文艺的日趋繁盛，批评家的姿态也日渐明确，总体来说，批评界多持贬斥态度。而实际上，商品化艺术所面对的文艺消费大众始终是一个异质的、多层次和多元价值指向的混合体。从来不存在统一的艺术，因为，公众的不同群体制约着特殊的艺术形式，这些艺术形式在思想、目的、意义、价值、复杂性方面都是各各相异的。文化市场总是存在着两种驱力的互相制约：为获取最大的经济效益，讲究划一、模式化制作的驱力，以及为不断地吸引公众的注意追求创新、独异的驱力。文化市场的规律就是在划一与个性化，程式与创新之间冲突和摇摆。就消费大众而言，也同样存在着两种冲动：迎合时尚的冲动和追求个性化的冲动。这使得文化市场在其运作过程中受到双重机制的制约。① 因此，文化市场总是包含着两重性，一方面，在一定的意义上市场需求促进了艺术生产发展，另一方面，艺术生产又创造着对文艺的新的市场需求。

从艺术审美的角度来说，文化市场的双重机制和两重性的存在，首先要求重建审美价值。传统艺术总是被包裹在一层圣洁的光环之中，高高地凌驾于普通生活之上，例如，人为设定的距离感、陌生化、典型化和理想化等艺术概念，无一不是通过廓清和加深与普通生活之间的鸿沟来确立艺术的审美价值。然而如今这条鸿沟正在被填平和弥合，大量原生态的生活内容蜂拥着进入了艺术领域。以 90 年代初承继新写实主义的新历史主义为例，其中不乏叙事精彩的、开创历史题材新向度的作品（叶兆言的"夜泊秦淮"系列），但是这类题材被广泛言说之后，在文坛上出现了大量纯粹沉迷于没落气息和颓废趣味之中的民国题材作品，他们已经失去了新写实小说消解政治意识形态、回归到文学本身的初始意义。

其次是审美心理的重构。在以往的文学创作中，理性思维总是俯视其他感性的思维，审美心理带有浓厚的唯理主义色彩，但是在文艺市场

---

① 祁述裕：《市场经济下的中国文学艺术》，北京大学出版社 1998 年版，第 59 页。

的调控下，打破了这种唯理主义的一统天下，肯定任何一种心理功能在价值判断的天平上均无上下高低尊卑优劣之分，都有理由成为审美心理结构的中心，而且从感性到理性，从意识到潜意识，从常态心理到变态心理，在各个层次、侧面、环节的心理功能之间建立起交叉式的联系，这就为文学创作提供了一个多声部的心理背景。以 90 年代兴起的女性写作为例，陈染、林白、海男等女性作家的作品多聚焦于作者的个人世界，特别是对女性个体生命体验的关注，包括女性躯体感受、性欲望等相当绝对化的感性内容，展现出的是完全边缘化和个人化的生存空间。

此外，文学艺术的外在形式也经历从结构主义到解构主义的嬗变，这主要是指先锋文学的语言实验、叙事革命意在冲破古典文学的范式，着力建立一个故事的世界，故事即是一切，故事即是目的，其鲜明的"反艺术"的姿态从某种角度来说必然使其走上一条极端之路，因而 90 年代初期，先锋艺术在中国悄然隐遁，当他们以长篇小说再次冲击文坛时，我们可以看到他们创作中拣拾传统文学形式的影子。但是无论如何，先锋文学给予文坛的文学观念、文学形式上的变革是毋庸置疑的。

从对以上几个方面的分析中，我们发现，世纪之交的中国文学艺术已经跨入审美多元化的时代，任何一种单质的美学形态都无法成为主潮，与此同时，任何一种美学形态亦都具有自身存在的无可辩驳的价值，崇高美作为 80 年代后期文学艺术中缺席的一员，自然要走向回归之途。当然它的回归，不是十七年时期的重复，不是单色调、单质素、一形态、一方式的表现崇高美，而是兼容了其他审美质素、艺术手法、表现形式，具有了多元形态和丰富性的崇高美，本书将在下章对此给出较全面的分析。

从文化的当下审美构成来说，在文化市场的双重机制和两重性的社会背景下，审美文化主要分为精英文化、民间文化和流行文化，[①] 所谓精英文化，是一种自觉的创作，作家、艺术家往往力图通过自己的创作来探索和解答社会和人生的问题，表现出强烈的忧患意识和普世意识。当然由于精英文化的某种个性化和创造性倾向，它常常被淹没于大众之声中。民间文化是指在现代商品社会中仍然较多保留传统的趣味、风尚

---

① 姚文放：《当代审美文化批判》，山东文艺出版社 1998 年版，第 173 页。

和习惯的农民与市民创造的文化，它维系着与以往传统文化的血缘联系，保存了较多旧有的东西，因而在世纪之交文学发展的多元共生的情势下，常常为文学家、艺术家所发掘和利用，创造出适合时代需求的新的形式和价值来。最后是流行文化，应该说流行文化也具有自觉性，但这种自觉更多的是与商业考虑结合在一起，它是以消费需求和文化市场为第一位的，同时，又引导着消费的趋势和方向，鲜明地体现着两重性。这里需要说明的是，流行文化在今天的中国已成为最具活力最具优势的一维，在文学领域，大量花样翻新的畅销书充分说明了通俗文学的流行地位，而这也正说明了受众对于文学艺术的迫切需要，从这个角度来看，艺术对市场的影响和导向是至关重要的。因为，受众的文化饥渴其深层是一种精神饥渴，由于他们尚不习惯于把这种情感需求通过艺术的方式加以宣泄，而只能寻求满足情感需要的最直接方式——流行文化、世俗文艺。由此，我们发现，在精英文化、民间文化、流行文化之间存在着中间地带，那就是受众对于雅文化的精神需求，这既源于当下中国社会中高等教育的逐步普及，同时也源于精英作家追求被受众接受和认同的心理。所以，我们认为作家的精英意识，还应包含着提升大众文化品位、满足大众深层精神需求的"拯救"意识。这就意味着，在作家的创作过程中，不应该一味地抛弃可以净化心灵、陶冶情操的崇高美，而热衷于形式与技巧的变化和个人经验的小圈子。人们希图从文学中获得起码的愉悦以外，也希图获得精神的自由畅想，寄托某种在现实中难以实现的理想、感受长久以来为作家们弃置的英雄主义。也许只有如此，才能改变文学在读者中变得"存在等于不存在"的现状。既然文学不再关怀大众的生活和命运，人们还有什么理由关心文学？自然也无法改变流行文化、世俗文学占据市场的局面。

三　中国传统文学精神是崇高美重塑的源头

严格地说，新时期中国文学排斥英雄、躲避崇高的历史，由来已久，并有着深刻的思想文化根源。它是与从 80 年代中期以后愈演愈烈的倒神运动相伴而生，紧随着思想领域的权威与信仰的崩溃而渐次完成（如第二章所述）。在新的文学观念的催生下，文学的"自我"观念和"个性"意识空前高涨，这一方面具有不容忽视的现实意义，标志着文学向本体和审美意义上的转向已经为作家所认同，文学将在一定程度上按照自身的发展规律前行，不再受到社会政治的绝对制约。另一方面，商品经济下文化市场对"个性"意识的过分张扬，导致英雄品格、崇高精神与集体无意识首先作为被摈弃的对象而倍遭冷落。

然而正因为作家、艺术家认识到文学自身的发展规律是不可违背的，认识到文学走向边缘化是背离受众的直接结果，他们才在形式主义的实验后、在新写实、新历史的浪潮后，重新发现现实主义的意义、发现文学崇高的意义。这一"发现"当然离不开中国20世纪文学的传统，甚至离不开中国古典文学的艺术精神。正如马克思曾经说过："人们自己创造自己的历史，但是他们并不是随心所欲地创造，并不是在他们自己选定的条件下创造，而是在直接碰到的、既定的、从过去继承下来的条件下创造。"[1] 历史发展的一般规律是这样，文学发展的规律也是如此。

首先我们不难发现崇高美的美学传统是中国古典美学壮美同西方古典美学的崇高的结合体。美学史告诉我们，人类追求崇高的道德精神，从本质上说就是为了确证社会进步的必然性和人类自身在这种进步中的主体地位和巨大力量，讴歌"大写的人"，弘扬人文精神。中国当代小说（十七年时期至80年代末）经过一系列的激荡，多是围绕人本主义的价值体系的构建，当这种激荡终为多元化所替代，作家对作为传统价值体系中的崇高则采取了又扬弃又选择的态度，这是一种较为科学的态度。反映在文学创作中，出现了"伤痕"文学、"反思"文学。进入90年代随着社会政治、经济背景的变化，当下文学中的崇高品质自然体现着时代所需的内容，那就是柏克和康德所说由"痛感"转化为"崇高感"和"美感"。而十七年文学所张扬的包含浓厚道德意识的英雄形象在90年代文学中虽落潮，但已为人们所急迫地呼唤着。

其次，我们发现崇高的文学精神则很大程度上源于"五四"新文学运动中形成的艺术理念——启蒙责任和文人意识。所谓"启蒙责任"，反映了知识分子在脱离了传统庙堂价值取向后，其思维方式和价值观念

---

① 童庆炳：《文学概论》，武汉大学出版社1989年版。转引自《马克思恩格斯文集》第1卷，第603页。

仍然沿着救国救民的思路在发展，他们把目标转向民众，企图通过启蒙的道路来唤起民众和教育民众，用民众的力量来推动社会的改革和进步。这在当代十七年文学、伤痕文学、反思文学乃至寻根文学中都有所体现。所谓"文人意识"，是指另外一批知识分子对中国社会的现状也充满了批判精神，但对启蒙的意义存疑，而是在文学创作上表现出对文学艺术本体规律特征的重视和探求，这无疑是寻根文学的重要源流。①"启蒙责任"在90年代的境遇随着知识分子话语权利的旁落以及其本身表现出的价值虚妄而有所淡化，但是"文人意识"却并未消磨，相反，却因其对文学自身规律的重视和一定的批判精神而在转向个人化叙事的90年代被重新认识和发展。例如，王安忆、张炜、张承志、梁晓声、史铁生、李锐、余华等中青年作家都在张扬个性化的写作中，表现出执著的美学追求精神、艺术探索精神和崇高的人文关怀。

再次，我们发现崇高的文学表现形态离不开现实主义的创作传统。纵观中国20世纪的文学，现实主义的创作原则无疑是文学的主潮，当然它并不是一成不变的，而是随着时代的发展及文学观念的演变而不断发展和变化的。进入90年代，由于现代主义及后现代主义的兴起，现实主义的外在表现形态、艺术特征、艺术方法亦在丰富和展开，但是因其长期同政治相联系的特点，也人为地遭到贬斥和忽视，作家不再满足于现实主义文学单向度地对审美客体的再现与关注，所以更能显示人的内在本质的现代主义便为作家们推崇和接受。然而因为大众审美的多元需求，传统审美心理的积淀，特别是现代主义、后现代主义在凸显文学自律的同时，对现实问题冷漠无视，最终催生了一批"下岗文学"、"打工文学"，他们被冠以"新现实主义"之称，并从其作品中涌现了许多具有崇高精神和形象的时代新人。现实主义被重新关注，自然为崇高品质的再现提供了可以承载的"平台"。

由此可见，90年代崇高美的重塑包含着文学自身的审美规律、文学传统及大众需求等许多文学得以存在的内外质素。

---

① 陈思和：《中国当代文学教程》，复旦大学出版社1999年版，第10页。

第 六 章

多元审美精神的当下存在

改革开放不仅使中国的城市获得了巨大的发展，而且使都市生活从政治化走出，经济生活成为整个社会生活的中心，计划经济向市场经济的转变，市场经济的实行催生了都市的活力，使得都市日渐恢复了它的本来面目，都市生活不再整齐划一，变得越来越丰富多彩，并日益走向复杂化。类似于西方的城市向农村的大规模扩张也在此时在我国正式开始，都市生活在80年代开始日渐成为整个社会生活的中心，并在90年代占据主导地位。在此种局面下，当代都市文学在80年代开始崭露头角，出现了大量的反映都市改革生活的改革小说，如《乔厂长上任记》、《沉重的翅膀》，等等。与此同时，由于关注城市又衍生出众多的市井小说，如《美食家》、《小贩世家》等。此后，都市小说日益向纵深处发展，并在90年代形成了对都市生活的全面观照，涌现出众多的作者、作品，特别是90年代逐步生长起来的"新生代"作家，如鲁羊、韩东、朱文、何顿、邱华栋，等等，他们把笔触伸向了都市的每一个角落，对其进行全方位的扫描。由此，整个文坛的局面也随之逐渐改变，形成了都市文学、乡村文学并行的格局。从都市小说的创作来看，精神结构的非人格化是都市文化语境的隐形表现形式，也是都市小说生成的心理机制。人是有精神的，人在本质上具有求真、向善、审美的意向和能力。正因为人不断追求真、善、美的事物，才使人的精神内涵日益丰富，精神结构日趋合理。然而，现代都市文明的发展却使人们毫不犹豫地摒弃了自己的精神品格，极力追求官能的满足和享受，诚如克尔凯郭尔所说，人在追求实际利益时已将自己的本质等同于物的本质了。"利"被人们奉为圭臬，其精神结构日益表层化，呈现出非人格化的倾向。这主要表现为实利主义、消费主义和反智主义等价值观念的流行和泛滥。从都市小说的创作者来看，作为都市小说的直接实践者，创作主体的亲历性也是一个值得重视的现象。告别神圣时代以后，创作主体也逐渐突破主流意识形态的规范，排除自己作为都市文人的尴尬心态，汇入普通人的当下生活洪流。他们不再为表现某一特定的主题去体验生活，而只是"用自己的生命选定的主题直接表现自己，而不需要任何传统和固定的形式"①。他们是都市生活的直接介入者和都市精神的特殊创造者，而不是精神贵族式的旁观者和见证人。

随后文坛上出现的"新生代"作家与都市文学间形成了可以代表90年代中国文学独特面貌的联系。在1996年第6期《北京文学》以"新生代作家专号"为名推出的一批新作里，几乎为清一色的都市题材，这一突出特征被徐坤恰如其分地形容为"与城市剽劲"。透过这些作品，可以清楚地看到，都市正在成为新一代作家的首要对话者及其感受和演绎生活的途径。《幼儿园》（丁天）、《赞美》（邱华栋）、《相爱到分手》（姜丰）、《干渴的毛孔》（赵凝）等作品或者取材于都市新闻，或者具有城市才独具的戏剧性人际关系，或者表现都市人的幸福与幻灭感，总之他们运用的是都市的语言、展示的是都市的寓言、传递的是都市的精神与声音，体现的是感性审美的审美方式。"新生代"被都市时代推上了文坛，反过来，他们也以自己的文学创作给这个时代的文坛进行了定位——正是都市题材，在对都市文学的探索和表现中，包含了这个时代中国社会和人性所面临的基本问题和典型矛盾。这是他们的时代，他们将会继续探索下去。而且，可以想见，90年代由"新生代"作家奠定的以都市文学为中心的文学格局，随着中国城市化进程的深入，随着更年轻的都市人的成长并登上文坛，将在很长的时间内维持下去。

都市现代审美意识，是指作家面对都市社会所持有的文明的进步的现代的思想理念、美学观点及审美思维方式。它不排斥都市技术的现代化，同时也认同并审视与之相随的人的思维逻辑、行为方式、情感意趣、艺术品位。都市现代审美意识区别于乡土意识中的传统、保守、落

---

① ［德］西美尔：《现代文化的冲突》，王志敏译，见刘小枫主编《现代性中的审美精神》，学林出版社1997年版，第19页。

后与狭隘,更多地呈现为开放、自由、多元与文明。如果将都市小说置身于中国现代都市变革时期,我们会发现现代中国作家已经面临让他们新奇且"陌生"的书写对象与现实处境——都市。面对现代都市,中国作家所拥有的文化技艺、美学资源、现实经验,例如由传统的农耕文化所衍生的审美意识——自然美感方式、道德理想精神、理论功用色彩,已经失去它对现代都市的艺术审美功能。显然,在都市社会的欲望化、物质化的现实空间面前,远古初民式的自然美感经验,既已失去了它应有的现实依托,也失去了它原有的美学效用。面对都市那高度技术物质化的现实,面对欲望与文明、技术与人性之间的人性哲学问题,一切维系于道德理性和伦理功用而派生的中国古代文艺美学意识,统统失去了审美效应。因为,道德理性与伦理功用,往往以简单性、一元化、单项度思维遮蔽或限制了作家对于现代都市人生多义性与繁杂性的有效发现与开掘。中国现代都市的生成,迅速引发着中国文学的都市审美嬗变。具有现代意义的审美理念开始进入人们的视野,我们发现,在中国现代文学时期,准确地说在"五四"文学中,欲望化审美、技术化审美、人性化审美已显现出来,而这正是审美现代性的应有之义。

第一节 人文理想的积极探求

人本精神就是要通过对感性生命的发现来高扬主体性,这是审美现代性的基本内涵。我们知道理性是人的感性生命所具有的一种自我意识机能,只有在感性生命充分迸发的基础上,只有当感性生命作为最重要的存在得到充分尊重的时候,才会有真实的理性可言,理性一旦以绝对真理自居,束缚和压抑感性生命,便会造成理性和感性的双重死亡;另一方面,这里所言的感性的、人本的内涵,并非只强调感性的非理性主义,如果我们把追求感官刺激、个人情感的无限制宣泄、否认"理性"等作为审美精神的出发点,势必影响我们对都市小说人本精神的理解。① 可以说,人的感性存在的内在规定性具有不可穷尽的可能性,而

---

① 韩德信:《理性的历史考察及其在当代审美文化中的地位》,《贵州社会科学》1998年第2期。

这种不可穷尽的可能性只有在文学中才能得到最相近的呈现。当然，这必须是一种个体主体性高扬的成熟的文学，而不是被某种权威榨得断骨断筋的伪文学。我们说逐步走向成熟的都市小说就是要强调个体，要避免把抽象的人作为文学的主体（审美的整体主体和创造的整体主体），避免用抽象的整体主体性为借口来制造某种统一，把某种违背人的生存伦理的道德观念绝对化或把某种审美观念绝对化，从而违背现代价值取向。此外，高扬个体主体性的文学，把文学创作从对现实世界的刻板的描摹中导出，它要求文学展现的是感性存在的不可穷尽的可能性，在虚构与想象中保护人对世界的愿望。以个体主体性为出发点的文学创作是为人的写作，是为现实生存的感悟与超越的写作，它热爱生命，而这热爱的最高体现就是艺术地感性地对生命进行多级的超越性的拯救。对中国当代都市小说来说，正是改革开放的浪潮，正是新时期的文学引导它从一次双重死亡中走出，它开始将活生生的都市人纳入自己的视野，开始对都市人的存在进行了都市小说特有的书写，也就是从现代审美的角度，关注都市人的感性生命。

对个体主体性精神的张扬，在当代都市小说中经历了漫长的历程，并体现出强烈的时代特色。例如十七年时期的一些文学作品中已经偶有体现。长篇小说《上海的早晨》表现的是城市丰富多彩的生活方式，快速嬗变的节奏律动，光怪陆离的人文景观，尚利轻义的价值观念以及实用主义的伦理道德，无疑作家的主观愿望是批判这些现象，城市应当是被抽空为进行"社会主义改造"的阶级斗争的表演场。然而，通过阶级斗争的帷幕，我们还可以看出《上海的早晨》中透露出一种对都市意识、都市生活、都市精神的娴熟呈现，比如小说在以意识形态标准进行的否定性描写中，却隐约可见别具一格的都市生活情状：男欢女爱的浪漫情调、如歌如诉的感伤状态、特别是资本家们对权力和金钱的无限追逐。从一定意义上讲，这些描写反而使这部小说成为较早贴近现代都市人的感性欲求的当代都市小说文本。从小说对徐义德、朱延年"五毒"行为和性爱的富有想象力的描写，展现了都市生活复杂而充满诱惑力的方面。而这些资产者身上的贪欲、权势欲，如果用动态的、历史的角度去观察，可以看出：人性本质之"贪"与社会发展向"善"是有一定对应关系的，《上海的早晨》在十七年的"红色"氛围中，对资本家贪欲的描写，从人性角度写出了富有历史意义和审美意义的都市本质，因为它带有着中国传统封建气息与 20 世纪城市文明相融汇的特有的都市人文形式，也就是说，在资本积累时期，在乡村走上城镇化过程中的种种"恶"，以现有的眼光去看待，应该用更加清醒与平和的心态重新审视，现代都市生活和现代化进程所激起的人性需求是一种必然和现实的存在。

80 年代末 90 年代初都市小说中对人本性的展示，更是侧重在发掘人物在商品大潮中形态各异的经济意识。因为人作为社会动物，生存要素是第一位的，而在经济生活日益发展、经济指标越来越占据人们生存空间时，经济意识的觉醒、金钱欲望的膨胀都是都市人的本性表现，都市小说作为现代生活最为敏锐的反映者，开始以审美的眼光来折射都市人的经济意识。如俞天白推出的"上海人系列"——《大上海沉没》、《大上海漂浮》、《金环套》和《大都会》。这四部小说都是以改革开放时代的上海人作为重要表现对象的。第一部所展现的是 80 年代上海市民的心态，一种封闭的心态，小说归纳为"衰弱巨人综合征"，具体表现为"老大"自居、"先前阔"的阿 Q 相，这种心态正在抵消着上海的技术优势，作家通过小说对改革初期上海市民心态的剖析，记录了改革初期上海人的心路历程。后三部则把金融、经济作为透视现实的切入口，围绕着金融展开生活画面，表现上海人对时代的参与感，如环球证券公司总经理沈笑澜、华茂证券公司事业部部长林浩等人，都是在经济改革浪潮中的弄潮儿，虽然作家注重表现他们的心态成长和拼搏精神，表现他们的挑战意识和献身精神，但是作为经济人的他们都是通过金钱和权力来确证他们的人生价值。稍后由李其纲推出的小说《股潮》则是直接以故事为窗口透视都市生活和人际关系，当股潮激荡着上海时，无数上海人神奇地被卷了进来，人们发现股市神秘地影响、改变和塑造着都市人的生活方式、欲望结构和价值观念，"股潮"生动地揭示了现代都市生活中人们在金钱的影响下所特有的心态和情绪。总之这一时期的都市小说对"钱"的务实态度，对商业大潮从不理解到融入其中寻找价值的改变，充分彰显了在逐渐流淌着商业主义气息的都市中，都市人具有的开阔、迅疾、新奇、时髦的文化个性，以及讲求实效、实惠的生活观念。

德国社会学家西美尔曾指出文明时代的根本症结所在："现代生活最深刻的问题的根源是个人要求保持其存在的独立和个性，反对社会的、历史习惯的、生活的、外部文化的技术的干预，反对完全改变原始人为了自身的生存所必须进行的那种斗争。"① 美国芝加哥学派的代表人物帕克认为城市并不仅仅是"单个人的集合体"或者"社会设施的聚合体"，也不只是"各种服务部门的管理机构"及其人员的"简单聚集"。他强调："城市，它是一种心理状态，是各种礼俗共同构成的整体，是这些礼俗中所包含，并随传统而流传的那些统一思想和感情所构成的整体。"② 因此，都市小说对人性本体的张扬的另一个侧面，就是反抗城市作为一个物质化和文化实体中有悖人性的地方，这也成了在工业文明庇护下现代社会的人们所面临的重要的文化选择。如帕克所言，城市文化是城市在发展过程中，不断汲取城市人的礼俗习惯和文化精神积淀而成的。③ 作为城市人前进途中一条具有惯性的轨迹，城市文化的加速度越来越大，随着城市慢慢成熟，城市文化亦逐渐成为僵化的教条和死硬的训诫，深深影响着人的思维习惯、处世原则和生活方式。因其无法避免的惰性，城市不能迅速调整自身的结构，以适应新的文化精神的诞生和进步，所以，城市就受到代表新生力量和最具叛逆性的都市青年的反抗，事实上，也就是他们要显示自我与流俗的不同，彰显自身的个性精神和人格力量，这也成为 80 年代后期都市小说的另一个重大主题。如《你别无选择》中李鸣、森森、孟野等面对着"大谈风纪问题"的贾教授和其所象征的"深蓝涤卡中山装"、"古典音乐"等正统思想的扼抑，誓不低头，各自以自己的方式做出了独特的抗争。李鸣坚持退学，森森在不停地追求"我自己的力度，我自己的风格"，孟野则"有一种永远可望超越自身的永不满足的追求"，他们都在城市的蛛网中反抗着、冲撞着。《无主题变奏》里"我"直言不讳地讲自己的生活不是有主题的，而是无主题的变奏，他反对庸俗的社会观念，反对常人眼里正常的生活方式，它以孤独的勇气一次次拒绝了他爱得很深的女友为他

---

① ［德］西美尔：《桥与门》，涯鸿等译，上海三联书店 1991 年版，第 258 页。
② ［美］R. E. 帕克：《城市社会学》，宋俊岭等译，华夏出版社 1987 年版，第 23 页。
③ 同上。

谋得的晋身之阶，如上大学，请人指点写作窍门等，以致最终失去了她。他以在酒店当一名普通的服务员为乐，干着别人认为没有出息的工作，只是因为这是他自己选择的生活方式。与这些有些退守的反抗形成强烈对比的是刘毅然的《摇滚青年》中的"我"的行为，他的反抗更为直接也更为激烈。他不愿意跳单位里分派给他的那种一点也不能激起他热情的程式化的海鸥舞，只喜欢跳能自由发挥个性与创造力的霹雳舞，为此他愤而辞职，即使失去心爱的女友，也没有改变他的决心和选择。反抗城市，走出传统的影响是如此之艰，以至于刘西鸿在《你不可改变我》中，大胆地让只有 16 岁的孔令凯，面对长辈的说教，社会习俗的压迫，喊出了"你不可改变我"的口号，她放弃高考去做模特儿，抽烟、戒烟，失败、成功，肆无忌惮地按自己的思路生活，她的率直率真、敢想敢干、不畏人言，都显示了她不可替代的个性。维护自己的真我，是在城市这个独特的环境中所要做的艰难选择。虽然城市这个复杂的整体不仅仅包括礼俗和传统，但走出由此构成的阴郁氛围而健康地生长，显然关联着美和自由的问题。我们发现，在 80 年代后期，都市小说对人性的张扬的力度，对都市人追求自由的表现已经超越了新时期初都市小说城乡冲突模式的藩篱，也就是说这个时期都市小说所描摹的都市人不再在城乡两种文化的夹缝中求生存，而是表现都市人如何直面无形中将它淹没的城市的洪水。无疑，现代人的天性就是永远求索更好的圆满，现实所创造的任何事物都不能让现代人的欲望得到最终的满足，因为现代人也在不停地提高，不停地扩展自己的欲望和需求。事实上，都市这一社会发展的客观现象，从历史进步的角度看起来，是促进现代人的发展的，从文化层面上看，则是高于乡村文明的，但它终究不可能是个十全十美的天堂。

　　进入 90 年代，处于文化转型期的中国社会文化，正遭受着伦理规则的无序和道德精神的荒芜，尽管这种无序与荒芜在一个社会的文化转型时期是自然而然的事，但并不意味着我们只能听之任之地发展下去。当然我们也不是苛求所有的人来坚守理想和人文精神的高地，而是呼唤总有那么一批人对人类怀有责任，对价值有所期待，对意义有所承诺，对困难有所肩负，能沉入现实的底层，打破浮世的遮蔽，让人类的精神上升到一个新高度。令人欣慰的是，总有那么一批富有责任心的都市小说家，在喧哗之外，默默坚守着写作所必需的寂静和深思品质，洞察着精神虚无导致的极端欲望、规则无序、不谈道德、及时行乐带来的浮躁世态，敢于直面复杂多变的人生和世界，通过自身对生活、生命的独特体验和思考，在陈旧、平庸的混乱中努力寻找一条从容的启示之路，为现实中烦闷、彷徨、困惑、失望的都市人指一条光明之路，如周梅森、张抗抗、王安忆、魏光焰、毕淑敏、张炜，等等。他们以思考问题的姿态，透过自己的作品，在如何把握现代精神生活和现代精神品格的内核，如何推动社会的全面进步和人的全面发展，如何促进社会的现代化和人的现代化的一致性，如何坚持和发展人类的现代化精神，如何真正理解多元化的世界观、价值观等方面做了有益的探索。他们丝毫没有放弃自己人类灵魂守护者的责任，没有放弃人文精神，而是结合时代精神，正视商品化经济的消极影响，努力开创既与市场经济相适应，又符合"真善美"价值标准的精神内涵，为人文精神注入了新的活力，本书称之为"新人文精神"。这为我们的都市小说带来了生存的希望，为其以独特的审美参与都市人的精神家园建设找到了新的切入点。

新人文精神是对人文精神的发展，是指在继承和发扬中外原有的人文精神传统的基础之上，立足于现实发展起来的人文精神，与时代精神相融合，形成有利于个人自由发展，又使人与人之间的关系良性发展的，有利于促进当下社会主义现代化建设的崭新的思想体系。它既包括对人的终极关怀，既追求人的意义，人的全面和自由的发展，也有对人的现实关怀，即关怀具体的现实的人的生存处境。因为在一切生存和精神的两极之间，人类永远不可能舍去任何一极。在历史不断向未来的必然倾斜中，在工业文明越来越严重的威胁与吞噬面前，人们要学会在坚守一切优秀传统精神和价值的同时，选择吸取富有时代精神的价值观，保持人类的可持续发展。

在现实中，新人文精神不再只是停留在人的终极关怀层面上，而是结合社会主义现代化建设的时代精神，更多地表现出对人的现实关怀，对人的尊重和对人的关爱。它包括对弱势群体的关注，对残疾人的重视，表现出官本位意识的下降，法律意识的增强，树立人与人之间的平等意识，追求公正、公平，等等。

尽管我国社会主义市场经济建设的实践表明，中国社会焕发出前所未有的生机和活力，人的自由度和创造力从未像现在这样得到保障和发挥，中国在国际上的地位也从未像现在这样得到重视，但是社会转型所带来的坑蒙拐骗、贪污腐化、不正当竞争等一些无序、混乱的状况也给人们的精神生活造成了重创。曾经代表中国人精神的温顺善良的性情和舍生取义的情操等等受到了质疑。在要加速实现社会主义现代化的紧迫历史任务压力下，在全球化进程中带来的各种文化精神相互碰撞中，现代的都市人在寻找抚慰焦灼、苦闷、孤独、空虚的心灵的药方，重新认识世界，重新确立自己的生存之本。

新人文精神在跨文化的视野中关注中国的现代化建设，并以此为出发点来处理市场经济建设中的自然与人、科技与人文、物质文明与精神文明的关系，以更符合社会主义现代化建设的精神内涵来提高全民素质，培养现代人格（比如倡导民主精神、法制观念、平等意识、公平竞争意识、环境意识、起码的社会责任感、与具体职业相关的敬业精神、全面发展的个性，等等），塑造合格的公民。

不同历史时期，对人性的关注各有侧重点和针对性，但有一点是共同的，即"人文主义"，它是一种以人的需要和权利为出发点的一系列价值观念和价值标准。《简明大不列颠百科全书》对"人文主义"的解说是："指一种思想态度，它认为人和人的价值具有首要的意义……凡重视人与上帝的关系、人的自由意志和人对于自然界的优越性的态度，都是人文主义。从哲学方面讲，人文主义以人为衡量一切事物的标准。……人文主义扬弃褊狭的哲学系统、宗教教条和抽象推理，重视人的价值。"① 该书将"人文主义"分为宗教的和无神论的两种，但它们两者的共同之处便是"以人为衡量一切事物的标准"，"坚持以人类为中心，恰如其分地把一切至关重要的东西，置于人的框架中"。② 显然，"人文主义"是尊重人的需要、权利和现实发展的价值观念体系。

价值观所反映的是人类的利益需求，包括物质和精神两个方面。马斯洛（A. H Maslow）的"需求层次说"向我们揭示了人在基础的物质

① 《简明大不列颠百科全书》第 6 卷，中国大百科全书出版社 1986 年版，第 761 页。
② ［美］大卫·戈伊科奇编：《人道主义问题》，杜丽燕等译，东方出版社 1997 年版，第 1 页。

和高级的精神两个方面的需要。对于以人的基本需要和权利为出发点的"人文主义"价值体系来说，它同样包含了物质与精神两个方面的价值。过往的现实生活中，由于宣传上的某些误导和认识上的局限，这两种价值都被极端化了，成为以"商品—市场"为中心的现代社会和以"政治—伦理"为中心的传统社会进行精神专制统治的工具，刀刃相向，完全对立起来。事实上，物质和精神之间是一种物质基础与上层建筑的关系。物质基础决定精神上层建筑，精神反过来又影响和制约着物质，两者是相互影响、相互制约和共同进步的。虽然两者可能存在冲突，但两者并不是相互排斥，更不是完全对立的，而是互补统一，共同栖属于人类的价值需求当中的。

部分都市小说家注意到精神低迷的根源在于价值失范——原有的具有凝聚性意义的传统价值观念在社会的发展过程中逐渐失去了价值引导的作用，而新的主导价值体系尚未形成，由此形成的价值真空就不可避免地导致某些社会价值行为的无序化乃至恶性发展。在我国现阶段历史条件下，要建构"新人文精神"价值系统，主要是适应时代的选择，挑选被大多数人公认和共同奉行的价值标准。以"以人为本"的"信仰和选择标准"来建立一种个人价值选择的新秩序，使之成为当下多元价值系统的主导价值观，达成某种价值共识，消除新旧价值体系交替造成的社会价值的炫惑。他们责无旁贷地在这方面做了有益探索。

我们也承认，"新人文精神"价值的建立是一个系统工程，绝不是单靠"社会的良心"和"人类灵魂的工程师"写几部小说就可以完成的。但小说既然是以人的社会行为和人的心态为描写对象的，不能不对人的精神进行书写。小说家的创作会通过想象把抽象的精神价值观具体地表现出来，以起到对人的价值的积极引导作用。

90年代中国都市小说中的"新人文精神"价值取向主要表现在以下两方面：

一　立足对人的精神的现实关怀

部分都市小说家在创作中，以平民的意识探求、思考社会变革中的种种无奈和隐患，表现出分享艰难的主人翁意识和参与精神，对现实生活中受钱、性、权的挤压造成的深刻的物质和精神的暴力中的非人性和反人性的一面进行了批判，以此来对抗人的生存中的平庸与精神的堕落。这些都市小说家以深刻的文学批判力度，以超越生活、把握时代制高点的思想深度，从作品中表现自身的价值权衡。他们用现实主义笔触揭开了现代都市生活的帷幕，在呈现令人陌生而又焦虑的现实生活的同时，也表述了自己所持的肯定什么、否定什么的价值取向。

对人的现实精神关怀的价值取向是建立在以"人文主义"价值观为主导价值观的基础之上的，这是正确认识自由个体的价值观、群体的价值观和社会的价值观之间的关系的依据和方向。

（一）关注自由个体的价值观，肯定人性意识的相对合理性。作为自由个体的每个人，都会依据自己的利益需求，产生自己的或清晰或朦胧的价值观。这种价值观只要不损人，不危害群体，就有其相对合理性。我们肯定人的主体性，实质上最重要的就是肯定个体价值的相对合理性。世界是"人"的世界，所以新人文精神关注每一个人的生存意义和价值，体现出对生命个体的重视。

在李佩甫的《学习微笑中》，我们看到一个普通的下岗女工刘小水在艰辛的折磨中，如何从卑微走上自尊自立的一段心灵历程。"微笑"原是人性的本能，但当"我是国营的"自豪感消失了的刘小水被挑中通过专业的技术学习——用强颜欢笑来取悦投资的阔佬时，我们看到对人生的扭曲。但她需要钱，迫切地需要钱来解决公公的医疗费和生活的困境。当合资的梦想被破灭，刘小水在经历过惶恐、不安的磨炼后，在伙伴们的帮助下，凭自己的双手走上了自救与自立的人生道路。那曾经扭曲的笑最终恢复为正常的、自然的、发自内心的微笑。《学习微笑》中所把握的打破铁饭碗后自立自尊自救的人生价值理想，不正是许许多多普通百姓渴望引导的精神价值定位吗？就是街角摆小摊、卖炸梅豆角的下岗女工，同样能展现生命价值的美丽。

现代社会的确立，事实上是一个欲望解放的漫长过程，是一个公民个体权利得到充分保障的漫长过程。这个漫长的过程不可能一蹴而就，财富的增长、经济的发达不可能一了百了地解决一切问题，就像单纯政治变革或社会控制不能一了百了地解决一切问题一样。因此对不同的自由个体给予不同的关切，特别是心灵的关怀，是新人文精神的一个根本内容。刘恒的作品《贫嘴张大民的幸福生活》中，主人公张大民是社会中最不起眼的小人物，每天都有各种琐事的烦扰，物质并不宽裕，但他的生活中却充满着那些"穷得只有钱"的人所没有的快乐。刘恒在谈到这部作品的主题时指出："张大民的可爱之处"在于"知足常乐"，他的"幸福"是"不幸中的幸福"。"在生活中不幸是绝对的，幸福是相对的。任何人的任何角度都能看到不同的幸福与不幸，而每个人都有自己的精神幸福与物质幸福"，① 能否得到精神幸福很大程度上也就取决于自己的个性，这些正好体现了小人物的坚韧与豁达，以及对生命个体的关怀。

小说家可以通过作品中人物形象的生老病死、悲欢离合，来表现和关注社会下层，关注普通百姓。但同时也应对他们那种固有的缺点，例如缺乏竞争上进意识、抱残守缺等进行批判。在中篇小说《大雪流萤》中，作家魏光焰通过一个医院实习生依丽的所见所闻所感，写出了现代都市人生的众生相：喝下两整瓶敌敌畏被抢救过来的16床杨招娣，被冤枉而逼妻自杀的丈夫老唐以及替全病房打开水的儿子黑孩；有钱的10床康老太和她带来的14岁的小保姆樱桃；放弃手术回家，节约五千块钱办丧事的13床土婆婆；像一个得道仙人似的，但没钱动手术的8床酱面老头等几个人在同一个病房里演绎着人生的艰难。每个人有每个人的宽厚与狭隘，他们一个个为生存而奔忙，却麻木于日常生活的平庸之中，病中的人们为仅有的肉体生存殚精竭虑。然而，哪怕是在这样的生存条件下，他们仍没有忘掉对明天的期待，生存环境的恶劣没有泯灭他们本质上对真、善、美的向往与追求，如蒙冤的老唐恪守"无论什么时候，都要保持清醒的头脑，以诚善待人"的信条。除此之外，魏光焰的《胡嫂》、王安忆的《长恨歌》、池莉的《水与火的缠绵》等大量作品，都对普通老百姓的生活给予了极大的关注，拓展了一个广阔的叙事空间，为人们认识生活提供了新视角。

（二）强调关注一定条件下的群体认同的价值观。不同的自由个体组成一定类别的群体，这一群体在总体上涵盖、代表着其共同的利益，有着共同的价值观和追求。人文主义精神关注的核心是"人"，这包含了对人与其社会环境协调性的关注。人，作为一个独立的个体，也必然

---

① 刘恒：《敢问张大民幸福在哪里?》，《北京青年报》2000年3月1日。

身处一定的群体当中，参与群体的发展和建设，当个体与群体出现这样或那样的不协调时，个体应做出价值判断，选择能反映时代精神的价值取向，促进相互的协调和群体的发展。作家周梅森的《中国制造》描写了经济发达的平阳市十几天内壮丽感人的故事。把姜超林、高长河为代表的高层领导，田立业、何卓孝等中层干部，田立婷、李保泉等社会底层的普通群众两个层面的人物的思索和奋斗、奉献和牺牲、感情和命运，纠葛交织成迎接新世纪的改革交响曲。陆天明的《省委书记》展示了改革中的冲突、艰险、忧患，乃至严酷的境遇。作品中的人物刻画不回避现实矛盾，通过改革中的风风雨雨和沉重压力，满腔热忱地歌颂了省委书记贡开宸的勤政廉洁与忠于职守的崇高品格。这些作品体现了新时期党的干部对党的忠诚，对百姓、群众的关怀，以此来体现对人民的关切。新人文精神不排除价值观的相对差异性，但这种群体价值观的需求与满足，是应该使人与人的关系相协调的，与促进当下社会主义现代化建设不相违背的。

商品经济社会，要培养人们的良性竞争意识首要的是培养人们对竞争意识的正确认识。市场经济能释放人的潜能，也释放人的各种欲望，它能发挥人的主体性，激发人的风险意识、挑战意识和进取意识，这是富有现代性的人格因素。但是，如何遵守市场法则遵守法律、遵守做人的一般准则乃至遵守信用也是必须考虑的。竞争不能以经济实力为惟一标准，它除了要讲究社会生态平衡外，也要关注自然生态平衡，关注人类可持续发展的未来。竞争也不排斥抽象的人生精神价值标准和意义，集体主义精神和英雄主义精神能给我们以超越竞争困境的信心和勇气。

（三）引导关注全人类性的价值观，激发人们的人类意识。这是最高层次的价值观，超越了各文化局部群体，为全人类所认同。所谓全人类性价值观，就是全人类的利益需求，是人类公认的价值原则和行为标准，反映了全人类共同的需要，因而它具有普遍性，可以为全人类所共享。21世纪的中国现代化建设处于全球化的历史时代，不能无视人类所面临的共同的生存困境。例如，对资源的掠夺式开发和挖掘已经使自然界不堪重负，能源危机、生态失调、土地沙化、大气污染等人为破坏活动已极大地威胁到人类的生存和可持续发展。为了共同的生存环境，人类的思想也在渐渐趋同，正在形成许多共识，例如和平与发展、自由与平等、民主与法制以及文学领域内的文学生态学等。有人称之为"人类意识"、"价值底线"。

作家莽萍说过："就历史而言，现代人缺乏的是十分宝贵的'废墟感觉'，对于遥远的触摸总是十分恐惧，愈来愈汹涌的物质流，使人类的心灵变得麻木。"[①] 是的，人类生存的脚步在不断地迈向前方，时间在前进，生态却在退化。部分小说家已敏锐地意识到我们应该与地球上的所有生命、所有人类首先建立一种理解和关怀性联系，在唇齿相依的共识前提下，穿越不同文化背景的价值标准和原则，建立反映全人类共同价值观的思想体系。何申在《百年思乡岭》中讲述了在未来的 2049 年，一个都市化的乡村的村长控告乡政府的故事。小说从后代人的利益和未来的眼光，反思了 20 世纪 90 年代乡长决定采矿为民造福的同时，带来遗患后代环境污染与出现畸形化的正反双重结果，以虚构的真实叙说来警醒盲目开发的现代人：不要为了谋取眼前的利益，甚至为了行一时之贪便出卖生态。在全球化趋势下，我们若不及早思考以怎样的价值标准应对面临的现实，恐怕难以适应社会发展的需要，最终也不能顺利地实现群体或个体的利益需求。

都市小说家在立足表现对人的现实精神关怀的价值取向时，把价值观分为自由个体的价值观、群体类别的价值观和全人类性的价值观这三个递进关系的层次，它们反映的是面对个人利益、集体利益、社会利益时的态度和选择。我们肯定大众在自由个体的价值观指导下，合理追求自身的各种需要和权利，追求自我个体的价值，但并不是说少数社会精英更高层次的价值取向就是不合时宜、逆流而行的行为。人文主义首先尊重的就是不同的主体的需要，这正是人文主义"以人为本"的表现。它会在充分尊重不同主体需要的基础上，将不同社会阶层的价值取向转变为在宪法本位社会建制之下个体的自由选择，充分体现社会主体作为个体的自由性，并设法促进不同个体间的交流和沟通，创造一个真正没有隔阂、人人安居乐业、美好的地球村。个人利益的选择最终要配合人类社会理性的发展，维护全人类共同的利益，否则是自断后路。

---

① 莽萍：《绿色生活手记》，青岛出版社 1999 年版，第 200 页。

二　坚守对人的精神的终极关怀

另外，人文主义的价值观认为，人文主义作为自我实现需要和社会需要的必然产物，也存在价值的引导问题，因而它包含了理想主义的因素。并且，关于世界价值和人生意义，关于"需求的价值何在"这样的终极追问，人文主义也认为这是一个个体的信仰选择问题。可以说人文主义价值观是内在地涵盖了理想主义、终极关怀在内的。英雄的高尚精神境界和人性完美的状态是值得人们孜孜追求的。

吕红发表在《长江文艺》（1996 年第 3 期）中的《曾经火焰山》讲述了女主人公桑以"找灵感"之名，迢迢千里从武汉赶到新疆乌鲁木齐采访她的舅舅——皋的故事。采访从桑在"城市里的村庄"——菜地里与正挥锄劳作的皋相遇开始。皋回忆了自己选择畜牧专业的原因，尤其谈到曾受俄国文学家普希金、契诃夫等的深刻影响而与俄罗斯女孩妮娜美好纯洁的笔友之情。他在高考时战胜肺结核这个当时犹如被判了死刑的病魔，终于考上农学院，即便"文革"中受父亲问题的牵连，经过18 年的苦难之后，还是回到最初的起点——农科所搞畜牧专业，取得了事业上的成功，尽管最终还是遭遇出国考察被官员摘了桃子的事件——科研成果被别人窃取，却从没放弃自己的信仰。"皋回忆这段经历时，脸上洋溢着欢快的神色，皋说，哪能像当今一些青年，自私冷漠，对什么都无所谓。信仰危机是你们这代人最大的不足！"

毕生执著于农业科学的舅舅，以其不可抗拒的人格力量对充满才情和浪漫气质的女作家产生了潜移默化的影响，她也像舅舅一样以九死而不悔的决心执著于艺术，并且坚信科学与艺术将会殊途同归。正如文章结尾所言："桑忽然明白自己一年到头累死累活地往前奔，有意无意地错过路边许多的风景，不分昼夜地采访写作到底为什么？发现自己把用钱看得比挣钱重要是为什么？哪怕推上山的石头滚下来砸到自己身上，哪怕被罚，重新裹上大皮袄站在七月的火球下……她不正是来源于某种信念吗？"她以自身的觉悟为自己崇高的人生追求和理想找到了精神支柱。

我们的生活中还有英雄吗？还存在理想主义和英雄主义吗？商品社会中的人在面临精神空虚的窘境时，难免会这样自问。魏光焰在《舍不得你的人是我》中塑造了"陈和"这样一个曾经最不可能成为英雄的英雄。他对领导毕恭毕敬，对夫人唯命是从，在单位谨小慎微，跟邻居相处也是委曲求全，可以说非常懦弱、窝囊。于是妻子哀其不幸、怒其不争，可陈和依然故我，直至与妻子离婚，他也只是以自认倒霉的"认输"两个字来安慰自己。尽管他对所在"破厂"的厂长与书记钩心斗角，溜须拍马的小人活得"潇洒"，工人工资朝不保夕而当官的却腐化不堪的一切都看不惯，但他仍耐心地等待着。直到最后，实在忍无可忍，他这个"小虾子干部"在绝望中奋起，为了全厂职工的利益呕心沥血写出揭露全厂腐败的调查报告，以最后的生命显示了其正直良知的辉煌一生，他的行为感动了工人们也感动了离异的妻子。平凡的陈和，绽放出生命中不平凡的光彩，成为全厂职工敬仰、缅怀的英雄。陈和舍弃"忍"字当头，挺身而出与邪恶抗争的故事，是正直没有泯灭的证明，是英雄没有走远，理想精神尚存的呼唤。包括魏光焰的《大雪流萤》、《胡嫂》等作品在内，在描写普通人的"生存"危机状态和心理时，总是让读者强烈感受到在现实无奈中充溢着不灭的人间温情、古道热肠，成为支撑普通人生存的信念和力量。还有像许辉的《碑》，徐汉洲的《游戏规则》，张炜的《致不孝之子》，巴兰兰的《别了，最后的香格里拉》等都市小说，让读者从一个个在生存竞争状态下努力生活着的人物身上，找寻解决自身的无论是物质还是精神上的人生困境的方式。正如在思索人该怎样生存这个问题上，张炜用一种率直的方式来表达他真诚的生活理念："现在在比试机智、运用手段互相征服的人多起来，这些渺小无知的做法，采用者一生也难以觉悟，可是必将走完毫不磊落毫无意义的一生。"旧现代人的一些看似机敏的生存方式消解了人一生的价值和意义，这是值得人警醒的。对人生的终极关怀会让人类倍加珍惜和创造人世间的美好。

　　这些都市小说家丢弃了无谓的困惑、迷茫、失落和焦虑，坚守其求真的品格和职责，抓住市场经济提供更多选择的契机，在矛盾、痛苦的撞击中开创出充满思想的新人文精神，脚踏实地，满怀希望。

第二节　日常话语的内在张力

当下都市小说的世俗精神大体趋向两个层面：一是以日常化、表象化、时尚化反抗理性中心主义。二是世俗精神过度的膨胀，又走向了物质化、大众化、通俗化。这是同审美现代性的感性层面紧密相关的，在市场经济的刺激下，大众审美兴起，它从精神上弥补着人的感性消费的不足，并逐渐渗透在我们的日常生活之中，反映在文学作品中，就是世俗精神的呈现。此外，从大众审美所倡导的话语方式上来看，都市小说的世俗精神则体现为平民化的写作姿态。

90年代中国的计划经济市场化改革以前所未有的速度推动了中国社会的现代化进程。历史经验已经证明：现代化进程同时也是世俗化的进程，现代化与世俗化是一体两面的同一事物。而世俗化最本质的含义通常指向两个层面：首先是消解神圣性，就是对政治、宗教的、文化的神圣性统统进行祛魅；其次，世俗化肯定人的日常生活诉求，为大众与物质生活相关的各种欲望、需求、消费提供合法化依据。在90年代，世俗化精神无疑就是大众社会的时代主导精神，"脱贫致富"便是这种世俗精神的实现目标和实践形式。在这种世俗化背景衬托下，"日常生活"一改过去卑微渺小的文化身份，昂首阔步跃上了历史前台，都市小说则承载了世俗精神并展扬了日常生活的意义。

所谓"日常生活"以及与之对应的"非日常生活"，是表征人类生存方式和行为模式的两个概念。日常生活是以个人的家庭、天然共同体等直接环境为基本寓所，旨在维持个体生存和再生产的日常消费活动、日常交往活动和日常观念活动的总称。它是一个以重复性思维和重复性实践为基本存在方式，凭借传统、习惯、经验以及血缘关系和天然情感等文化因素而加以维系的自在的类本质对象化领域；而"非日常生活"则是同社会整体或人类存在相关联，旨在维持社会再生产或人类的再生产的各种活动的总称。它包括人们的政治、经济、技术、管理等社会活动和从事科学、艺术、哲学等自觉的精神活动。日常生活是应与传统农业文明条件下的主体相契合，这一主体是封闭、保守、僵滞的自在自发主体；而非日常生活则是与工业文明条件下的人的主体相契合的，这一主体是开放、开拓、创新的自由自觉的主体。显而易见，较之自在自发的日常生活，非日常生活代表着人类生存方式和行为模式的更高更新层次。① 显然，如果从以上的观点来认知"日常生活"，它无疑不是人类理想的生存图式，他只是人类生存的最基本的诉求，但是在以市民阶层为基本阶层的都市当中，"日常生活"则凸显了同人的本能需求相关联的那层含义，作家们关注都市人的"日常生活"正是要将眼光下移，关心那些看似"封闭、保守、僵滞的自在自发主体"，去发掘在工业文明条件下都市人"日常生活"的种种幸与不幸，并从中折射出工业文明对自然人的诱惑和挤压。

如果从这个层面出发，我们看到，在世俗化进程中，都市日常生活不仅只是大众社会的图腾对象，而且还是权力结构和利益关系的交汇点和敏感区。权力的发展和资本的消费在公共领域达成了共识、协调了利益，并且满足了大众社会对都市日常社会的物质诉求，从而使"日常生活"获得了整合多边利益的神奇功能，使"日常生活"不可阻挡地成为世俗时代的新神话。这样的历史情景明确无疑地表明：都市"日常生活神话"是国家权力、市场资本和大众社会关于现代性的共同诉求，是世俗化进程中文化想象的历史产物，它不但是权力与资本利益的公共桥梁，而且又是大众社会的光荣和梦想，它因此也逻辑地成为市场时代和消费社会的主导神话。而都市日常生活审美化便是这个神话在世俗社会中展开活动的实践方式。都市日常生活的审美化在这里主要是指将日常生活转化为艺术的审美倾向。在世俗的消费社会中，艺术不再是独立的现实，它进入社会生产和消费的运作过程，因而一切事物，即使是日常事务乃至平庸的现实，都可以归于艺术的符号之下，从而都可以成为审美的对象。对此，波德莱尔有一个相当传神的比喻，他认为"花花公子"就是现代人的典型形象，"他把自己的身体，把他的行为，把他的感觉与激情，他的不折不扣的存在，都变成艺术的作品"，② 以至于在都市的日常生活中的每个地方，都已被现实的审美光晕所笼罩，艺术因

① 参阅衣俊卿《现代化与日常生活批判——人自身现代化的文化透视》，黑龙江教育出版社1994年版，第6—11页。
② 转引自［英］迈克·费瑟斯通《消费文化与后现代主义》，刘精明译，译林出版社2000年版，第97页。

此像空气一样无处不在。事实上，当下我们置身其中的都市日常景观几乎就是波德莱尔"花花公子"的当代版本，从饮食服饰、居室装修到休闲旅游、卡拉 OK，无所不在的审美目光已将它们统统尽收眼底，"在移情化的自我想象中它们转瞬之间就变成了艺术作品"。①当审美意识不再局限于艺术，而是遍及日常生活的各个领域时，审美意识的世俗化趋势也就同时发生了。"审美"不再具有超越的精神向度，不再是超越世俗困境的理想境界，它不过就是人们"包装"日常生活漂亮外观的感性凭据。

在当代都市小说中，日常生活的表现是从池莉、方方、刘震云、刘恒、叶兆言等作家为代表的"新写实"小说肇始的，1987 年左右的《烦恼人生》（池莉）、《风景》（方方）、《狗日的粮食》（刘恒）、《一地鸡毛》（刘震云）等小说以自然的笔法，再现了都市里庸常人生的本然情状，小说中的平民生活和情感体验，在这些作家的笔下呈现为具有人文关怀色彩的日常形态。他们的创作打破了新时期初都市写作的公共话语方式和宏大叙事方式，将个人性写作与生活原生态展现结合在一起，进入了都市小说的日常化审美情趣的新领域。在这类具有写实品质的都市小说中，提供了一种都市特有的生存方式：消泯欲望、逃避自我以摆脱主体的焦虑感受。面对生存的巨大压力，日常生活确有不可抗拒性，那种绵延不绝的琐碎和庸碌虽使人焦虑和疲惫，但这就是生活，是生活本身，是烦恼人的笑。真正将日常生活同世俗精神并立的却是 90 年代出场的所谓新生代作家。他们在 90 年代多元的文化氛围中，以放言无忌的写作诉说了都市日常经验的当下存在。而将日常化审美情趣铺展开来的则是 90 年代都市文学作家。韩东、何顿、鲁羊、毕飞宇、朱文、石康、陈染、林白等作家虽然创作风格各异，但"近距离叙事"已经成为他们共同的创作态度，他们宣称要与"提供原则、标准、规则、方式"的"一切强有力的垄断和左右人们文学追求和欣赏趣味的权威系统"告别，拒绝"接受现有的文学秩序成为其中的一环"②，他们以自然主义的笔法不作任何保留的再现现实生存场景，书写庸常人生的本然与情

---

① ［美］阿瑟·丹托：《艺术的终结》，欧阳英译，江苏人民出版社 2001 年版，第 178 页。

② 韩东：《备忘：有关"断裂"行为的问题回答》，《北京文学》1998 年第 10 期。

状。何顿《荒原上的树》单纯地为我们描述了主人公马民的生活状态，他弃艺从商赚了钱，又遇到一个心仪的女子，于是准备离婚，但忽然间感到生活不过是一次次重复的追寻，在他重新发现到妻子的好处时，妻子却又意外溺水而死。何顿截取了这样一段生活片断来表现普通人的灰色人生。陈染的作品也只是以平淡的语气铺叙了一个普通知识女性黛二的日常生活琐事、心绪波动与神游冥想。他们的创作力求最近距离的贴近生活真实，还原生活真实，因为"这个世界原来就是复杂的千言万语都说不清的日常身边琐事。"① 换句话说，"日常生活就是毫无诗意的琐屑"，传统宏伟叙事的所强调的一系列标语口号是可笑并让人值得怀疑的，90 年代的都市小说不再有否定前人时的刻意与犹像，对于日常生活的全身心投入似乎是他们与生俱来的天性，心血来潮和不着边际的充满日常气息的叙述是他们得心应手的话语方式，对于"理想"，"我们是想干点什么的，可我们什么也干不了"（周洁茹《我们干点什么吧》），关于"生存"，"首先我是个女的，其次我才二十出头，在这种年纪的妙龄女郎通常该想些别的有意思的事儿，比如染发、真丝胸衣、男友、明星照、CD、口红、舞会、脸上的疙瘩、减肥，没有马桶的生活无法想象。"（卫慧《像卫慧那样疯狂》）他们以青春无惧的勇气和絮絮不休诉说欲望拆解着传统文学的创作规则和神圣话语。但是在他们反映都市的目光中，日常生活与世俗风情却都具有了审美的韵味。如朱文的《傍晚光线下的一百二十个人物》，将日常场景聚合在笔下，看似随意拼贴，却呈现出超现实的审美图景："徐树元和李金良骑着单车在小店对面的水泥路上停了下来，他们没有下车，只是用一只脚支着。徐树元的车是新车，在夕阳的照射下，车铃上有一个点特别亮，亮得刺眼。"② 作者在这样毫无诗性的日常场景中去呈现当代生活的局部过程，是对平庸生活中暂时的美、特殊的美的发现，是希望以此来对抗平凡刻板的现实，以个性化的审美趣味来抵御大众化、世俗化的物欲倾向。

我们知道，更具普泛意义的都市概念，则是一种感性化的世俗的物质空间：是林立的高楼、绵延的立交桥、琳琅满目的商品、五光十色的

---

① 刘震云：《磨损与丧失》，《中篇小说选刊》1991 年第 2 期。
② 朱文：《傍晚光线下的一百二十个人物》，《钟山》1995 年第 2 期。

街景。当然，除了这类经典意义上的满足人的食、色、用需求的物质空间外，都市尚有一种能制造"空间"的物质空间——发达的电子媒体和各类声光技术使人们摆脱了自然空间的限制，虚拟了人们的此时此在，使人们有机会参与几乎全球范围内所发生的事件，正是这类象征着现代文明的物质空间，丰富了都市小说作家用以构造都市小说物质性的素材，在90年代的都市小说中，我们看到，都市的物质空间如此强大，以致挤压了都市本身。在这里，嘈杂的市声撕破了乡村的宁静（刘继明《蓝庙》）；金钱的度量衡抚平了"长相思、莫相忘"、"执手相看、唯有泪千行"的古典温情（张欣《爱又如何》）；冰冷的交换原则和工具理性消解了乡村的急公好义和古道热肠（钟道新《公司衍生物》）。方方在《状态》中这样提及都市："陈东东刚从深圳回来，耳朵里装的都是股票、大款、桑拿浴、赛马、别墅以及KTV包房以及妓女一类的字眼。"[①]唐颖在《丽人公寓》中有这样的句子："理想人生的每一刻都是丝丝缕缕、点点滴滴充满丰富的物的质性"。[②]有时，物不仅构成了都市的形式，亦演化为都市的内容——一个物化的世界和物化的人生。于是都市小说家们发现生活在物的夹缝中的都市人，是很难觅得一丝精神绿地或价值深度的。于是"出走"或"逃离"成了90年代都市小说的最常见的审美指向。在《丽人公寓》中，五星级宾馆即是都市的象征，一群年轻的都市女性在此为维护自己的尊严而斗争，但斗争的结果则无一例外地被逐或逃离。然而家园在何处？作者想象了一座借以挡避都市尘嚣的"丽人公寓"——一个只存在于作者内心的理想之地，并用之包裹无可逃遁的心灵。在裘山山的《戈兰小姐的否定之否定》中的戈兰为了唤回女性自尊，不得不借助物的力量再造了一个戈兰，然而最终的她因不堪物的重负而逃回心灵的自然之地。在邱华栋的《驶出欲望街》中，小说试图以一种"介入欲望"的积极姿态，来达到超越其上的道德回归，然而"驶出—都市—欲望"这一思维的勾联，已经预设了一个关于都市"原罪"的想象以及自我救赎、最终脱离此岸的出走动机。在邱华栋的另一篇小说《手上的星光》中，则明确地在女主人公的名片上写

---

① 方方：《状态》，《方方文集》，江苏文艺出版社1992年版。
② 唐颖：《丽人公寓》，《上海文学》1994年第1期。

着："在路上"。这已经表示出了出走者或逃离者现时所处的心理位置——他们在奔往想象中的精神家园。

此外，我们还必须看到，现代都市的经济内涵及其市场生存方式给予中国都市的巨大影响，莫过于孕育了一套与传统宗法社会截然不同的价值观念和一种新的人格范型。即以现代市场为生的都市人生成了一种以"经济人"为其基本构架的人格精神，即：尊理性、尚智慧、重实利、主独立自由和开拓进取的精神。这种人格精神及其赖以滋生的都市经济温床，也是我们所要追寻的一种世俗化的"都市意识"。将它与我们文化积习中的传统依附性人格相比，这无疑是一种必要的历史文化超越，也是现代化进程带给中国人最大的精神变革。基于此，我们认为都市既是物质的又是精神的。只单纯地把都市看作发展人的欲望的物质结构，是一种偏执。毋庸置疑，都市首先是人类经济社会发展的产物，是一种以现代大工业和现代科学技术为其结构底蕴，以发达的商品经济及市场运作为其基本生存法则的现代经济结构形式。都市的任何一项社会、文化成果都离不开其特定的经济杠杆作用。在中国当下语境下，也不可能存在一个脱离了经济形态的"都市"，"物质的都市"、"罪恶的都市"、"冷漠的都市"等这类与作家心目中的精神王国相悖的都市诠释，其实皆来自对市场及其所引发的价值裂变的心理反应。现代都市所具有的典型的市场化生存方式，对大多数中国人来说这是陌生的生存方式，但却使他们的价值心理找到了赖以赋形的物质资料，都市因此成了一种隐喻，成了一种身处现代市场经济转型的作家用以表达其"异化经验"的形象载体。

优秀的小说家总是以令人难忘的叙事方式追寻着超越于他那个时代的人类总体精神。因而，从本质上说，叙事方式是作家的主体精神的表现。从都市小说的叙事方式中，我们可以强烈感受到作家们对现代都市世俗生活的准确理解和把握。都市作家对小说叙事方式的选择是受都市文化语境规范的。市场经济体制的建立，打破了权力中心话语规范现实生活的垄断性地位，出现了以平民姿态体验和表现都市生活的话语方式——平民话语方式。同时，也生成了相应的平民文化空间。在平民文化空间的影响下，作家们逐渐摆脱了权力中心话语方式的制约，进入了自由的个人写作状态。就叙事方式来说，这是一种自我的平民化的写作。由于都市作家大多数是在自在自律的状态下从事写作的，因而，自我的平民化的写作方式就成为都市小说的基本叙事原则。

平民化的写作方式追求叙事主体和小说人物的同一性。可以说，"新都市"作家既是市场经济的参与者，也是市场经济的观察者。作为参与者，他们融进了都市平民的当下生活；作为观察者，他们能够敏锐地发现都市平民面对经济浪潮时的喜悦、痛苦和挣扎。由于直接面对当下生活，因此，都市作家主动消解写作的神圣感，缩小叙事的距离感，从而使小说的叙事主体与人物（主要是主人公或中心人物）发生互渗，获得认同效果。为了达到同一性，都市作家多采用内聚焦模式，用第一人称进行叙事。叙事者（往往是"我"）要么是小说中的一个人物，要么对主人公或中心人物的行为表示认同。《水之华》（谭甫成）的叙事人"我"（吴文涛）既是小说的中心人物之一，也是故事的推进者；《只要你过得比我好》（何顿）的叙事人"我"（张军）不仅是小说的主人公，而且也是整个事件的见证人……在这些小说中，叙事人"我"的行为起着决定作用：小说随着"我"的活动的开始而开始，随着"我"的活动的结束而结束。平民化的写作方式注重叙事结构的线性化。都市小说抛弃了现代派和先锋派小说肢解生活、淡化情节的缺点，最大限度地贴近生活，重新回归到现实主义小说以情节取胜的优点上来。在叙事结构上，都市小说呈现出双层线性化的特点：表层的故事链和深层的意义链的交织并行。就表层来说，都市小说大多故事性强，以故事作为结构小说情节的手段；就深层来说，都市小说大多按照现实生活的流向，以主人公或中心人物欲望的消长作为结构小说情节的手段。《就这么回事》（何顿）的故事链是"我"（何清清）开服装店前后的一段经历：从租房到离婚，从进货到失手杀人……但其深层的意义链则是"我"的欲望的产生、发展、高涨和消解的过程。《红颜》（唐颖）的故事线索是爱妮开美发厅的不寻常的历程，而意义线索则是爱妮对欲望的渴求、欲望满足后的失落和失落后的空茫。这种与生活基本一致的双层线性化的叙事结构符合都市人的欣赏心理和阅读习惯，很容易使他们产生共鸣。

平民化的写作方式强调叙事功能的解构性。小说的叙事功能体现叙事人的主观意向，表达叙事人的客观目的。都市小说不为传统小说的叙事建构功能所囿，极力强调小说叙事的解构功能。在一个充满欲望的时代，"新都市"小说面对的是一颗颗被欲望浸染过的心灵。因而，都市作家所从事的是一项拯救灵魂的工作。表现在叙事功能上，就是让小说人物摆脱欲望的困扰或包围，从而达到消解欲望的最终目的。张欣让自己的小说人物放弃欲望的诱惑，回到普通人的平常生活：商晓燕离开了柯智雄，因为她明白，有钱的男人是靠不住的（《仅有情爱是不能结婚的》）；可馨拿到 5 万元现金时，想到了为此付出的代价，于是决然放弃经营书店的念头（《恨又如何》）……何顿往往让自己的小说人物以失败告终：侯清清经营的服装店最后倒闭，她自己也因杀人入狱（《就这么回事》）；张军停薪留职应聘于房地产公司，被解职后赚钱的希望成了泡影（《只要你过得比我好》）……小说人物的回归或失败，表明了都市小说解构功能的最终完成。

同其叙事一样，都市小说的语言同样具有感性的、大众审美的特性。就总体来说，都市小说在语言上，并不追求语言的张力与诗意的表达，语言的特性一直就不是都市小说所追求的目标。都市小说语言上的这种特性，在第一个阶段主要表现为语言的俚俗化、粗鄙化。方言、口语大量进入都市小说，像王朔、徐星、刘震云"式样儿"类的京腔，方方、池莉"个巴妈"类的武汉风味，刘西鸿的广东风味以及王安忆、程乃珊的上海特色，等等，极具地域色彩。这些语言不仅使得北京、上海、广州、武汉等大城市中的都市生活在统一性中见出鲜明的个性，更显示出作家鲜明的地域风格。方言、口语的大量介入，在使得都市小说的语言鲜明生动、多姿多彩，贴近大众的生活的同时，也使其呈现出一定程度的粗鄙化。像"他妈的"以及更为粗鄙、难登大雅之堂的语言，在小说中以极高的频率出现，如刘毅然的《摇滚青年》就显得相当的粗野。这种现象在王朔、徐星等一些作家身上也不同程度地存在着。语言的俚俗与粗鄙尽管在一定程度上削弱了语言的诗意美，但是在 80 年代的某些作家身上，还不失为一种语言风格的追求，可是，这种倾向在 90 年代特别是新生代作家那里，语言的平庸、苍白、无力以及极端的粗俗化几乎是随处可见的。语言的反诗性成为一种普遍现象，有人把这种现象称之为语言上的反智倾向。这是作家的语言能力的一种表征，更是作家迎合世俗需求的必然结果。

第三节　先锋意识的艰难行进

以都市小说而言，求奇求异成为一种时尚，它对传统的结构反叛不仅表现在形式上，同时也表现在内容上，消解主题情节，消解性格理性，文学的一切质素几乎都被当成拆除的对象。颠覆，成为都市小说抛弃传统，解构自我的有效手段。这种不屑于因袭传统囿于陈规的先锋精神，是符合都市意识的，也是符合审美现代性精神的。如前述，都市化的结果带来机械文明的统治，带来约束力量的法定化、非人格化。人口密集分割挤压了人们的生存空间，喧嚣的声浪噪声晃动焦灼不安的心灵，都市的一切包括人们的心灵结构已变得难以把握。显然，用传统的文学方法，样式是表现不出现代都市的骚动的，以传统的审美心态是难以融入热烈的都市的。都市小说家感受到了这种都市心理，彷徨之后的艺术选择便只有突破，突破就意味着放逐传统，就必须求奇求新，这也就是审美现代性所反复咏叹的在新奇中寻找理想的审美生存方式。其实，都市小说对传统的颠覆有一种承继性。早在 30 年代，茅盾就发表了《机械的颂赞》、《都市文学》等文章，认为都市文学应该捉住都市生活的主流，把握住都市生活的大动脉，在纷纭的现象的捕捉中，在机械运动的旋律里，探求它的"创造的、美的"节奏。① 到了计划经济向市场经济全面转化后，现代都市意识在中国更是迅速跃升，作家们为了适应高速度和多竞争为重要特征的都市生活，主要是调整自身的艺术视野，肯定或反思、歌吟或批判这种文明形态。而且反叛的端倪更是显见的。当作家以忧虑、烦躁、疑惑的态度来表现都市的生存状态时，则表明一种新的都市意识、审美精神在逐渐形成。显然，在这种特殊的都市文化形态中，迅疾的生活节奏，新异的精神面貌、杂糅的观念，使得作家有一种审美认识和审美表现的困惑感，那些具有了真正的都市感知的作家则抛弃了传统积淀下来的审美模式，用都市文明反叛乡土文明，以都市意向颠覆乡土情结。都市人所特有的哲学命题：兴奋和失落、自信与自卑、归属感和孤独感、陌生与熟悉、流逝与新生等主题都进入了都

---

① 《茅盾全集》第 19 卷，人民文学出版社 1986 年版，第 402 页。

市小说的视野，从而使都市小说从一开始就表现出一种义无反顾地不被传统精神"同化"的气概。

随着商品大潮的一步步推进，都市化进程的加快，都市小说中的探索、反叛精神也日益增强。无论是超前性的与大众和现实疏离的先锋探索，还是贬损正统、削平深度、视点下移的与娱乐和商业结合的趋俗气质，都不是散漫无际的，而是趋新的，而趋新的前提就是颠覆。社会的转型已使道德和价值观念发生了变化；商品经济和金钱主义冲击着一切，道德和价值观的解体重构、物欲的膨胀、社会心理的失衡、社会生存的无序和迷惑，对形而下的生存状况和物质利益的关注，都成为都市人的心理指归，英雄和理想在人们头脑中渐为淡化，因此都市小说中，不管是对平民、都市人生存境况和日常生活的关注，还是对英雄化、理想化和崇高化的摒弃；不论是"反传统"、"反文化"，还是"零度情感"、"生活原生态"、"私小说"，等等，都表现出都市小说特有的实验性、前卫性、先锋性，从而使都市小说具有了一种真正的超越品格。例如"新写实"都市小说以"还原生活本相"表现都市人的"原生态"，力求客观地完整地再现生活中的一切，返归生活本身和人生存本身，追求原色生活的美丽的同时，开拓了都市小说创作的空间，并以平实直白的叙述显示了对80年代后期的先锋小说的反叛，表现出对宏大叙事的深度模式的拆解。"新体验"都市小说则强调作家的"亲历性"，要求作家写出对生活的真实体验和感觉，从作品中见出都市人的精神和情感的力量。"新市民"都市小说，对逐步市场化的中国都市结构有新的感应与认识，对市民在生存方式与精神状态上所发生的根本性的变化进行了捕捉。"新都市"小说，表现出一种开放的现代文学语境，以都市意识关照新都市人的观念、心态、情绪以及新都市的一切矛盾，体现了新兴都市的文化特色。

从这里我们首先可以看到，90年代都市小说修正了先锋小说为形式而形式的形而上的文本营构，走出了对叙述圈套、碎片拼接、语词狂欢等新潮写作策略的痴迷与沉醉，寻找到更适合自己的叙述方式。从文本看90年代都市小说表现出两种不同的创作倾向。邱华栋、朱文、毕飞宇、韩东等人并不讳言他们与先锋小说的联系，即他们"分享了先锋派作家在文学技术上革新带来的成果，如结构、语言、叙述等，但在关心社会现实的态度上，则较为鲜明的有所区别。"① 在作品中放弃对形式技巧的刻意使用，走向平实化方向，以贴近生活靠拢世俗本色的叙述方式叙述故事，这也是与前面所论述的都市小说创作题材的日常化相一致的。韩东说："我认为小说方式是以个人经验方式为源头的，是个人经验方式的延伸，至少它的差别部分如此，以前我也曾对一些现成的技巧、方式很依赖。现在我越来越感觉到向自身靠拢的重要。"② 李冯以质朴细腻的笔触写出世俗人生心态和人物内心隐秘的感受与体验：研究生王朗想方设法摆脱情人，但当愿望达到，情人嫁与同学为妻之后他却感到失落（《王朗与苏小梅》）。毕飞宇以独特的感受、自然精准的语言展现生存的艰难与执著，显示凡俗人生的烦恼与变异：年迈的父亲在子女去外地考察期间住进医院求得照顾，病友之死使父亲受到刺激，女儿回来之后，没病住进医院的父亲真的有病了，只好继续在医院住下去（《8 床》）。邱华栋更是以写实为基调，用直白流畅的语言书写都市闯入者在城市生活中的挣扎与奋斗。这一批作家以关注世俗生活的本色叙述方式进行书写，文本贴近现实，自然平易，客观上即对先锋文学以形式为本体的创作观进行了反拨。都市小说呈现出的另一种创作倾向即是心灵叙事、感觉叙事。秉持私人化写作观的女作家与晚生代作者放弃传统文学作品的开端、发展、高潮、结局的逻辑化的写作模式，按照人物心理走向结构文本。虽然二者语言风格并不相同，一种是梦幻般的呓语，一种是半疯狂的发泄，但都是以非理性的语言表现人物的心理情绪，外在世界的现实表象也以作者心理体验的形式呈现，文本即是表现了思绪的跳跃并按照作家的心绪和感觉来组织文本。两种创作倾向体现了都市小说在形式方面对传统文学和先锋写作进行了否定。

其次，我们可以从三个都市人物系列继续来探究都市小说的超越性品质。

一　异化的陌生人

从审美现代性的角度来观照 90 年代都市小说，我们会发现有很多

---

① 李冯、邱华栋：《"文革后一代"作家的写作方式》，《上海文学》1998 年第 5 期。

② 林舟：《韩东——清醒的文学梦》，见《生命的摆渡——中国当代作家访谈录》，海天出版社 1998 年版，第 57 页。

作品并没有仅仅停留在一个形而下的表面生活上，而是从一个特定的社会时代和特殊的环境去看待具有自我意识的生命的存在状况。通过对当代"自我"的生存来思考生命的存在本质、生命的异化现象、生命存在的孤独以及人与人、人与社会、人与自然、人与自我的相互联系及其对立关系。当代社会生活的商品经济中心化，科学技术的高度发展和全面统治以及大众生活无中心、无个性的群聚现象，从根本上构成了当代人的三种属性：商品性、技术性、大众性。这三种属性表现了一种整体上的非人性，即这三种属性在片面实现人的发展要求，满足主体需要的同时产生了主体离异的现象。因此，作为一个整体，当代人是与自身离异的。用等价交换的原则对待一切，人也是商品，如同其他商品一样必须通过交换价值才能实现自身的实用价值。交换的普遍性使人在交换的无限发展过程中，必然丧失独立和自由而成为商品人。如果说，商品经济的发展根植于人的物质欲望，那么在普遍交换的无限过程中，人对物质的欲望就被转换成交换的欲望。可以说，正是无限交换的欲望压制了人的基本欲望，这就是作为商品人的自我离异的实质。充分表现这种都市异化人的作品，应该是邱华栋所写的都市人系列小说。例如《公关人》中的 W 每天要与几十个、上百个人打交道，谋算能够从对方那里得到什么，彼此交换一些什么。于是，不停地变换"面具"，始终戴着面具生活的虚假形象最终代替了自我，使自己成为一个假面人、平面人、无深度的人。这从根本上说还是商品人的一个印证。商品人的一切以交换为目的的生活，使 W 最终由于无法忍受感情的荒漠而走向死亡——死亡成为惟一能够印证自我的选择。在《直销人》中我们就看到了技术世界对人的无情倾轧。摄像机、油烟机、超薄电视机、红外取暖机、加湿器，更为重要的是，"他们干这一切的时候并不在乎我。甚至都不征求我的意见而强行安排了我的生活"。① 在《钟表人》中，我们的感觉好似上了永无回归的奥德修斯的漂流船——发展、发展、无限的发展把人无休止地推向前方。在这里，城市当然代表了一种技术的世界。在这座摇滚乐节奏的城市中显然无法过那种没有钟与表的生活，要想成为一个

---

① 邱华栋：《直销人》，见《把我捆住》，中国华侨出版社 1996 年版，第 221 页。

"自然人"已不可能。因为，"我突然发现我的生物钟已经非常不准确了。"① 它使生活成了问题。在《环境戏剧人》中，我们看到了易拉罐（代表工业技术）已堆积至"大阪"。与其说人进入都市就再也回不去了，不如说对于一个技术人来说，放弃技术而回归自然已成了真正的无望。在《时装人》、《持证人》中，我们看到的是当代都市人的大众性，"由于生存的基本性的无意义和无价值，当代人的生存最终归于一种既无中心又无个性的群聚——个体在众声喧哗的市场假象中获得一种虚假的个体性。这个个体性，在根本上是大众性，是大众人的存在。因此，在大众人的存在中，是没有自我的位置的，自我只是作为一个梦、一个神话，才在大众人中出现。"② 这时的自我，既可以通过机械无限复制，又是一个可以通过交换无限增值的商品。不幸的是，自我正是这样一个商品。事实上，从上面一系列作品中无名的职业代号命名中，我们已经领悟了他们异化存在的属性。这些人都没有固定的名字、清晰的面孔、可辨的肖像。与其说邱华栋没有塑造形象，毋宁说这就是众多当代都市人的基本生存：无我、无个性的存在本身。从另一个角度，可以看出邱华栋在对当代人异化生存的把握上具有极其敏感的捕捉力，并且采取了一种智性的写作策略——巧妙地、全面而深入地揭示出当代人生存中普遍具有的异化成分，并且明确地进行了抵抗、反叛（或出走、或死亡）。然而，美中不足的是表述的观点过于直白，给人一种观念在先的感觉。

　　都市小说对异化的反思和表现还体现在另一个层面：揭示都市中自我与角色的分离。美国当代哲学家麦金太尔在批评萨特和欧文·戈夫曼的自我理论时指出，两者的现代个人主义自我模式之特征，乃是"角色与自我的分离"。麦金太尔理论学主张从总体上将自我视为功能性存在，重建自我与角色的统一性，因此号召向亚里士多德理论传统回归。麦金太尔的理论虽独具见地，然而，在他面前却横亘着一个巨大的悖论：他提出的"人格统一"蕴涵着个体与社会环境相匹配的要求，换言之，返回亚氏理论传统，意味着必须用"前商业社会"代替"商业社会"。③

---

① 邱华栋：《钟表人》，见《把我捆住》，中国华侨出版社 1996 年版，第 246 页。
② 肖鹰：《形象与生存》，作家出版社 1996 年版，第 167 页。
③ 转引自陈晓明《无法深化的自我与实现》，《人大复印资料》2002 年第 11 期。

在当今世界，这种理论主张的现实性、可能性究竟有多大，不免令人生疑。但如果撇开社会环境匹配性要求，而仅从个体方面追随亚里士多德理论，就等于承认"自我与社会角色的对立"这一萨特式观念。问题的关键正在这里，"自我与角色的分离"的理论，与现代商品世界的本体特征是内在一致的。事实上，现代社会的商品化进程，在强化社会分工，使之越来越多样化、精密化、细致化和专业化的同时，也加剧了社会角色的分化及其"自我"的断裂。个性消失或掩藏于经过分门别类的专门训练而获得的职业功能背后，如果这种分离能够持续凝固于一种泾渭分明的状态，也许并不会引起严重的自我身份危机。但是，随着商品化存在方式向私人生活领域的渗透，随着角色的不断分裂和扩张，却可能造成自我的虚化和放逐。克尔凯郭尔曾对人生态度做过一个著名的划分。他概括出三种可供选择的基本价值取向，即：审美的、伦理的与宗教的。在审美和伦理之间，前者认同生活的片断性分裂状态，充分享受每一瞬间的即时体验，而不要求前后统一；后者则相反，强调的是生活的连续性、一致性，它体现为承担责任，信守诺言。按照商品世界的游戏规则来建构自己的个体人生，选择沉浸到多重面具的角色生涯，其实是克尔凯郭尔意义上的"审美态度"。那么，听任自我失落于角色，就意味着肯定人生的戏剧化和表演性，彻底放弃对于生活的连贯性、完整性和统一性的要求，也意味着陷入人生价值的无根状态。这一点，至少可以从以下方面得到阐释：首先，对自我的认识，是人生价值选择的核心和依据，但是，如果自我被理解成各种不定的角色，就变成了一种变化万端、游移不定的存在。这种失去了确定性依据的价值选择，必然是分裂、破碎和无根的。其次，在价值实践意义上，人生的戏剧化和角色对自我的褫夺，造成价值观念不能够确立和统一，对行为也不再具备有效的约束性和控制力。因为，此时的行为仅限于表演和虚拟意义，所以，行为不仅可以发生断裂，而且被允许对思想观念、理论价值不再负责。

在当下都市小说中，自我的角色异化已经成为一个重要主题。如邱华栋的"都市人"系列。更可悲的是，这种"发自内心"的，关于"自我失落与角色"的"本真体验"，以及对于商品世界"异化本质"不无批判性的"人生感慨"，在高明的演员那里，本身也成了更为绝妙的表演，也被调用而服务于商业目的。这一点，徐坤小说《遭遇爱情》有所揭示，男主人公本身是商场老手，然而，就在他与女主人公梅为谈生意而邂逅时，却在心中勾起"遭遇爱情"的感受，险些落入圈套。小说值得注意的地方在于：女人用来诱惑男人，使之动情的，并非那些由于滥用早已廉价化的姿色，而是商业生涯中自我失落与人生的感慨。这种对于商业化角色人生的反思性感慨，现在也被纳入到角色之中，成了一种表演。商业活动的性质决定了其中的角色较之日常"社会角色"更少了个人色彩，更加客观化、外在化。这种客观中性、冷漠疏远和功能单一化的趋势，与现代商业社会发展中人与人相互依存的依赖性激增有关。从总体上讲，我们比过去更依赖于整个社会，但对于特定个体的依靠程度却大大下降。与此相伴的是，关系逐渐疏远，态度日趋冷漠。商品化高度发达的都市，人际关系氛围往往是瞬时性、流动性、非个人性和可替换性的。所以，《公关人》里的 W 在自白中特别提及自己"一共与一万八千多人有过公关接触"①，并非无关紧要，可有可无，交往的数目是一个重要因素。交往人数和所扮演角色的增大，以两种方式强化人生的表演性并虚化人的"自我"：一是角色数量的增加使得每一种角色中的个人色彩进一步削弱，变得更加程式化和技术化，二是商业交往内容在总体上的增长使自我中的组成要素被不断抽调到角色表演中去，造成"本真自我"的空洞化和彻底失落。自我失落与角色取代自我，这是商品世界所呈现的人生境况。但这种境况的形成，既有商品化条件下生存压力等原因，也是主体价值选择使然。商品世界的游戏规则对个人生存和自我领域的侵犯虽咄咄逼人，但是，人们仍可做出自己的价值选择：即便人们在来势凶猛的侵犯面前无法挽回生活的破碎，但至少可以选择对这一破碎人生境况的评判态度。

都市小说中集中描述的第二种异化人生为单纯地追求消费与刺激，红酒、咖啡、范思哲时装与意大利羊皮夹克……他们肆意释放自己的青春、情欲，"我们的生活哲学由此得以体现，那就是简简单单的物质消费，无拘无束的精神游戏，任何时候都相信内心的冲动，服从灵魂深处的燃烧，对即兴的疯狂不作抵抗，对各种欲望顶礼膜拜。"不再思考，

---

①　邱华栋：《公关人》，见《把我捆住》，中国华侨出版社 1996 年版，第 215 页。

没有追求，他们"在酒精的余香中把自己充分的肢解开来，任由激情把身体碾成肉糜。"(《像卫慧一样疯狂》)。马尔库塞认为，现代工业体系无孔不入，在以之为中心的人们的物质生活、政治生活和文化生活各方面都打上了自己的烙印，从而形成了一个新的控制形式。这种新的控制形式首先是通过制造虚假消费来实现的。虚假需求是社会强加给人的压制性需求，通过它让人们在消费中获得满足，找到自我，从而消磨了人对这种需求以及制造这种需求的社会的反思意识。这表现在当代都市社会中一部分新富阶层主要关心的是如何享受生活，而不是为了社会的整体发展而奋斗，于是耽于花天酒地，成为没有意志、没有洞察力、没有意图的丧失个性和人性的消费机器，这是自我失落的进一步深化。

90年代都市文学创作还塑造了反抗城市商业社会的幽居者形象。在《时装人》中"我住在一幢100层楼的第49层，我已经有一个月没有下楼"，他不与人群接触，冷眼看待平面的制作世界和失却个性的单面人，并对这已被物控制的社会发出质疑。陈染、林白等女性作家在作品中也描述了一系列自我幽居的女性形象，她们或躲在远离市区的私人住所，或用厚厚的帘幕阻断阳光和他人窥视的目光，营造出一个属于自我的私密空间，将自我与社会与群体隔绝。然而这种反抗既是无力的同时也是异化的。是尚有自我意识的都市人在物化的整体大环境中所能做出的有限反抗，实际并不能改变什么。并且这种反抗本身也是一种异化，她们不去主动追求生活方式的改变，而是脱离了人群、社会，脱离了自然生活状态，掩耳盗铃般地为自己维持一个个体独立的小空间，但行动能力的丧失必然导致自我的泯灭，她们最终也无法寻找到真正的心灵安宁。

都市文学创作者对待都市的超越态度可以说经过了一个由模糊到确定的过程。在创作之初他们对于城市的新变充满了欣喜之情"作为一名90年代的写作者，我喜欢北京、上海、深圳和广州的高楼大厦，我喜欢日新月异的中国城市的外部景观，我像过去乡土作家描述田园风光一样描述着城市的风景"[1]。随着思考的深入，对城市巨变的激动平息之

<hr>

[1] 邱华栋：《我的城市地理学和城市病理学以及其它》，《南方文坛》1997年第5期。

后，他们以更加成熟的心态看待世纪末的中国城市，从繁花似锦的外部表象探入到城市的内部肌理，于是问题出现了，"我看到在城市地理中的人，我发现城市人多多少少都有一些病"①，冷静下来的都市文学作者不再被都市表层的绚烂所迷惑，而是站在超越的立场上对都市现实进行批判性描写，正如棉棉自道"我描写的正是我反对的"②，他们将自身对存在的超越性体验转化成超越性的表达，塑造了一系列在城市异化环境中生存的与自身产生离异的当代人形象，对都市中异化的现实人生——进行了彻底批判。

二　精神的流浪者

现代都市起源于工业化时代的社会形态，它区别于乡村的舒缓、恒定、单调与慢节奏，而是呈现为多变、流动、繁复与快节奏，所以都市人更易感受到生命存在的漂泊感。他们生活在一个旋转的世界，他们的情感也随之而动，他们没有家园、没有农耕文明中根植于土地的那种归宿感，他们只是沸水中浮游着的水滴，这种漂泊流浪的气息，具有一点波西米亚流浪的色彩。可以说，流浪意识是一种象征。当它在一座城市萌芽时，这城市必定有了某种结构上的变异——稍加夸张一点，西方近代城市文明正是从流浪者的涌入开始的，"在十九世纪，不仅人口比以前迅速增长，而且也在相当大的规模上流动……爱尔兰人在利物浦、曼彻斯特、格拉斯哥找工作，波兰人流动到鲁尔煤矿去……季节性工人从意大利到法国、德国和瑞士，甚至到阿根廷找工作……在俄国，农民冬季在城镇的工人中工作，而到夏季，就回到乡村劳动。"③ 这些景象，我们在 18、19 世纪的欧洲小说中经常看到。实际上，从 80 年代起，"流浪"作为一种社会因素，已经在中国城市中生成，那便是千万农民涌向城市寻求生路和机遇，在南方新兴城市里尤其如此。但身处体制内的作家们显然并没有立即将目光移向他们，更不必说从这一社会现象中预见到城市文明已在脱胎换骨之中。不过，大约自 1985 年起，当代小

① 邱华栋：《我的城市地理学和城市病理学以及其它》，《南方文坛》1997 年第 5 期。
② 棉棉：《我描写的正是我反对的》，《文学报》2000 年 3 月 6 日。
③ 李洁非：《城市像框》，山东教育出版社 1999 年版，第 43 页。

说中仍旧出现了一些试图刻画"城市浪子"的作品，刘索拉的《你别无选择》是80年代一部具有违禁冲动的小说，年轻的读者对这篇小说深感痛快的原因在于：在秩序和禁锢面前得以近乎歇斯底里地宣泄一番。这部小说传达了80年代中期城市（特别是在文化上开风气之先的大城市）中某个人群共有的一种情绪，同时它也曲折地传递了中国城市由于改革开放而渐渐生成的躁动的信息。当然，小说中的人物并没有真正进入未来的大都市的生存状态，但是他们已用骚动不安的情绪和在精神上幻想着成为离经叛道的漂泊者的强烈冲动，演示了十年后城市人基本的生存感受。无论这种精神漂泊者的形象是否来自于作者个人对现实生活的经验，都足以说明它在80年代中期出现绝非偶然，随着徐星《无主题变奏》、刘毅然《摇滚青年》和《流浪爵士鼓》等文本的出现，可以说当代小说史上第一批将故事空间完全放在都市的作品出现了。从一个侧面也说明了"乡村情感"为最有价值的情感的文学认识的终结，第一次确认都市以及都市人的情绪可以成为文学的表现对象，而且都市的审美视角也开始为大众所接受。

但是，很快地都市开始使我们迷路了，或者说，当我们对都市发生迷路的感觉时，就是在传达一种重要的信息，这种感觉的重要性在于，它符合都市文明、都市现代化的特征。对于个体来说，都市的本质，在于它是一股巨大的否定力量。这庞大的、高度组织化的、就像其地表之下纵横交错的管道系统一样令人窒息的超级文明机器，开始威胁到主体的存在。到"新生代"为止，当代文学开始比较"客观"地看待都市了。我们回想刘索拉、徐星等人对城市的感觉，多多少少地都在以不同的方式对城市矫情，有一种"我是都市宠儿"的暗示，而在"新生代"的写作中，这种"主人翁"的姿态不再了，他们只能把自己看做都市的"闯入者"（邱华栋《闯入者》），被饲养在都市（丁天《饲养在城市的我们》），无根地"漂着"和"狂奔"（丁天《漂着》、张人捷《狂奔》）。所以，批评家白烨概括道："这是既有日渐繁复的社会生活难以适应的一面，更有初涉人生的个人命运难以把握的一面。一次次地选择，一次次地迷失；飘忽不定，总'在路上'，年纪轻轻，却又不饱经沧桑，身与心都处于一种居无定所、无所依托的悬浮状态……他们以自己的方式艰窘地成长，又以这种艰窘成长映衬着时代的复杂演进。"①

　　精神上的无枝可栖之感在更本质的意义上接近流浪本身。陈染作品中的人物常常在苦思冥想中逃离了这个世界，"雨子的眼神在此景致中显然空落茫然。她也低低细语，但总是心不在焉，思绪好像总滞留在一个看不见摸不着的隐蔽的角落"（《潜性逸事》）。思绪一直在空中漂泊，永远无法着陆。在《声声断断》中，陈染这样写道："一个异乡人，并不取决于是否身处他乡。你心里漂泊着，还思念或牵挂着什么——一个人真正孤独的时刻，就是一个异乡人"。这种身处异乡如断梗飘蓬的感觉在陈染的小说中随处可见。"我从来没有家乡感，无论我在自己常年生活的 N 城，还是在世界上任何一个地方，我都感到断梗飘蓬身处异乡，没有哪一条光滑如丝的街道在脚下鸣响记忆，没有哪一株苍老的栗树或橡树摇醒往昔，没有哪一幢幽香清馨的红房子能够熔化已经凉却的梦境……我的家乡随着某种情感的移动而到处漂泊，它只不过是一个为自己寻找理由的假想物，一个自欺欺人的大幻想"（《破开》）。无论是"我"、雨若、雨子、水水或黛二，这种感觉都不同程度地存在着，眼看着街上的路人"匆匆忙忙提着菜，热热闹闹打着孩子，悠悠哉哉在路崖边上摆着棋子"，人们与这个社会无限完美地融合在一起，而女主人公"我"却发现"自己真的像个局外人，即使我走在林荫道上，也像是误入歧途，踏进了别人家的花园，惶惶不安"。"我"不能见容于社会，而与此同时，"我"又乐于接受这样一种四处漂泊的感觉。很显然，陈染的精神漂泊之感与她的家园意识不无关系，在雨子们那里"家园"已经一劳永逸地失去，永不再来，而生命个体便只能在风雨中漂泊。朱文的小说中也可以看到精神流浪的意味，而精神流浪也是他的主人公日常生存的一种方式。《吃了一个苍蝇》中"我"是一个单身男子，"我"以前的同学、现在的同事兼领导、已婚男子李自，不断地对我抛洒着同情和热心，以一贯强大的高姿态为"我"做东做西，常常滔滔不绝循循善诱地向"我"灌输他的大道理，而"我"之所以能够长期与他相处并不以为累的诀窍便是："我根本不在听"。无论他说得再多再长，之于"我"效果都是相同的，"我"并没有在听，在"我"洗耳恭听的假象背后，

---

　　①　白烨：《九七小说风尚：写实》，《小说选刊》1998 年第 1 期。

精神已逃离现场，四处流浪。在李自发现了"我"与他妻子通奸的事实后网开一面固执地向"我"表示他的大度时，"我"的头脑里一直萦绕的是两句这样的话，"我的学号是 33179102，我的母校创建于一八九四年"，这里这两句毫无意义的话一而再，再而三地重复，"我"根本就没听到李自讲什么。正是在这种毫无意义的重复中，"我"的精神做着轻松自如的空中漫游，不再受到时空的局限与现实的约束。

对都市的反省、对都市生活的厌倦和逃避，对都市的质疑与嘲弄，构成了 90 年代"都市审美精神"的重要内容。这与中国处在巨大反差和错位状态的独特都市情景十分贴近。早在 1988 年吴滨的小说《城市独白：不安的视线》就表现出了这种似是而非的"都市意识"和勉为其难的都市感觉。在小说中，都市作为一个武断的居所——家，既不是温馨的角落，也不是永久的归宿，它是女人的牢笼，男人的暂时领地。生长于都市中的男女们都难以忍受都市的生活规定。于是，他们总是企图越过都市的制约。这样，他们就只能在都市空间四处漂流，小说非常真切地揭去都市生活的美好面纱，露出令人窒息的本质，因此，这个故事，整个说来是"反都市"的精神漂流的故事。作者非常直率地写出了都市的本真，即现代都市人的"家"的危机。一个表面和谐的家庭，某天由于一个不速之客的来临而趋于破裂。那个号称诗人的赵逢中四处流浪，他时常在城市某个家停留，这是一个职业"第三者"，他见缝插针，游刃有余，足以表明城市里的"家"的相对性。当然，作者并没有简单处理"家"，相反，"家"是现代城市人无法拒绝的居所。因而，"漂流"只是一种状态，是一种内在的超越性需要，它是都市生活必要的浪漫精神。因此，逃离城市不过是一种与生俱来的城市白日梦，与其说赵逢中是个闯入者，不如说是"我"想象的对象化，是"我"内在的精灵，是我对家的一次想象逃离。这在一些 90 年代的都市小说作家中则是一种典型的精神与生存状态，单从一些作家小说的篇名我们就可略窥一斑：《漂着》（丁天）、《狂奔不已》（张人捷）、《我现在就飞》和《交叉跑动》（韩东）、《走》（许辉）、《出去》（鲁羊）、《告诉我通向下一个威士忌酒吧的路》（棉棉），类似的篇名我们可以排列一长串，商品经济的发展，人似乎失去了他自己的世界，失去了对于连接过去与未来的历史延续性的一切感觉，他们始终处于一种价值判断、理想与追求、终极关怀缺失的漂流不定的状态中，而这种"坠不下去"的感觉又使他们不停地狂奔。不幸的是，这种奔跑往往表现为一种目标的丢失，典型的如朱文的《尽情狂欢》，"我"为了一个"十万火急"的信息狼奔豕突了一天，原来竟是一个玩笑，而目的地"光华门"也成了一个匆匆而过的站台。有的奔突则表现为距离的无限，如朱文的《到大厂到底有多远》，其实，大厂本是一个实际存在的地区，朱文曾经在那工作，可他仍然像陌生人一样发问，自己反倒成了自己的陌生人，正如葛红兵所说，漂流、游走、奔跑都是"价值的悬浮"和"理想空缺的一种表征"。他们的"奔跑是一种抽象的生活方式，一种强迫症行为，一种无端的消耗感、隔阂感，是无法立定、停止、站住、守望、定神、稳住的苦恼。"①

"都市痞子"，无业游民以及处于生活底层的市民，又构成了都市另一族类的生存形态，构成了都市流浪者的现实存在。如果用 80 年代末90 年代初的眼光来看这些人，他们是携带着个人的原始需求步入社会的，他们的行为准则，他们的自我形成，以及反抗性冲动的自由发挥，都形成了纯个人的经验。这些人在社会中没有确定的位置，他们既怀着不能进入的嫉恨，又带着逃避的蔑视，因而他们注定是"流浪者"。他们对那些一度令人热血沸腾的神圣言语和标榜时髦的流行术语冷嘲热讽，他们不只是口头革命派，而且身体力行。作家以此来构造富有挑战性而又富有观赏价值的"都市话语"，无不显示了当代都市特有的一种精神潜质、形态模式、审美视点。这一类作品的代表作当然离不开王朔的都市小说，他的《一半是火焰，一半是海水》、《顽主》、《过把瘾就死》等，写的都是一些同都市主流人物迥然不同的"流浪者"，他们在城市里游荡，干一些"正人君子"不齿的勾当，这些"无业游民"对事业无所希求，对生活不存幻想，对什么都看穿了，因而信奉"说什么都是假的，掏出钱来是真的"。正是因为他们身处方兴未艾的市场经济大潮中，所以他们的姿态和语言成了中国 80 年代最新奇的"都市街景"，他们表征着另一种生活方式和生存状态，对于依然生活于制度体系内的中国人来说，他们是一种诱惑和奇迹，而且还带着一种邪恶和威胁的味道，因为他们似乎混淆了是非，把高雅的与粗俗的、高尚的与卑鄙的、

---

① 葛红兵：《世纪末中国的审美处境》，《当代文坛》1999 年第 3 期。

真诚的与虚伪的并置，把美好的与丑陋的、正义的与邪恶的、圣洁的与浊污的同视，使原有的价值体系被拆解得支离破碎，但是，无法否认的是，这些经商业主义粗暴洗礼的人物确实生动而鲜活地存在于我们的都市之中，并且随着商品经济的发展而放大了他们的步伐。从这个角度来说，都市小说对都市流浪者的发现、描摹具有一种勇于审丑的现代美学精神。

然而，随着市民社会的发展，特别是进入 90 年代，我们才猛醒，那些被我们冠以流浪者的形象，很快地成为都市真正的主人，并且他们的足迹早在王朔的作品中就已经出现。他们的语言、他们对北京民间社会明里暗中的各种游戏规则烂熟于心的了解和如鱼得水的掌握，他们在各种困境面前进退裕如的本领，等等，显示了他们对这座城市的控制能力，这种能力远远超过了貌似高高在上的某些阶层。因此，类似于"无家可归"、"孤悬在外"那样的感觉，王朔和他的小说主角们实际上未曾尝到也不大可能尝到的。这就会使我们感到王朔小说缺乏矛盾性，在城市的物化现实面前表现出一种简单的态度，即一味投怀送抱，甚至以此自矜，看不到抵触和冲突的迹象，而这是令人难以理解的。我们认为，都市小说与都市文明之间应该是一种既协调又不和谐的关系，都市小说既要揭示出都市文明在某些方面对人的肯定，又要揭示出必然存在的、在其他方面对人的否定，就此而论，王朔小说的那种在物化的现实里面如鱼得水的感觉几乎有将城市浪漫化、抒情化的嫌疑。其原因在于他小说中的主人公是一些单方面享受了城市旧秩序解体所带来的诸多利益的人。他们属于在转型期的特殊时刻从社会边缘逐渐移向社会中心的受益者。

三　反叛的边缘人

90 年代都市小说中的"边缘人"是指处于"个人性"，与"公共性"之间的边缘状态。这里的"个人性"指的是一种保留着人文主义思想信念和理想主义革命情结的"个人性"。"八十年代，文学坚守一种启蒙主义的精神立场，为一种纯粹精神性的氛围所笼罩，他们蔑视任何一种世俗性的日常存在，而渴望真正富于精神意义的生活"，① 这种"个人性""拒绝任何与平庸现实妥协的可能，并且不断与之做着诗意的对抗"②。这种"个人性"不断创造着英雄人物的神话，比如张承志《北方的河》、《黑骏马》等小说中的人物，顽强地高举理想主义的旗帜，挥洒着强悍的生命意志，期盼着纯净安然的新大陆。"公共性"则指的是80 年代后期消解了崇高和深刻之后，"从众替代了独异个人的孤独反抗，悄悄收回的是对新大陆的憧憬而开始退守到平庸的日常生活之中"③，日常生活开始作为一种重要的经验被反复强调，个人性悄悄隐匿，人们谋求着与社会的妥协。英雄神话被视为幼稚可笑，"好好过日子"成了大家相互取暖的口号，这正是新写实小说所表现出的基本价值倾向。而 90 年代都市小说中的"边缘人"失去了"个人性"中的英雄主义特征，却永远不愿向"公共性"那种平庸的日常生活谋求妥协，因此在这二者之间的边缘，坚持着非革命性的个人性与反平庸化的日常性。

　　时光安静地流逝，时代不断地变迁，生活本身的日常性与社会秩序的稳定性却是积重难返牢不可破，人总是在不知不觉中渐渐被"社会化"，在匆匆忙忙中变成了"人们"，失去了独立的个性和自由，失去了本真的自我。"平常，人总是作为一种'是其所是'生活着，例如处在一种'身份'中，作为一名店主、侍者，等等，按这个身份的要求去行事，人在价值观念面前的态度也是如此，把价值看成一种普遍有效的存在，使自己处在服从的地位，或者设想出一种决定论来为自己的所作所为进行辩解，等等。萨特称这种态度为'规矩人的精神'。"④ 人一旦拥有了这种"规矩人的精神"，就很难再有自己的感觉，于是，在小说作品中，才有了清早起床带孩子上班吃早餐挤轮渡的流水情节（池莉《烦恼人生》），才有了由"小林家的豆腐馊了"而引起的鸡毛蒜皮（刘震云《一地鸡毛》），于是，"热也好冷也好活着就好"。"活着就好"，这着实体现了一种"规矩人的精神"。而对于都市背景下的这些社会"边缘人"

---

① 蔡翔：《日常生活的诗情消解》，学林出版社 1994 年版，第 176 页。
② 同上书，第 89 页。
③ 同上书，第 90 页。
④ 徐崇温：《存在主义哲学》，中国社会科学出版社 1986 年版，第 436 页。

来说，这种失去自我随波逐流式的"规矩人"的生活无疑是可怕和难以忍受的，因此，反叛与拒绝成了他们顺理成章的生存姿态，反叛各种各样的既存秩序，拒绝与平庸的生活"同流合污"，以这种姿态为起点返回自我的"本真"状态。而为了达到这个目的，他们常用的手段便是"流浪与漂泊"、"孤独与失语"。于是，反叛与拒绝便成为"边缘人"绕不开的生存情结和90年代都市小说中挥之不去的主题话语。

"起床、乘电车、工作四小时、吃饭、睡觉以及接连而来的星期一、星期二、星期三、星期四、星期五和星期六。依照同样的节奏重复下去。但有一天'为什么'突然产生了，于是会感到烦闷和疲乏。履行机械化生活的结果就是疲乏，同时也产生了意识的冲动，它唤醒了意识，接着就是重新套上锁链，再不然就是豁然的觉醒……"[①] 这种豁然的觉醒正是"边缘人"反叛一切的基础，"人面对着自己实存的安稳状况，会产生一种莫名其妙而又无可救药的不安，这种不安便是超越的起源"[②]。超越也就意味着反叛，这里的反叛指的是对于既定秩序与传统做派的疏离与拒绝，对于个性自我的追求与张扬，依传统的眼光去看，便是典型的"离经叛道"的出格或越轨，是对传统秩序的反抗与叛逃。在反叛的程度与意识上，不同作家笔下的"边缘人"表现的不尽相同，有的"边缘人"是在顺从与反叛、现代与传统等二元对立中苦苦挣扎矛盾重重；有的是在主体强烈的反叛意识支配下不顾一切地撕裂自己达到反叛的目的；而有的"边缘人"则是在失去了一切禁忌与规范的情形下不知不觉地反叛了一切。

第一种在反叛程度上还有所保留，刘索拉的《你别无选择》中，那一群躁动不安、放纵狂妄的音乐学院的大学生，充满了活力、朝气与叛逆精神，分别以各自不同的方式对传统文化规范发起挑战，李鸣厌倦了传统的艺术教育格局，想以退学这种极端的方式进行反抗，最终却在种种矛盾中选择了每日蒙头大睡这一消极的方式来逃避现实。孟野、森森们不满于传统卫道士贾教授"做一个规规矩矩的音乐家"的说教，在充满原始冲动与个性光辉的世界寻找着音乐生命的源头和现代人生的感

---

① 转引自徐崇温《存在主义哲学》，中国社会科学出版社1986年版，第13页。
② 同上书，第293页。

觉。在他们内心，充满了种种的痛苦与骚动，在顺从与反叛的矛盾挣扎中坚持着反叛的姿态。何顿的小说《我们像葵花》中的何斌，在自己一直恪守的做人原则与朋友发财致富的诱惑之间摇摆不定，苦苦挣扎，但最终金钱与物欲往往会战胜不堪一击的传统原则，反叛也就成为必然。

第二种反叛显得格外决绝，"出生在现代化大都市摇篮之中的小说主人公在即将作为一个独立的都市人在这个充满异己力量的世界中谋生的时候，他们首先要战胜的不是来自城市的挤压，而是来自所生活的母体文化的压力"①。因此，他们为了开始他们自己的生存行为而不得不用很大的勇气和力量去同家庭及社会传统势力进行抗争。刘西鸿的小说以不苟同、不妥协和自觉、主动的姿态喊出了都市"边缘人"的心声，"你不可改变我"、"我与你同行"、"自己的天空"等近乎执拗的语气构成了他特有的言说方式。孔令凯、亦东等人物也就带着各自鲜明丰富的个性倾向和反叛色彩进入了读者的视觉领域。陈染、林白、海男等作家"通过写作放纵躯体生命，冲破传统女性躯体修辞学的种种枷锁，用自己的血肉之躯充当写作所依循的逻辑"②。《与往事干杯》（陈染）中肖蒙"拿着面镜子对照教科书认识自己"的情景，《一个人的战争》（林白）里幼小的多米在蚊帐里的自慰，《私人生活》（陈染）中倪拗拗与禾寡妇的同性之恋，都旨在描述经由身体感知的女性生命体验，作家以这种对女性躯体经验的直接书写，构成对男权社会权威话语的抵死反叛。

第三种反叛几乎在不知不觉间完成，王朔笔下的于观、马青、杨重、方言等人带着其玩世不恭的"痞子相"步入文学世界，这些人在传统文化、现行体制和权威话语的多重挤压下走投无路，选择了一种调侃社会、嘲弄人生、捉弄一切的生存方式，以冷嘲热讽的方式来戏弄现实、消解崇高，在皱着眉头的笑声里完成对传统文化秩序的反叛与颠覆。无论是《顽主》中"三 T 公司"替人排忧解难，还是《你不是一个俗人》中"三好协会"的捧人行为，都在滑稽与荒诞之中表达了他们对现实秩序的抗议，在滑稽、荒诞的背后隐藏着对现实秩序的无情的戏弄与嘲讽。卫慧小说《床上的月亮》中的小米、《黑夜温柔》中的小昕都

---

① 金汉：《中国当代小说艺术演变史》，浙江大学出版社 2000 年版，第 288 页。
② 转引自金汉《中国当代小说艺术演变史》，浙江大学出版社 2000 年版，第 295 页。

以飞蛾扑火般的惨烈与决绝迎向自己认为的快乐与自由，既有的传统与现实的秩序对她们已经构不成任何的威胁与约束。她们轻易地献出少女的童贞只是自身成长的需要，并不想反叛任何东西，然而，她们的行为却已构成对这个世界的最大反叛。

总的来说，都市"边缘人"的反叛指向归结起来不外乎有两种，一种是文化反叛，另一种是道德反叛。文化反叛首先是对自我文化身份的反叛。都市"边缘人"是一群精神上的漂泊者，他们一般都具有一定的文化素养，但在文本之中，人物大多以反文化的姿态出现，在嬉笑之中解构自我的文化身份。王朔小说中的人物是反文化叙事中最为极端的一群，他们乐意认定自己"一点正经没有"，对着世界高喊"我是流氓我怕谁"，常常在言谈之中把知识分子嘲弄得体无完肤，并且，"作家常常首当其冲，成为'无知且无聊的读书人'的经典范例"①，比如《顽主》中的宝康和赵尧舜，《一点正经没有》中的古德白，等等。朱文的《食指》宣告了"诗人"的不知所终，并且认为女人做诗人远不如做一个妹子更令人放心。何顿《弟弟你好》中的弟弟"把考大学的梦想捆成一个包裹扔到床下"，便有了"一种如释重负的轻快感"。潘军《海口日记》中，"我"在离婚之后，离开原有的工作、原来的城市到海口去开出租车，一个人居住在一艘废弃的破轮船上，感受独立王国和"岛中之岛"的感觉，寻求一种简简单单的生活。他厌倦了假模假式的文化人身份，厌倦了故作高雅的文化人姿态。在他与两个女人的交往中，他丝毫不去留恋能与他谈论生存空间的白领丽人苏晓涛，却难以忘怀那个简单的妹子方鱼儿，这种选择直接表达了他对于文化身份的不屑一顾。其次，是对文化秩序的反叛。徐星的《无主题变奏》中，主人公"我"完全厌倦了传统体制中那种虚荣、虚伪而受限制的生活，离开了大学，独自一个人进入社会，女友老Q反复规劝"我"去报考学校时，"我"和她分了手，"我只想做个普通人，一点儿也不想做个学者"。王朔小说对于文化秩序的颠覆就更为彻底。《顽主》中的宝康捧着三T公司发给他的咸菜坛子，激情难抑地讲述着自己成为作家的过程，怀念着滋养他的故乡和童年，听众们却都在等待着报告之后的舞会和免费餐饮，而来晚了的一

---

① 蔡翔：《日常生活的诗情消解》，学林出版社1994年版，第124页。

位感动地对边上的人说"这个失足青年讲得太好了"。这种虚拟的文化现场轻而易举地粉碎了原有文化秩序的神性和规则，有效地戏弄和瓦解了现有的文化秩序。

　　道德反叛首先是对家庭伦理的反叛。传统的父父子子的关系已经不复存在，子辈对于父辈从精神到肉体提出全面的挑战与质询。朱文《我爱美元》中的"我"为父亲只为集体而活的人生感到遗憾，想要为父亲弥补一下，于是带父亲去嫖妓。这里的父亲不再是个人生命中的主宰者和控制者，而成为"我"审视和怜悯的对象。卫慧《欲望手枪》中的父亲沉迷于酒精的麻醉，女儿米妮远远离开父亲，一个人在郊区租了房子；偶尔回家，也是以充满怜悯和憎恶的眼光看着他。父辈在子辈的蓬蓬勃勃面前颓然委顿，失去了高贵的尊严。其次，是对婚姻秩序的反叛。婚姻意味着梦幻色彩的消失，个人从此被纳入秩序的轨道，因此都市"边缘人"往往都患有婚姻恐惧症。朱文小说中的"我"或者"小丁"，经常性地处于单身独处的情境之下。"我不想结婚，只想有时和女人睡觉"（《吃了一个苍蝇》），这是"我"经常性的宣言。婚姻不仅意味着爱情的死亡（况且"我"也是不相信爱情的），也意味着日复一日的平庸将不可避免地覆盖整个生活。朱文小说中的"我"并不是一般性地逃避婚姻所带来的责任，而是有意识地逃避着正常的婚姻生活，保持个人自由的生存空间。《关于一九九〇年的月亮》中，"我"有一个女友，而且有时候也需要她，但"我"却不愿与她分享一个房间，"我"在心里精心计算着房间的大小，不想让女友平白分去自己一半的空间，所以每次"我"都及时地让她回到她父母那里去。卫慧的小说《蝴蝶的尖叫》中，"我"因为男友要求结婚而离开了他。可以接受同居，但却拒绝婚姻，这无疑对于传统的婚姻秩序形成了强烈的反叛。再次，是对传统道德规范的反叛。海男的《私奔者》是一篇激烈蔑视当代道德规范的作品，把离经叛道应受道德谴责的"私奔"作为"人类的生活方式之一"，而且认为，"私奔的快乐就是建立一种新的意义"。以如此快乐自信的口吻谈论着私奔，其反叛意义已远远超过了私奔这个行为本身。林白的小说总是写到一些古怪或反常的女性，超然于正统禁忌之上。《一个人的战争》中多米五岁就无师自通地学会了自慰，以这种方式开始自我认同，开始她漫长的拒绝和逃避之旅。多米的形象对于男权制度下确立的种种道德文化上的禁忌观念给予了尖锐而有力的反叛。

都市"边缘人",凭借无依无靠的"边缘"心态努力拆解着能对其形成禁锢的一切力量,为了达到反叛的目的,他们不惜言过其实,极力夸大社会正常秩序与固有道德规范对个人的束缚,将一己的日常痛楚放在显微镜下高倍放大之后填充在文本中,以此作为反抗的力量,与强大的社会日常惯性相对抗。他们的反叛有时是以蛮不讲理扫荡一切的态度出现的,在这里他们并没有其他更远大的理想,反叛本身就是他们所想要的最大目的。

参考文献

中文著作

[1] 陈思和：《中国新文学整体观》，上海文艺出版社 1987 年版。

[2] 朱寨主编：《中国当代文学思潮史》，人民文学出版社 1987 年版。

[3] 谢冕：《文学的绿色革命》，贵州人民出版社 1988 年版。

[4] 王岳川：《后现代主义文化研究》，北京大学出版社 1992 年版。

[5] 李杨：《抗争宿命之路——社会主义现实主义研究》，时代文艺出版社 1993 年版。

[6] 杨健主编：《文化大革命中的地下文学》，朝华出版社 1993 年版。

[7] 张韧：《文学的潮汐——九十年代文学的六大模式》，中国文联出版公司 1994 年版。

[8] 蔡翔：《日常生活的诗意消解》，学林出版社 1994 年版。

[9] 张新颖：《栖居与游牧之地》，学林出版社 1994 年版。

[10] 谢冕、洪子诚：《中国当代文学史料选（1948—1975）》，北京大学出版社 1995 年版。

[11] 阎纯德：《二十世纪中国著名女作家传》，中国文联出版公司 1995 年版。

[12] 陈顺馨：《中国当代文学的叙事与性别》，北京大学出版社 1995 年版。

［13］黄子平：《革命·历史·小说》，牛津大学出版社（香港）1996 年版。

［14］张清华：《中国当代先锋文学思潮论》，江苏文艺出版社 1997 年版。

［15］吴义勤：《中国当代新潮小说论》，江苏文艺出版社 1997 年版。

［16］洪子诚：《作家心态与自我意识》，陕西人民出版社 1998 年版。

［17］孟繁华：《1978：激情岁月》，山东教育出版社 1998 年版。

［18］尹昌龙：《1985：延伸与转折》，山东教育出版社 1998 年版。

［19］张志忠：《1993：世纪末的喧哗》，山东教育出版社 1998 年版。

［20］曹文轩：《中国八十年代文学现象研究》，北京大学出版社 1998 年版。

［21］龙泉明：《在历史与现实的交合点上》，陕西人民出版社 1999 年版。

［22］洪子诚主编：《当代文学研究》，北京出版社 2001 年版。

［23］王岳川：《中国镜像——九十年代文化研究》，中央编译出版社 2001 年版。

［24］曹文轩：《20 世纪末中国文学现象研究》，北京大学出版社 2002 年版。

［25］贺仲明：《中国心像：20 世纪末中国作家文化心态考察》，中央编译出版社 2002 年版。

［26］陆贵山主编：《中国当代文学思潮》，中国人民大学出版社 2002 年版。

［27］许志英、丁帆：《中国新时期小说主潮》，人民文学出版社 2002 年版。

［28］何言宏：《中国书写：当代知识分子写作与现代性问题》，中央编译出版社 2002 年版。

［29］南帆：《文本生产与意识形态》，暨南大学出版社 2002 年版。

［30］陈晓明：《表意的焦虑》，中央编译出版社 2002 年版。

［31］李杨：《50—70年代文学经典再解读》，山东教育出版社2003年版。

［32］邵燕君：《倾斜的文学场——当代文学生产机制的市场化转型》，江苏人民出版社2003年版。

［33］冯骥才：《一百个人的十年　关于文革博物馆》，时代文艺出版社2004年版。

［34］董之林：《旧梦新知："十七年"小说论稿》，广西师范大学出版社2004年版。

［35］张清华：《中国当代文学中的历史叙事》，花山文艺出版社2004年版。

［36］戴锦华：《隐形书写》，江苏人民出版社2004年版。

［37］吴义勤：《长篇小说与艺术问题》，人民文学出版社2005年版。

［38］董健、丁帆、王彬彬：《中国当代文学史新稿》，人民文学出版社2005年版。

［39］旷新年：《写在当代文学边上》，上海教育出版社2005年版。

［40］王德威：《当代小说二十家》，上海三联书店2006年版。

［41］洪子诚：《中国当代文学史（修订版）》，北京大学出版社2007年版。

［42］唐小兵编：《再解读：大众文艺与意识形态》，北京大学出版社2007年版。

［43］陈思和等：《中国当代文学史教程（第二版）》，复旦大学出版社2008年版。

中文译著

［1］弗里德曼等著、高地等译：《社会心理学》，黑龙江人民出版社1985年版。

［2］荣格著、冯川等译：《心理学与文学》，生活·读书·新知三联书店1987年版。

［3］亚瑟·亨·史密斯著、张梦阳等译：《中国人的气质》，敦煌出版社1995年版。

［4］M．E．斯皮罗著、徐俊译：《文化与人性》，社会科学文献出版社 1999 年版。

［5］塞缪尔·亨廷顿著、周琪等译：《文明的冲突与世界秩序的重建》，新华出版社 1999 年版。

［6］弗雷德里克·詹姆逊著、胡亚敏等译：《文化转向》，中国社会科学出版社 2000 年版。

后　记

在这本小书付梓之际，确有千言万语在心头。从 2002 年进入山东师范大学文学院吴义勤教授门下读博开始，我就曾对自己将要面对的求学之路、研究之路有过无数种设想，其中不乏再觅新路之意，以备自己在无法坚持之时，可有其他人生之选。我似乎在怀疑着什么，是追求的艰辛、还是理想的遥远？但是，有一股力量在悄悄地改变着我，回想起来恐怕就是文学艺术的魔力，它能那么真挚地贴近你的心灵，在你悲痛的时候、在你喜悦的时候、在你疯狂的时候、在你迷惑的时候，它都会以不同的方式指引着你，牵着你的手走过。渐渐地我开始明白自己究竟要寻找什么，为什么要寻找。一路走来，向着我心的方向。

匆匆间，新世纪也要以十年来计了，我回望，自己的步伐似乎太慢，但是付出的努力并未让我感到遗憾。那些在书桌前、电脑前度过的时光，那些因阅读而思索、因思索而阅读的时光，充满了温暖的、快乐的情绪。或许我还未能产生创见、也未能有所突破，但积累、探究、思考带给我许多惊喜，一扇扇窗在慢慢打开，人生的风景徐徐呈现在眼前……

在看得见风景的路上，我必须感谢那些无私帮助我、引领我的恩师益友，他们坦诚的胸怀与真挚的关爱，是我最值得珍视的人生瑰宝。现任现代文学馆副馆长的吴义勤教授、沈阳师范大学的赵慧平教授、贺绍俊教授、孟繁华教授、季红真教授、姜桂华教授都在我走过的每一个人生阶段上给予了极为重要的帮助，如果我仅仅是向他们致谢，那真是无法原谅自己，因为美丽的心灵是需要奉上尊重与敬意的。我想我要永怀一颗感恩的心，祈愿与他们永相随。当然还有沈阳师范大学其他老师：马力教授、王玉辉教授、胡玉伟教授、张冬梅教授……我都曾聆听过他们的教诲，得到过他们的鼓励和关爱。这里，我还要提及邓海燕、陈秀云等等我的挚友们，他们的勤勉、拼搏、宽容与真诚，告诉我人性的美好是怎样的。对这么多恩师和好友，我无以回报，只能致以热忱的祝福和深深的谢意。

现在，沈阳师范大学文学院已经是我的第二个家，在这个大家庭里，我得到过许多老师的关心与帮助，在此献上我由衷的谢意。我还要感谢我的一些学生，她们以青春的热情和无比的信任，为我的教师之职增添了无限的乐趣和永不枯竭的活力。同时也感谢中国社会科学出版社及张林编辑给予我这样的机会，能够把我这几年的一点思考变成铅字，同更多的人交流。

最后，谨以此书献给我的家人，他们的爱和陪伴是我前行的最大动力。

巫晓燕

于沈阳师范大学

2010 年 9 月